Weihnachtsdate am Ende der Welt

Alaska-Dates: Band 2

Mira Morton

Verlag:
BookRix GmbH & Co. KG
Implerstraße 24
81371 München

Texte: Mira Morton
Cover Design: Mira Morton
Cover Illustrationen: Lalana Arts
Cover Finish: BookRix
Korrektorat: Dr. Andreas Fischer
Satz: BookRix

ISBN: 978-3-9033-6020-4

Weihnachtsdate

AM ENDE DER WELT

LIEBESROMAN

MIRA MORTON

Wenn alles möglich ist,
wenn die Luft knistert, der Mond die Nacht erhellt und
der Schnee unter deinen Stiefeln knirscht,
dann ist Weihnachten!
Zeit der Wunder und der Liebe,
auch am Ende der Welt!

Mira Morton

KAPITEL 1

*B*loß nicht vor Weihnachten!

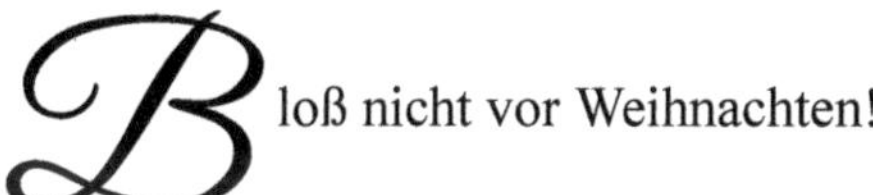

Montag, noch fünf Tage bis zum Heiligen Abend

Es gibt diese Momente, die sich zu Weihnachten viel schlimmer anfühlen als zu jeder anderen Zeit im Jahr. Momente, die nie stattfinden dürften. Momente, die nach Schokolade und Prosecco schreien. Natürlich auch nach der besten Freundin.

Und exakt einen dieser unsäglichen Momente erlebte Marina gerade.

»Ich soll gehen?«

Sie sah ihn fassungslos an. Marinas Augen funkelten. Zornig. Gleichzeitig aber klar wie ein hellblauer Bergsee in der Wintersonne.

Allein wie Tilmann dasaß! Selbstherrlich und superarrogant! Wenn sie könnte, wie sie wollte, dann würde sie ihn, ohne mit der Wimper zu zucken, vom Drehstuhl stoßen. Ihm den Stöckel ihrer nagelneuen Lederstiefel in die Brust bohren und ihm all das ins Gesicht schreien, was sich über ein Jahr lang wieder einmal aufgestaut hatte.

»Ja. Und zwar auf der Stelle«, erklärte ihr Chef eisig.

Das konnte er nicht mit ihr machen!

Nicht mit ihr!

Wer hatte hier die meisten Überstunden? Wer holte Tilmann täglich mindestens dreimal seinen Lieblingskaffee unten bei *Starbucks*? Und wer beruhigte nach jeder gottverdammten Besprechung all jene, die er beleidigt hatte, oder erklärte seine feindselige Stimmung mit Ausreden, die zwar klar welche waren, aber immerhin so plausibel klangen, dass die Redaktionsmitglieder sie schlucken konnten?

Ohne mich bricht der Laden hier zusammen. Und deine Angestellten meucheln dich. Was mir egal sein sollte.

War es aber nicht.

»Und was, wenn ich nicht gehe? Du hast nämlich überhaupt kein Recht, mich wegen so einer Lappalie hinauszuwerfen!«

Tilmann taxierte sie hasserfüllt aus seinen hellgrauen Augen. »Was an dem Wort *Kündigung* hast du nicht verstanden, Marina?«

So nicht. Nicht mit mir!

»Gar nichts! Aber weißt du was?« Marina warf ihm die Akten, die sie schon die ganze Zeit über unter ihrer Achsel festgeklammert hatte, quer über den Schreibtisch. Nicht einmal aufgestanden war er! »Du hast recht! *Ich* kündige!«

»Bist du irre?«, schrie Tilmann auf, noch während er mit dem Drehstuhl nach hinten auswich, um nicht von den Mappen erwischt zu werden.

Zu blöd, dass seine Kaffeetasse beinahe leer ist, dachte Marina. *Das hätte tolle Flecken auf seinem weißen Hemd gegeben.* So aber hatte er bloß ein paar braune Spritzer auf seiner hellgrauen Anzughose abbekommen. *Trotzdem. Wenigstens etwas.*

Wutentbrannt sprang ihr Boss auf. Aber nur weil er mit seinen Armen wild durch die Luft fuchtelte, jagte er Marina noch lange keine Angst ein.

»Wohl kaum«, brüllte sie zurück. »Du bist der, der nicht mehr alle Tassen im Schrank hat!«

Zur Untermalung des Gesagten klatschte sie ihre Hände auf die helle Arbeitsfläche aus Holz und fuhr mit ihrem Körper über den halben Tisch. Bedrohlich sein konnte sie auch.

Tilmann trat auf der anderen Seite des Schreibtisches jedoch einen Schritt auf sie zu. »Ich warne dich, Marina. Ich kann auch die Security holen, wenn du hier eine Szene machst!«

Wie sie seinen gestreckten Zeigefinger hasste!

»Keine Sorge, Tilmann, ich tu dir schon nichts! Wie auch? Ich wiege halb so viel wie du!« Ihr Blick fiel auf das in Silber gerahmte Foto. Wer außer ihm hatte ein Bild in inniger Umarmung mit seiner Mutter im Büro stehen?

Und dich hasse ich auch! Dann schubste sie wie beiläufig den Bilderrahmen zur Seite. Zu ihrer Freude fiel er auf den Fliesenboden, und das Glas zersprang in lauter kleine Scherben. »Ups, jetzt ist Mutti auf den Boden gepurzelt. Das tut mir aber leid! Das war so ein schönes Bild von euch beiden.«

»Du bist ein Monster!«, herrschte er sie an, blieb aber hinter seinem Tisch in Deckung. Sie war eindeutig durchgeknallt. So kannte er Marina überhaupt nicht.

»Wenigstens fließt Blut durch meine Adern, denn du bist ein Zombie«, schrie sie verdammt hoch zurück, nahm die Hände vom Tisch und verschränkte sie vor der Brust. »Also, Tilmann. Wenn du es ernst meinst, und das behauptest du ja die ganze Zeit, dann sieh eben zu, wie du hier ohne mich zurechtkommst. Ich gehe nämlich. Und zwar jetzt!«

Hocherhobenen Hauptes stakste Marina in Richtung der Glastür, die sein Büro von der Großraumredaktion abtrennte. Im Gehen drehte sie sich noch einmal um. »Übrigens: schöne Weihnachten! Meine werden dank dir ja ganz wundervoll!«

Sie hatte das Messer gezückt und ihm einen Stich mitten ins Herz verpasst. *So nicht!* Er lief um seinen Tisch herum und auf sie zu.

»Ach? Meinst du etwa, so toll wie meine Weihnachten letztes Jahr mit dir?«, erwiderte er heftig. »Wenn ja, dann hast du das verdient! Dank dir habe ich nur die besten Erinnerungen an dieses Fest!«

Nun standen sie einander gegenüber. Wie zwei Kampfhähne.

Marina warf ihren Kopf in den Nacken, denn unglücklicherweise waren seine Sätze bei ihr wie eine Bombe eingefahren. Natürlich überragte er sie, aber das tat nichts zur Sache.

Ich darf mir vor ihm keine Blöße geben. Daher unterdrückte Marina tapfer die Tränen, die immer wieder nach außen drängten, und schluckte ihre Wut hinunter, so gut sie eben konnte.

»Wenigstens etwas! Hab ein schönes Leben!«, fauchte sie ihn an, dann warf sie seine Tür hinter sich zu.

»Du auch, Bitch!«, rief er ihr nach, aber das ignorierte sie.

Wo bitte sind die normalen Türen geblieben, die richtig knallen, wenn man sie zuschlägt? Seine dämliche Milchglastür hatte nicht einmal einen Lufthauch verursacht, als sie ins Schloss gefallen war.

Marina rannte quer durch die Redaktion, war aber dermaßen mit sich selbst beschäftigt, dass ihr die verwunderten Blicke ihrer Kolleginnen und Kollegen gar nicht auffielen.

Warum bitte hätte ich auf deinen dämlichen Antrag unter dem Weihnachtsbaum Ja sagen sollen? Das war doch kein Heiratsantrag, sondern eine Zumutung!

Sie hasste ihn noch heute dafür.

Tage hatte Marina gebraucht, bis sie vor einem Jahr in der Lage gewesen war, ihrer besten Freundin Karen davon zu erzählen, weil Tilmanns Antrag einfach nur zum Fremdschämen gewesen war. Jedes Wort davon wusste sie auswendig. Eine in ihr Hirn eingebrannte Mahnung, wie man es *nicht* machte und wovor man davonlaufen musste: ›Häschen, ich denke, wir sollten heiraten. Das ist jetzt so eine spontane Idee, du weißt schon, wegen Weihnachten und so. Aber ich finde, wir harmonieren ja in jeder Hinsicht. Beruflich und privat. Zusammen sind wir ein unschlagbares Team, findest du nicht? Außerdem finde ich ohne dich rein gar nichts. Nicht einmal meine Socken. Also: Willst du?‹

Bei den Socken hatte er gelacht. Grell und dämlich. Nach ihrem zeitversetzten ›Auch in Zukunft deine Socken finden? Eher nicht‹ war Tilmann dann zum Glück das Lachen vergangen. Sie hatte ein paar Sekunden gebraucht, um zu begreifen, dass er es tatsächlich ernst gemeint hatte. Aber wie hätte sie auch sofort checken sollen, dass das ein Antrag sein sollte? Auf sein Nachfragen hin hatte ihre Antwort klar ›Nein.‹ gelautet.

Tilmann hatte ja nicht einmal die grelle Wohnzimmerbeleuchtung für seine tolle Ansprache gedimmt. Kein Hinknien, keine Rosen und kein Kerzenlicht. Ihr ach so toller Freund war einfach nur dagestanden. Weil ihm die Idee ja *sooo spontan* gekommen war, hatte er auch keinen Ring für sie dabeigehabt. Wieso auch? Das waren doch alles nur unwichtige Gepflogenheiten, von denen ein Mann von heute sich nicht geißeln lassen durfte.

Und das alles vor dem jämmerlich winzigen Bäumchen, das sie gegen seinen Widerstand gekauft und in ihrer gemeinsamen Wohnung geschmückt hatte. Weil Weihnachten ja ein Kommerzfest war und Tilmann im Grunde nichts damit zu tun haben wollte.

Außerdem war das Essen zuvor ein Graus gewesen. Die Haut vom Gänsebraten war hell und lasch gewesen, die Kartoffeln dafür umso dunkler, und die selbstgebackenen Vanillekipferln seiner Mutter hatten mehlig geschmeckt. Nicht jeder in Bayern kann kochen.

Bis heute verstand Marina jedoch nicht, wie jemand wie er aus allen Wolken hatte fallen können, weil sie seine mehr als schlichte Frage mit einem ebenso schlichten Nein beantwortet hatte. Sie hatte keine Lust auf einen Mann, der Romantik weder buchstabieren noch deren Sinn nachvollziehen konnte. Vielleicht war ihr das schon länger klar gewesen, aber vor dem Weihnachtsbaum hatte sie definitiv die Erleuchtung gehabt. Keinen Tag länger mit einem wie Tilmann. Das war vergeudete Lebenszeit.

Während Marina im Redaktionsgebäude einen Stock tiefer aufs WC rannte, um sich dort zu beruhigen, schossen ihr weitere Bilder dieses unheilvollen Antrags durch den Kopf. Auch der Satz seiner Mutter, die zu Besuch gewesen war und aus dem Sofa aufgesprungen war: ›Weißt, Burli, ich glaube ja, das ist jetzt besser so! Du brauchst keine von diesen Karrierefrauen, sondern eine fürs Herz!‹ Seit damals konnte Marina den bayerischen Dialekt kaum mehr ertragen, denn sofort hatte sie diese arrogante Pute vor Augen. Kein Wunder, dass ihr der Ehemann nach nur fünf Jahren abhandengekommen war.

So ein Idiot aber auch! Und das ganze Drama heute? Nur,

weil ich zu spät zum Morgenmeeting erschienen bin? Der spinnt ja komplett. Ist es meine Schuld, dass die dämliche Schlange bei Starbucks *doppelt so lang wie üblich war?*

Marina war froh, dass der Waschraum menschenleer schien. Dennoch schloss sie sich in eine der Kabinen ein, klappte den Klodeckel herunter und setzte sich drauf. Ihr Kopfkino lief ohne Unterbrechung weiter.

Ist ja klar! Argumente zählten bei ihrem nunmehr Ex-Boss wie auch Ex-Freund nicht. Er hasste es, wenn er sein Ding nicht durchsetzen konnte. Nun konnte er sehen, wie weit er ohne sie käme. Allein seine Schimpftirade. Ja, auch sie hatte Fehler gemacht, aber wer bitte machte denn keine?

Marina wusste, dass Tilmann speziell bei den Seherzahlen seiner dummen Morgensendung sehr heikel war. *Meine Güte, man kann doch mal ein Komma irrtümlich falsch setzen, oder?* Gerade er sollte wissen, dass ihre Stärken im Präsentieren und der Recherche von Nachrichten und nicht im Befüllen von Excel-Sheets lagen. Und im Grunde sollte sie seit zwei Jahren die Hauptabendsendung *moderieren* und nicht produzieren. Aber das interessierte ihn ja kein bisschen. *Alles leere Versprechungen.*

Der Rest, den er ihr aus dem Nichts an den Kopf geworfen hatte, war ohnehin unter der Gürtellinie gewesen. Marina versuchte, die Anschuldigungen so schnell wie möglich wieder zu vergessen, während sie ihre Tränen mit Klopapier aus dem Gesicht wischte.

Sie war weder launisch noch ein Morgenmuffel, bloß weil sie vor dem ersten Kaffee keine Diskussion über Weltpolitik oder Quoten führen wollte und konnte. Und sie war auch nicht hysterisch, weil sie sich darüber aufregte, wie falsch und hintertrieben einige ihrer Kolleginnen und Kollegen waren. Noch weniger war sie motorisch gestört und verhaltensoriginell, weil ihr hin und wieder etwas hinunterfiel, da sie ständig drei Sachen gleichzeitig erledigte. Für ihn, wohlgemerkt.

Und überhaupt und außerdem war sie bestimmt keine *Bitch*.

Irgendwann betätigte sie alibihalber die Klospülung und ging hinaus. *Keiner da. Zum Glück!* Sie ließ Wasser über ihre Hände laufen, dann tupfte sie sich das Gesicht und den Nacken mit einem feuchten Papierhandtuch ab. Zur Kontrolle blickte sie in den Spiegel. *Okay, geht. Zumindest so halbwegs.*

Dann werde ich mal meine Sachen packen und verschwinden.

Ihr Magen zog sich zusammen.

Trotzdem … Das musste sie so schnell wie möglich erledigen. Bevor sie noch ein weiteres Mal die Beherrschung verlor.

Sie lief die Treppe nach oben zurück in die News-Redaktion, wo ihr Karen mit weit aufgerissenen Augen und einem ziemlich verstörten Blick entgegenkam. »Worüber habt ihr beide euch denn nun wieder gestritten? Los, erzähl schon. Ich war drüben im Studio und habe ihn schreien gehört!«

Ihre beste Freundin schüttelte sie an den Schultern.

Und dann brachen bei Marina alle Dämme. Diesmal so richtig.

»Gefeuert«, schluchzte sie, und Tränen ergossen sich sturzbachartig über beide Wangen, denn langsam wurde ihr die Tragweite der Sache klar. »Aber … Ich hab … auch gekündigt«, stammelte sie weiter.

Die Weihnachtsfeiertage standen vor der Tür, und sie hatte ihren Eltern gesagt, sie könne nicht mit ihnen gemeinsam feiern, weil sie arbeiten müsse. Aus lauter schlechtem Gewissen hatte sie daher bereits ziemlich teure

Weihnachtsgeschenke für ihre Familie gekauft und nach Wien gesandt.

Bis heute war Marina eine von drei Österreichern in der Kölner Redaktion. Nun waren es wohl nur mehr zwei, und sie stand jetzt da: ohne Job, ohne Geld und ohne Plan.

Zudem ohne die Möglichkeit, sich bei ihren Eltern auszuheulen, denn die waren bereits nach Mauritius geflogen, um dort die Weihnachtsferien zu verbringen, weil das Fest ohne sie keinen Spaß mache, wie ihre Mutter ihr am Telefon erklärt hatte. Und den Urlaub wollte Marina ihnen keinesfalls wegen eines Idioten wie Tilmann versauen.

»Das war sicher bloß ein Ausrutscher. Von euch beiden«, entgegnete Karen, nachdem sie ihre beste Freundin an sich gedrückt und ihr den Rücken getätschelt hatte. Dann sah sie Marina in die Augen. »Das willst du nicht, und Tilmann ganz bestimmt auch nicht.«

Marina sah hoch. »Ich wünschte, das wäre so. Aber es ist ihm ernst.« Trotzig fügte sie hinzu: »Und mir auch.«

Nun kniff Karen ihre Augen zusammen und blickte sie grimmig an. Sie brauchte ein paar Sekunden, um die Endgültigkeit der Geschichte zu verarbeiten.

»Dieses A…! Er kann dich doch nicht einfach so rauswerfen!«

Kann er, denn er hat es getan. Ich muss weg von hier und schnell meinen Schreibtisch räumen, schoss es durch Marinas Kopf, und sofort löste sie sich von Karen und marschierte wie ferngesteuert auf ihren Platz zu. Ihre Freundin folgte ihr.

»Hab ich ihm auch gesagt.« Marina schniefte auf dem Weg dorthin.

An ihrem Schreibtisch angekommen, zögerte sie nicht lange, öffnete ihre große Handtasche und schaufelte ihre wenigen Habseligkeiten hinein.

Es waren nicht viele Dinge, die Marinas Plätzchen hier,

zum Glück etwas abseits von seinem Büro, ein kleines bisschen heimeliger gestaltet hatten.

Ein Bild von einem menschenleeren Strand auf den Malediven, wo sie den letzten Familienurlaub verbracht hatte. Ein rosarotes Federpennal, dessen Reißverschluss kaputtgegangen war, und dann noch ein halbkugelförmiger Briefbeschwerer aus Glas in Pink mit dem Walt-Disney-Zitat ›Alle Träume können wahr werden, wenn wir den Mut haben, ihnen zu folgen.‹

Welch Ironie! Kurz hielt Marina ihr Lieblingsstück in der Hand und betrachtete es.

»Marina! Du kannst nicht einfach so deinen Schreibtisch räumen. Sprich noch mal mit ihm!« Karen war außer sich. Das durfte nicht wahr sein! »Ohne dich packt den Job hier doch keiner!«

»Kann sein, aber daran werden sich alle gewöhnen müssen.« Sie seufzte, dann hielt sie Karen den Briefbeschwerer vor die Augen. »Weißt du, ich hab tatsächlich diesen einen großen Traum gehabt, als ich hierhergezogen bin.«

Also hatte Marina ihn mutig verfolgt, ihre Wohnung in Wien aufgegeben und hier in Köln neu angefangen. Aber was hatte es gebracht?

»Weiß ich, und der Idiot hätte dich längst vor der Kamera einsetzen sollen«, pflichtete Karen ihr bei und deutete einen Vogel.

»Hätte er. Ich kann mich gar nicht erinnern, wie oft er mir das versprochen hat!« Erst letzte Woche hatte sie Tilmann wieder einmal daran erinnert, und wie immer hatte er sie auf die Zukunft vertröstet. Aber nun gab es hier keine Zukunft mehr für sie. Sie würde nie ihre eigene Sendung bekommen.

Marina ließ den Briefbeschwerer in den Müllkübel gleiten.

Träume sind etwas für Menschen, deren Realität so armselig ist, dass sie Hirngespinste brauchen, um sich am Leben zu halten. Sie hatte sich ja auch an ihren Traum geklammert, um nicht im Strudel der alltäglichen Widrigkeiten unterzugehen. Und wo stand sie jetzt? Mit beiden Beinen in einem schwarzen Loch aus Auswegs- und Hoffnungslosigkeit. Grandios!

»Oh nein!«, schrie Karen auf und zog die Halbkugel aus Glas wieder aus dem Eimer. »Den wirfst du nicht weg.«

Marina versuchte, Karen den Briefbeschwerer zu entreißen.

»Ganz sicher sogar.« Da Karen von dem albernen Ding nicht abließ, gab Marina auf und hob beide Hände in die Höhe. »Bitte! Wenn du unbedingt willst, kannst du ihn gerne behalten.«

Sie hängte ihre Tasche über die Schulter. »So, das war es dann wohl.«

Karen hielt das Glas hoch und meinte trotzig: »Absolut nicht! Ich erkläre diesem Vollidioten jetzt mal, dass hier ohne dich überhaupt nichts funktioniert!«

»Lass es. Sonst bist du die Nächste, die vor den Feiertagen ihren Job los ist. Aber danke, Karen.« Marina umarmte sie. »Du bist die *beste* beste Freundin der Welt!«

»Bin ich.« Karen schmunzelte. »Deshalb würde ich ihn auch allzu gerne umbringen.« Dann schien sie nachzudenken, was sich bei Karen in extrem zusammengekniffenen Augen und einem sehr tiefen Grübchen am rechten Mundwinkel äußerte. Natürlich wusste sie, dass Marina recht hatte. Sie konnte Tilmann nicht einfach so alles ins Gesicht sagen, wenn sie nicht mit den Konsequenzen leben konnte. Tilmann war unberechenbar, und sie brauchte die Kohle. *So ein Shit!*

Marina sah sich um, ob sie auch alles eingepackt hatte,

und zuletzt fiel ihr Blick auf den Schreibtisch. Der Rollcontainer!

»Oh, die Laden!«

Schnell öffnete sie eine nach der anderen und nahm ihre Habseligkeiten heraus. Viel war es nicht. Zwei Tafeln Schokolade, ihre Lieblingsfüllfeder, eine Packung Taschentücher, eine Dose mit Mint-Kaugummis, drei Tampons und ein rosafarbenes Notizbuch verschwanden in ihre große Tasche.

»Das wars jetzt aber«, erklärte sie Karen.

Mehr an persönlichen Sachen besaß sie hier im Büro tatsächlich nicht. Keine Topfpflanze, keine Hausschuhe wie einige der Männer in der Redaktion, was sie allerdings hasste, denn Pantoffeln im Job war gleichbedeutend mit ›Ich habe mich vollends aufgegeben‹, und sie hatte auch keine persönliche Kaffeetasse wie die meisten anderen.

»Und jetzt? Was hast du vor?«

Marina stand dicht vor ihrer Freundin und legte ihr eine Hand auf den Arm. »Keine Sorge, Karen. Ich fahre in meine Wohnung, ziehe mir zwei Tafeln Schoko bei einem rührseligen Kitschfilm rein, heule ein wenig, und gleich morgen beginne ich, Bewerbungen zu schreiben.«

Laut atmete Karen aus. »Okay, das klingt nach einem Plan. Ich komme nach der Arbeit zu dir und unterstütze dich dabei.«

»Bei den Bewerbungen?« Marina lächelte mit verschmierter Wimperntusche.

Schmunzelnd schüttelte Karen den Kopf. »Bei der Schoko natürlich.«

»Karen?«, ertönte eine schneidende Männerstimme hinter ihnen, und Tilmann baute sich direkt in der nun wieder offenstehenden Tür seines Büros auf. Wenig überraschend funkelte er beide Frauen böse an. »Arbeitest du dann auch mal etwas für dein Geld?«

Zum Glück für Karen waren gerade alle irgendwo anders im Haus beschäftigt, und keiner hatte die Beleidigung mitbekommen.

»Was ist dir denn heute über die Leber gelaufen?«, erwiderte sie daher schroffer als in den offiziellen Meetings, obwohl sie den Grund für seine Laune kannte.

»Geh nur, wir telefonieren später«, zischte Marina ihr zu, und Karen setzte sich schulterzuckend in Bewegung.

Für einen Moment verhakte sich Marinas Blick mit jenem von Tilmann. Sie starrte standhaft zurück.

»Nichts! Ganz im Gegenteil. Ich bin bester Laune«, log Tilmann in Karens Richtung, und Marina kniff angewidert die Nasenflügel zusammen.

Obwohl er ein Ekel sondergleichen sein konnte, hatte sie sich eingebildet, sie hätten irgendeine dieser seltsamen Verbindungen. Auch nach ihrer Trennung letztes Jahr hatte er stets betont, dass er sie als Mitarbeiterin schätzte und sich mit ihr blind verstünde. Aber wie sie nun erfahren hatte, war das nichts wert. Und zu allem Überfluss grinste er auch noch.

Er würde sie schneller als einen welkenden Strauß Blumen ersetzen. Für einen neuen musste man immerhin hinunter an die Straßenecke laufen, aber in der Fernsehbranche lief das anders. Er musste bloß einmal mit dem Finger schnippen, und irgendjemand aus dem Team stand bereit. Voller Hoffnung, dass es der Beginn einer ganz wundervollen Karriere wäre. Weil viele hier den gleichen Traum teilten. Den, den sie innerlich soeben zu Grabe getragen hatte.

Aber das war nun nicht mehr ihr Problem.

Marina seufzte laut, winkte den anderen im Vorbeigehen draußen im Gang ein letztes »Tschüss« zu und versank in angstvollen Gedanken, wie es nun für sie weitergehen mochte. Da ihre Kolleginnen und Kollegen nichts von der

Kündigung wussten, murmelten diese beiläufig ebenfalls einen Gruß und dachten sich nichts weiter dabei. Aber Marina hatte keine Kraft dafür, jetzt allen zu erklären, dass sie morgen nicht zum Dienst erscheinen würde. Das würde sich ohnehin wie ein Lauffeuer herumsprechen, und ihr war lieber, diesen Ort nicht wie ein Schlosshund heulend verlassen zu müssen.

Die Tür des Lifts schloss sich und öffnete sich unten wieder, und wenig später trottete Marina die Straße entlang zur Bushaltestelle. Die Spitzen ihrer hohen schwarzen Stiefel waren weiß vom Salz auf den Gehsteigen, und sie zog ihren Mantelkragen bis unter die Nase hoch.

Es war Montag. Noch fünf Tage bis Weihnachten. Allein dieser Gedanke ließ ihre Tränen wieder fließen, denn sie hatte keinen blassen Schimmer, wie sie die nächsten Tage verbringen und Weihnachten allein überstehen sollte. Aber wenigstens waren alle auf der Straße so im Weihnachtsstress, dass niemand sie beachtete oder ihr einen zweiten Blick schenkte.

Oben im Büro saß Karen bei Tilmann, der ihr eine E-Mail an alle diktierte.

»Da uns Marina Urban mit sofortiger Wirkung verlässt, erwarte ich mir, dass morgen im Meeting jede und jeder Einzelne mit einer umsetzbaren Idee für die Frühs und Spätsendung der nächsten drei Wochen aufwartet. Wenn nicht, dann behalte ich mir vor, die Frühstücksshow von Grund auf zu verändern oder gänzlich abzusetzen und auch die Abendnachrichten neu auszurichten.« Er sah Karen an. »Hast du das?«

»Ja, hab ich.« Allerdings tippte sie noch.

Der hat ja ein Rad ab, dachte Karen, während er wie ein

Irrer rund um den Schreibtisch lief und ihr weitere Drohungen ansagte.

Sie war seit gut drei Jahren beim Sender und wusste, wozu Tilmann fähig war, aber das mit Marina war selbst für ihn außergewöhnlich bösartig und durch nichts zu rechtfertigen. Die Morgenshow war ein Renner, wie auch alle anderen Sendungen der Newsredaktion. Wo also lag sein Problem?

Karen verstand es einfach nicht.

Sie sah auf. »Warum hast du sie gleich feuern müssen? Es hätte ja gereicht, Marina mal ein paar Tage freizugeben, wenn sie dir im Moment auf den Hammer geht.«

Tilmann blieb stehen und blaffte sie wütend an: »Erstens geht dich das nichts an, Karen, und zweitens bin ich noch immer der Chef.« Dann grinste er diabolisch. »Du kannst natürlich aus Solidarität gerne ebenfalls kündigen, oder aber, du bleibst und hast die Chance, ihren Job als Producerin zu bekommen. Deine Entscheidung!«

Wie sie ihn hasste!

Natürlich wollte Karen nach wie vor Producerin werden. Das war ihr Traumjob. Und am liebsten würde sie eine Sendung produzieren, die Marina präsentierte, denn sie verstanden einander ohne Worte. Außerdem war Karen davon überzeugt, dass Marina perfekt wäre. Sie war blond, groß und schlank, hatte diese intelligenten blauen Augen und ein unfassbar anziehendes Lächeln. Ihr edel geschnittenes Gesicht verlieh ihr etwas Besonderes, und noch dazu liebte die Kamera Marina.

Karen hatte einige von den Probeaufnahmen gesehen, zu denen Tilmann Marina immer wieder geschickt hatte, wenn er eine neue Sendung entwickelt hatte. Jedes Mal war Marina die Beste gewesen, und jedes Mal wieder hatte jemand anderes den Job bekommen, weil Tilmann ja nicht auf seine rechte Hand verzichten konnte. Seltsam. Karriere durfte sie nicht machen, aber hinauswerfen konnte er sie schon? Wo war da die Logik, außer dass er ein A… war?

»Natürlich bleibe ich, und ich will auch den Job«, murmelte sie, sah ihn aber nicht an, sondern wieder auf den Bildschirm. Dieses Eingeständnis fühlte sich wie Hochverrat an Marina an. Obwohl das Blödsinn war. Irgendjemand musste die Show ja produzieren. Und wenn sie es nicht tat, machte es jemand anderes.

»Wie war das?«, fragte er nach und deutete auf sein Ohr.

Nun blickte sie ihm direkt in die Augen. Er war wirklich das Allerletzte!

»Ja, ich will den Job, Tilmann«, erklärte sie ihm lauter.

»Gut so.« Er grinste. »Dann weiter im Text.«

Der Mann war ein Sadist, und sie hasste ihn gleich noch mehr.

Wenig später war er endlich fertig.

»Die E-Mail geht an alle, und in zwei Stunden erwarte ich drei Aufmacher für morgen! Dazu will ich den Pressesprecher dieser Bürgerinitiative gegen den neuen Industriepark auf Sendung und eine Grafik zu den aktuellen Zahlen des Weihnachtsgeschäfts, die wir senden können. Handel Inland real versus Inland online sowie Handel online Ausland. Alles klar, Karen?«

»Ja. Alles klar.« Wenn sie könnte, würde sie mit ihren Stöckeln genau da hintreten, wo es ihn am meisten schmerzte.

Tilmann wusste, dass seine Entscheidung, Marina zu feuern, richtig gewesen war, und dennoch hasste er sich selbst dafür, dass er sie bereits vermisste. Karen tippte bloß halb so schnell wie Marina.

Vermutlich hatte Marina noch nicht einmal das Gebäude durch die großen Glastüren verlassen. Aber sie hatte ihm keine Wahl gelassen. Natürlich hatte er jämmerliche Ausreden erfunden, um sie mit sofortiger Wirkung vor die Tür setzen zu können. Andererseits war er stolz darauf, wie unbarmherzig sachlich er ihre Fehler dargelegt hatte. Er wusste nur zu gut, dass Marina Perfektionistin war. Und auch, dass sie für das Arbeitspensum, das er ihr abverlangt hatte, erstaunlich exakt arbeitete. Tilmann war sonnenklar, dass Marina dazu geboren war, vor der Kamera zu stehen. Und nicht dahinter. Doch auch das hatte er ihr nie gesagt. Er hätte sie es längst versuchen lassen sollen.

Dennoch hatte er die richtige Entscheidung getroffen. Zumindest was ihn selbst betraf. Er ertrug es einfach nicht mehr, neben ihr zu arbeiten und sie nicht haben zu können. Auch wenn er es nicht zeigen konnte, sie war für ihn die Liebe seines Lebens. Und in den letzten Wochen war ihm klar geworden, dass er sie für immer verloren hatte. Sämtliche seiner möglicherweise etwas unbeholfenen Versuche, sie zurückzuerobern, waren fehlgeschlagen. Sie hatte weder mit ihm ins Kino, noch ins Theater und schon gar nicht zum Essen ausgehen wollen. Welche Wahl hatte er also? Das mit ihrer Verspätung heute war bloß der Funke gewesen, auf den er geduldig gewartet hatte, um seine Vergangenheit mit ihr niederzubrennen.

Tilmann streckte sich durch, da Karen aufgestanden war und ihn anstarrte.

»Ist was?«, blaffte er sie an. »Auf, an die Arbeit. Du wirst nicht fürs Rumstehen bezahlt.«

Sie funkelte ihn an. »Bitte, dann gehe ich rüber ins Studio.«

»Das will ich dir auch geraten haben.«

Karen machte einen Schritt, drehte sich aber noch einmal zu ihm um. »Keine Sorge, ich kenne deine Erwartungen, Tilmann, und werde den Job gut machen. Aber dass du

Marina gefeuert hast, verzeihe ich dir nie!« Dann verließ sie mit ihrem Laptop unter der Achsel seinen modernen Glaspalast, wie alle hier sein Büro nannten.

»Es ist besser so für sie«, rief er ihr nach. Dabei hatte er sich gar nicht rechtfertigen wollen.

Karen blieb in der Tür stehen und drehte sich mit weit aufgerissenen Augen um. »Das ist jetzt aber nicht dein Ernst, oder? Besser für *sie*?«

Mit hängenden Schultern nickte er, und in diesem Moment hatte Tilmann durchaus etwas Menschliches an sich, wie Karen fand. So war er auch gewesen, wenn sie einander privat zu dritt getroffen hatten. Aber der letzte Abend lag zwölf Monate zurück.

»Ja, Karen. Besser für sie. Ob du es glaubst oder nicht, aber mehr kann und will ich dazu nicht sagen.«

»Okay.« Damit verließ sie nachdenklich sein Büro.

Was hatte er damit gemeint? So wie sie Tilmann kannte, würde sie es wohl nie erfahren.

 lte Bande

Montagabend

Innerhalb weniger Stunden verkam Marinas Wohnung zu einer Müllhalde.

Unzählige benutzte und zerknüllte Taschentücher lagen verstreut auf dem gemusterten Teppich, dem Ohrensessel und ihr selbst herum. Auf ihrem Couchtisch stand eine halb leere Flasche Rotwein, und sie hatte dunkle Ringe unter den Augen. Verheult starrte sie auf den Fernseher und schluchzte immer wieder auf. Dass sie eine uralte Jogginghose zu einem nicht weniger betagten T-Shirt samt Wollsocken unter einer Decke trug, war Marina egal. Wer sollte sie auch sehen? Schließlich war sie Single und konnte sich bemitleiden, wie lange und in welcher Form sie wollte.

Marina lag auf der Couch mit einer leeren Plastikbox auf

dem Bauch, in der sich die Reste von zerronnenem Schokoladeneis auf deren Boden sammelten.

Als die Eiscremeschachtel nach unten rutschte und sich die klebrige, braune Masse über der cremefarbenen Decke verteilte, fuhr sie hoch und schimpfte laut: »So ein Mist aber auch!«

Muss denn heute alles schiefgehen?

Die Box mit der Eiscreme landete auf dem Glastisch, und Marina ignorierte den Fleck, so gut sie konnte, denn immer wieder wanderten ihre Gedanken zu den bevorstehenden Weihnachtsfeiertagen, was alles noch schlimmer machte.

Warum um alles in der Welt verbrachten ihre Eltern justament dieses Jahr die Feiertage am Meer? Das hatten sie noch nie getan. Klar konnte sie ins Haus nach Wien fahren, aber sie wäre dort mutterseelenallein. Das war keine Option.

Wieder musste ein Taschentuch daran glauben. Ihre Nase wurde eine Spur röter, die Ringe unter ihren Augen schwollen weiter an, und die Hoffnungslosigkeit in ihrem Kopf verwandelte sich in ein mächtiges, schwarzes Monster. Marina fragte sich immer wieder, wie es nun mit ihr weitergehen sollte, ohne darauf eine Antwort zu finden.

Die einzige Erkenntnis, die sie hatte, war jene, dass sie ganz sicher nicht in ihre Heimat reisen wollte. Wozu? Um ihren alten Freunden in Wien von ihrer gescheiterten Karriere beim Fernsehen in Deutschland zu berichten? Darauf konnte sie verzichten!

Es ging gar nicht darum, dass sie es nicht verstehen würden. Im Gegenteil. Sie würden sie trösten. Auch ihre Eltern hätten Verständnis für ihre Situation. Ganz sicher sogar, und das, obwohl gerade ihr Vater immer skeptisch gewesen war. Schon bei der Wahl ihres Studiums. Politikwissenschaften. Was wollte sie denn damit anfangen? Diese Frage hatte er ihr unzählige Male gestellt, und nicht weniger oft hatte er die gleiche Antwort von ihr erhalten: ›Ich werde Nachrichtenstar. Du wirst sehen.‹

Die Erinnerung löste den nächsten Weinkrampf aus.

Wie sie jetzt wusste, konnte sie das nun vergessen. Mit ihrer Karriere war es aus und vorbei. Klar gab es ein paar andere Sender, aber die waren alle ein Abstieg, da sie ja vom größten gefeuert worden war.

Sofort schluchzte sie wieder auf.

Ich muss mich ablenken!

Marina nahm das Handy und scrollte gedankenverloren durch irgendwelche Instagram-Fotos. Absolut jeder bis auf sie war anscheinend in bester Vorweihnachtsstimmung. Sie betrachtete kunstvoll dekorierte Adventskränze, wundervoll geschmückte Weihnachtsbäume, unfassbar glückliche und toll aussehende Frauen auf Weihnachtsmärkten, beim Skifahren oder sonst wo. Alle hatten tausend Dinge zu tun und wirkten rundum glücklich.

Wie es schien, hatte jeder ein Leben.

Jede und jeder außer ihr.

Denn sie hatte noch nicht einmal ihre Wohnung dekoriert. Dabei liebte sie Weihnachten!

Um sich nicht weiter selbst zu geißeln, checkte Marina ihre E-Mails. Die beruflichen ignorierte sie, stattdessen blätterte sie sich durch ihre privaten. Aus Mangel an neuen Nachrichten ging sie bereits gelesene durch.

Und dann sah sie sie. Die E-Mail ihrer Cousine Hannah!

Marina setzte sich unwillkürlich auf und überkreuzte die Beine.

Sie hatte noch nicht geantwortet, obwohl Hannah diese Nachricht vor gut vier Wochen geschickt hatte. Aber damals hatte sie nicht gewusst, was sie ihr hätte antworten sollen.

Zur Erinnerung las sie den gesamten Text.

. . .

›Liebe Marina,

Ich weiß, es ist unendlich lange her, seit wir beide uns das letzte Mal gesehen haben! (Ich denke, das war vor vierzehn Jahren bei Omas Begräbnis.) Wie oft habe ich an dich gedacht und dann doch nicht angerufen. Schande über mich. Bitte verzeih mir!‹

Ich wollte ja auch anrufen und habe es ebenso wenig getan, dachte Marina.

›Nun, der Grund, warum ich mich jetzt per E-Mail melde, ist, weil ich deine aktuelle Handynummer nicht ausfindig machen konnte. Also, um es kurz zu halten: Ich würde dich (bzw. euch, falls du einen Partner hast) wahnsinnig gerne über Weihnachten nach Alaska einladen. Der Flug hin ist am einundzwanzigsten Dezember ab Wien und dann zurück am vierten Jänner.‹

Der Abflug ist ja bereits übermorgen, durchfuhr es Marina heiß.

›Auch für alles andere (habe schon mal ein Zimmer für dich samt eventueller Begleitung im *Golden Moose Inn* reserviert) komme ich selbstverständlich auf. Und mach dir keine Sorgen, meine Eltern bleiben in Wien, da ihnen die Anreise zu beschwerlich ist. Es geht also nur um uns beide, weil ich Sehnsucht nach meinem Cousinchen habe!‹

.   .   .

Das ist gut! Das Letzte, das ich jetzt brauchen kann, ist, den alten Familienstreit mit ihren Eltern aufzuwärmen.

›Also: Was hältst du davon? Bitte sag spontan einfach Ja! Freue mich, von dir zu hören! Ganz herzliche Grüße, dicke Umarmung und viele Bussis, deine Hannah‹

Marina ließ sich zurück aufs Sofa fallen und starrte den Plafond an. Sie wusste noch immer nicht so recht, was sie davon halten sollte. Doch heute erschien ihr Hannahs Angebot verdammt verlockend. Als sie die E-Mail erhalten hatte, war sie zerrissen gewesen. Einerseits hätte sie Hannah unheimlich gerne wiedergesehen, andererseits hatte sie die Idee, mit ihr über Weihnachten nach Alaska zu fliegen, für völlig absurd gehalten.

Alaska! Das Einzige, was ihr dazu einfiel, war eiskalt, öd und einsam.

Vielleicht war das ja genau das, was sie im Moment brauchte?

Nein. Ganz sicher nicht. Das hatte sie hier auch.

Andererseits?

Als Hannah die E-Mail abschickte, hatte sie tief in ihrem Herzen nicht damit gerechnet, dass ihre einzige Cousine die Einladung annehmen würde. Der Graben, den ihre beiden Väter gleich nach dem Tod ihrer Großmutter aufgerissen hatten, war von Jahr zu Jahr größer statt kleiner geworden. Dabei ging es, wie überall, bloß ums Geld. Ihr Vater Klaus war der Ansicht, dass ihn sein älterer Bruder Kurt, Marinas

Vater, bei der Erbschaft übers Ohr gehauen hatte, und es sah so aus, als wäre Kurt der gleichen Meinung, nur umgekehrt.

Damals war Hannah in der Pubertät gewesen und hatte vom Erbschaftsstreit nur Fragmente mitbekommen, weil sie schlicht und ergreifend andere Sorgen gehabt hatte. Die Tragweite des Konflikts hatte sie erst gecheckt, als sie ihren einzigen Onkel samt dessen Frau und natürlich auch Marina zu ihrer Sponsion auf der Uni hatte einladen wollen. Ihr Vater hatte sie zur Seite genommen und ihr einen ganzen Nachmittag lang die Verfehlungen seines Bruders aufgezählt.

Aus Rücksicht, um ihren Eltern ihren Abschluss nicht zu vermiesen, hatte Hannah klein beigegeben und auf die Einladung der restlichen Familie verzichtet. Für sie persönlich war es jedoch ein Drama gewesen, dass es anscheinend keinen Weg zur Versöhnung zwischen den Brüdern gab.

Marina war es mit dem Familienstreit ähnlich ergangen. Da sie um ein Jahr jünger als Hannah war, hatte sie auch nicht viel mitbekommen und war von ihren Eltern angelogen worden, wenn sie nachgefragt hatte, warum nie jemand zu Familienfeiern auftauchte. ›Klaus hat zu viel Arbeit‹, hatte stets die Antwort ihres Vaters gelautet. Aber auch sie hatte irgendwann kapiert, dass es ein massives Zerwürfnis zwischen ihrem Vater und Onkel Klaus gegeben hatte, womit ihre Mutter dann irgendwann einmal während des gemeinsamen Kochens rausgerückt war.

Die spinnen ja alle. Alles nur wegen Kohle!

Marina setzte sich wieder auf und starrte eine Zeitlang auf den Text. Sie war hin- und hergerissen zwischen einem mutigen Ja und einem beleidigten Nein danke, weil sich ihr Onkel und ihre Tante schließlich jahrelang nicht für sie interessiert hatten. Allerdings konnte Hannah nichts dafür.

Sie sah sich um. Das Chaos im Wohnzimmer spiegelte ihr innerliches nur bedingt wider. Hier sah es noch viel zu aufgeräumt aus.

Die Wahrheit war, sie hatte den Tiefpunkt ihres Lebens erreicht. Abhauen war also gar keine so schlechte Alternative. Und wenn es an den Nordpol war.

Öd, eiskalt und einsam?

Auch egal. Schlimmer als hier kann es nicht sein.

Weißt du was, Hannah? Ich mach das.

Doch statt ihr zu schreiben, tippte sie Hannahs Handynummer ein, die ihre Cousine mitgeschickt hatte, und klickte dann auf den neu erstellten Kontakt. Das Taschentuch warf sie achtlos auf den Boden und streckte den Rücken durch, als ihre Cousine sich am anderen Ende mit einem schlichten »Ja, bitte?« meldete.

»Hannah! Marina hier. Sag, steht deine Einladung noch?«

Marina sah ihr die Überraschung, die Hannah am anderen Ende des Telefons ins Gesicht geschrieben stand, förmlich an, denn diese brauchte ein paar Sekunden, um zu antworten. Da Hannah seit vier Wochen kein Sterbenswörtchen von Marina gehört hatte, war sie davon ausgegangen, dass Marina nichts mehr mit ihr zu tun haben wollte. Erst war sie darüber bestürzt gewesen, doch dann hatte sie sich selbst davon überzeugt, dass sie einen anderen Weg beschreiten musste, um diese in die Brüche gegangene Beziehung zu kitten.

»Was für eine Überraschung, Marina! Klar steht meine Einladung noch.«

»Dann bin ich dabei.«

Hannah jubelte auf. »Du hast keine Ahnung, wie sehr ich mich darüber freue!«

· · ·

Es war vorauszusehen, dass die beiden Cousinen einiges zu besprechen hatten. Das mit der Kündigung verkniff Marina sich jedoch. Es war schon so schwierig genug, nicht andauernd in Tränen auszubrechen, und sie würde in Alaska sicherlich genügend Zeit haben, Hannah die ganze lange Geschichte zu erzählen. Was sollte dort sonst groß passieren?

Natürlich wusste sie aus den Medien, dass Hannah mit dem berühmten Hollywoodschauspieler Cooper Preston liiert war. Tilmann war deshalb nicht nur einmal ziemlich ausgeflippt. Dummerweise war ihr nämlich rausgerutscht, dass dessen neue Freundin ihre Cousine sei. Von da an wollte Tilmann ständig ein Exklusivinterview mit Hannah und Cooper von ihr erzwingen, doch Marina hatte strikt abgelehnt, sie zu kontaktieren, was ihn extrem wütend gemacht hatte. Den Satz ›Entweder du willst etwas in diesem Business erreichen, dann gehst du über Leichen und vergisst eure Familienfehde, oder du kannst deine Karriere vergessen und deinen Koffer packen‹ würde sie nie mehr vergessen. Jetzt, im Nachhinein, hätte sie genau das tun sollen, statt ihn ständig zu besänftigen oder mit Ausreden zu vertrösten. Das letzte Jahr war reine Zeitverschwendung gewesen.

Der Schauspieler war für Marina daher ein Tabu-Thema. Sowohl am Sender, wie auch privat. Schon als sie Hannahs E-Mail das erste Mal gelesen hatte, war Marina klar gewesen, dass diese Einladung etwas mit Cooper Preston zu tun haben musste, denn dass die beiden sich nach dem Skandal bei der Filmgala in Alaska wiedergetroffen hatten, war ja medial weidlich ausgeschlachtet worden. Aber Cooper war ihr egal.

Was zählte, war ihre Cousine. Im Moment das einzige Stückchen Familie, an das sie sich über die Weihnachtsfeiertage klammern konnte. Sie war überwältigt vor Freude, denn Marina hatte nicht erwartet, wie vertraut es sich anfühlen würde, mit Hannah zu quatschen. Aber Blut war eben dicker als Wasser!

Ich fliege glatt mit Hannah nach Alaska, dachte Marina daher gut zwei Stunden später, als sie sich von ihr mit »Sehr cool. Dann fahre ich morgen nach Wien und sehe dich übermorgen am Flughafen« verabschieden wollte.

»Bist du verrückt, Marina? Das sind was? Neuhundert oder tausend Kilometer?«, rief Hannah sofort auf.

»Kein Stress, ich bin die Strecke doch schon öfter mal mit dem Auto gefahren.« Außerdem hatte sie damit wenigstens irgendetwas für morgen vor, und zudem wollte Marina ihr auf keinen Fall irgendwelche Umstände machen.

»Kommt gar nicht infrage. Ich meld mich wieder und check das. Wir holen dich in Köln mit dem Flugzeug ab, schließlich fliegen wir ohnehin über Deutschland und Großbritannien nach Nordamerika«, erklärte ihr Hannah. »Übrigens: Falls du einen Freund hast, ist der natürlich ebenfalls herzlich eingeladen.«

»Zum Glück bin ich meinen letzten Freund los«, erwiderte Marina ehrlich. »Aber danke.«

Hannah kicherte am anderen Ende. »Verstehe. Dann bring doch eine Freundin mit.«

»Nein, nein. Schon gut, Hannah.«

Doch die bestand darauf. »Marina! Wir würden uns echt freuen, und zu zweit macht das weit mehr Spaß! Also wenn du jemanden hast: Bring sie mit!«

Kurz danach legten die beiden auf, weil es an Marinas Tür geläutet hatte und Karen auf Besuch kam. Und auch Hannah hatte noch etwas zu tun. Aber sie würden einander bald sehen: in nur zwei Tagen!

»Ach du meine Güte! Wie sieht es denn hier aus?« Ohne auf die Antwort zu warten, bückte Karen sich und hob schon einige der Taschentücher auf, die ihr Marina aber sofort aus der Hand nahm.

»Bitte lass es, das ist mir peinlich.« Marina warf die stummen Zeugen ihrer Wut und Verzweiflung in den Müllkübel, der in der Küche stand, und holte dort gleich ein zweites Glas. »Ich hab mir einen Rotwein aufgemacht. Magst du auch einen?«

»Gerne.« Karen grinste und war erstaunt, dass es in Marinas Wohnung nach Weltuntergang aussah, ihre Freundin jedoch gut gelaunt schien. Oder aber … »Frage: Wie viel hast du getrunken?«

»Zwei Gläser. Und das während der letzten sechs Stunden. Also, falls du andeuten willst, dass ich sturzbetrunken bin, kann ich dir versichern, das Gegenteil ist der Fall.« Marina schenkte beide Gläser voll und stellte die Flasche zurück auf den Couchtisch.

»Du trinkst doch gar keinen Rotwein«, merkte Karen an.

»Stimmt. War die einzige Flasche Alkohol, die ich gefunden habe.«

Plötzlich erinnerte Karen sich. »Die ist noch von Tilmann! Wie pervers ist das denn?«

»Pervers? Ich finde es stimmig. Der Wein schmeckt so grauslich, dass ich mich nicht auf mein verpfuschtes Leben konzentrieren kann.«

»So gesehen passend, da hast du recht. Aber verpfuscht ist dein Leben noch lange nicht.« Karen hob ihr Glas. »Dann trinken wir das Gesöff eben.« Sie hasste nichts mehr als Rotwein. Aber für Marina würde sie alles trinken. »Und jetzt erklär mir bitte, was passiert ist. Hat er dir in der Zwischenzeit eine E-Mail geschickt und dich wieder angestellt?«

»Tilmann? Das glaubst du doch selbst nicht, dass der jemals einen Fehler einsehen würde.« Bitter lächelte Marina, denn natürlich hatte sie innerlich gehofft, er würde so etwas in der Art tun. Sie setzte sich neben Karen auf die bunte Couch.

»Auch wieder wahr. Auf dass der Idiot es richtig bereut, dich gehen gelassen zu haben!«

»Ja, darauf trinken wir. Auf dich, Tilmann, du widerliches Monster!«

Nachdem sie angestoßen und einen Schluck genommen hatten, fragte Marina: »Ich habe spontan beschlossen, Weihnachten und Silvester in Alaska zu verbringen. Wie findest du das?«

Karen riss die Augen auf. »Ich habs gewusst! Sag sofort, was du dir am Nachmittag reingezogen hast!«

Nun musste Marina kichern und warf ihren Kopf in den Nacken. »Gar nichts, ich schwöre!«

Sie legte zwei Finger aufs Herz und sah Karen belustigt an.

»Also, ich weiß nicht«, zweifelte ihre Freundin. »Was um Himmels willen würdest du denn in Alaska wollen? Und wie willst du fünf Tage vor Weihnachten ein Flugticket bekommen?«

Verschwörerisch grinste Marina. »Du weißt doch, dass meine Cousine Hannah die Freundin von Cooper Preston ist?«

»Klar weiß ich das! Ich kann mich auch daran erinnern, dass Tilmann dich mindestens fünf Mal feuern wollte, weil du dich geweigert hast, die beiden wegen eines Exklusivinterviews zu kontaktieren. Ihr hattet doch seit Jahren keinen Kontakt mehr, oder?«

»Stimmt. Und genau diese Cousine Hannah hat mich aus heiterem Himmel eingeladen, Weihnachten mit ihr und Cooper in Alaska zu verbringen.«

Marina konnte dabei zusehen, wie Karens Kinn nach unten klappte. »Nicht wahr, jetzt! Du feierst Weihnachten mit

Cooper Preston? Mensch, wie ich dich beneide.« Kurz überlegte Karen. »Nein, dafür hasse ich dich! Cooper Preston! Du
meine Güte! Mir würde ja schon reichen, ihn aus fünf Metern
Entfernung anstarren zu können.«

»Bist du verrückt? Der ist doch auch bloß ein Mensch!«

»Mag sein, aber ein Hammertyp! Und so verdammt sexy.
Glaub mir, ich würde alles tun, um ihn nur aus der Nähe
sehen zu können.« Karen überlegte kurz. »Stell dir vor:
Cooper Preston und ich sitzen in einer Bar, trinken Punsch
und sprechen über das Leben.« Geradezu träumerisch
verdrehte sie die Augen, was Marina zum Lachen brachte.

»Seit wann stehst du denn auf Promis?«

»Tue ich nicht. Nur bei Cooper. Ach ja. Und bei Sky
Crater. Und es ist ja auch nicht so, dass ich Cooper zum
Freund haben wollte. Ich finde den Typen einfach saucool.«

Karen stand auch auf Sky Crater? »Bei Cooper kann ich
das nachvollziehen, aber Sky?«

»Sag jetzt nichts! Sky singt wie ein Gott, sieht aus wie ein
Gott, und Gott, bei dem würde ich rein zufällig mein Höschen
verlieren.«

»Dann bin ich aber froh, dass Hannah sich Cooper gean-
gelt hat.«

Karen verdrehte die Augen. »Gott ist das cool!«

Seit wann hat sie Gott in ihr Vokabular aufgenommen?
Doch dann kam Marina eine Idee. »So cool, dass du dafür die
Weihnachtsferien in Alaska verbringen würdest?«

»In einem Iglu, wenn ich müsste!« Karen schüttelte den
Kopf. »Nicht zu glauben. Du bist ein Glückspilz. Ich hoffe,
dir ist das klar?« Dummerweise fiel Karen Marinas Kündigung wieder ein. »Aber an einem Tag wie diesem hast du dir
das verdient.«

»Sehe ich auch so. Aber zurück zur Einladung: Hannah
hat mir angeboten, eine Freundin mitzubringen, wenn ich

möchte, da ich ihr davor erzählt hatte, dass ich seit einem Jahr Single bin. Also, wenn du willst?«

»Du würdest mich echt mitnehmen?« Karen sprang auf, sie war einfach zu aufgeregt. Stürmisch umarmte sie Marina und küsste sie mitten auf den Mund.

»Und ob!«

Schnell ging Karen geistig alle Hürden durch, die zwischen ihr und einem Weihnachtspunsch mit Cooper Preston lagen. Ihre Eltern würden es verstehen, wenn auch nicht begeistert sein, also check. Tilmann war das größere Problem. Sie hatte zwar ausnahmsweise vom vierundzwanzigsten Dezember bis sechsten Januar frei, weil sie Urlaub abbauen musste, aber das war sicher für diese lange Reise zu kurz. Daher kein check. Das musste sie also klären.

»Du bist die Beste, Marina. Ich muss aber noch von Tilmann dafür freibekommen.« Karen fiel ihr gleich wieder um den Hals.

»Oje …« Marina schüttelte den Kopf. »Freu dich nicht zu früh, Karen, das macht der nie!«

»Lass das meine Sorge sein. Ich wickle ihn um den Finger, bestimmt!«

Auch Stunden später hatte Karen natürlich noch keine Ahnung, wie sie ihren Boss dazu bewegen konnte, ihr länger als geplant freizugeben. Doch sie baute für den unwahrscheinlichen Fall vor, dass er es doch tun würde.

»Wir holen uns sicherheitshalber die Visa.«

Eine halbe Stunde später war das erledigt. Sie hatten beide ein ESTA-Visum für die USA beantragt und würden sicher innerhalb der nächsten vierundzwanzig Stunden die Bestätigungen erhalten.

Marina lehnte sich gemütlich zurück. »Das hätten wir.

Aber du musst mir schwören, Karen, nichts, aber auch gar nichts über Cooper oder Hannah zu posten, ja? Und kein Wort über die beiden zu Tilmann, ja?«

Karen war empört. »Natürlich nicht! Was denkst du denn von mir?«

»Okay, dann überleg dir eine richtig gute Story, die du ihm gleich morgen auftischen kannst.«

»Glaub mir, das werde ich.«

»Ich setze auf dich. Kannst du dir das vorstellen? Wir beide in Alaska?«

»Und das ausgerechnet an Weihnachten?«

Wahnsinn, dachten beide und malten sich noch eine Weile aus, wie es wohl sein würde.

Hundemüde fuhr Karen gegen zehn Uhr abends mit den Öffis nach Hause, immer noch schwer am Nachdenken, wie sie es anstellen könnte, gemeinsam mit Marina diese Reise antreten zu können.

Alaska mit Cooper Preston!

Das war eine von diesen Once-in-a-lifetime-Chancen, die sie auf gar keinen Fall verpassen wollte.

Auch Marina war heftig am Überlegen. Gemeinsam mit Karen würde der Urlaub sicher mehr Spaß machen, denn vermutlich wollten Hannah und Cooper auch Zeit allein verbringen. Hannah hatte sie ja geradezu gedrängt, eine Freundin mitzubringen. *Hm. Irgendwie müssen wir das gebacken kriegen,* dachte sie. Aber für heute war Marina zu müde und schlief über ihrer Grübelei direkt vor dem Fernseher auf ihrer Couch ein. Dass sie mit der Hand ihre Eisbox vom Tisch stieß, bekam sie nicht mehr mit. Um diese Bescherung musste sie sich erst am nächsten Morgen kümmern.

KAPITEL 3

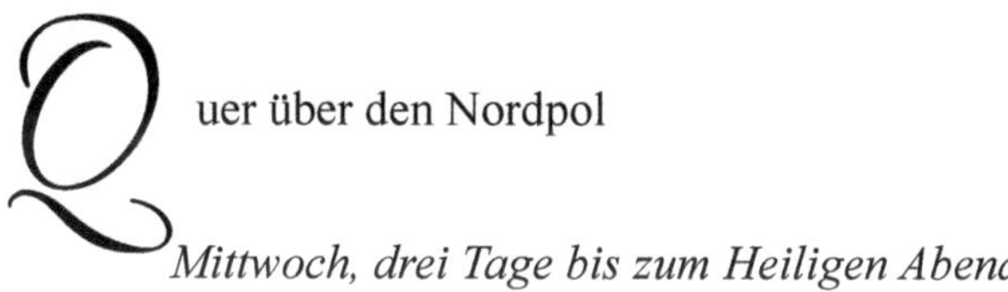

uer über den Nordpol

Mittwoch, drei Tage bis zum Heiligen Abend

»Ich kann es kaum erwarten, Marina endlich wiederzusehen«, meinte Hannah aufgeregt kurz nach der Landung in Köln. Sie stand in seinem Privatjet direkt vor ihm.

Cooper zog seine Freundin zu sich auf den Schoß. Hannah setzte sich auf ihn und umarmte ihren Freund. »Du siehst verdammt sexy aus, wenn deine Augen so strahlen.«

Die beiden waren allein ganz vorne in der Maschine, seine Entourage in einem durch eine Bar abgetrennten Abteil weiter hinten im Flugzeug.

Ihm gefiel sie in den Jeans und dem eng anliegenden dünnen Rollkragenpulli, der ihren Busen zur Geltung brachte, unheimlich gut. So gut, dass Cooper schon wieder an Sex mit ihr denken musste.

Hannah schlang die Arme um seinen Nacken. »Daran werde ich dich erinnern, wenn du Marina gesehen hast! Wehe, mein Lieber, du verknallst dich in meine hübsche Cousine.«

Cooper verdrehte die Augen. »Ich weiß doch längst von Instagram, wie sie aussieht, Darling! Du musst dir keine Sorgen machen, da du ganz eindeutig die Schönere der Urban-Girls bist.«

Hannah gab ihm einen Klaps auf den Arm. »Wir sind uns aber schon einig, dass innere Werte wichtiger sind?«

»Klar.« Cooper grinste, und dabei sah der sonnengebräunte Schauspieler genau so aus, wie man es sich vorstellte: Durchtrainiert mit breiten Schultern, stechend blauen Augen, gewelltem, brünettem Haar und einem umwerfenden Lächeln, dank der blütenweißen Zähne, die Cooper ein Vermögen gekostet hatten. Aber das war Standard. Cooper Preston war ja ein verdammt berühmter und erfolgreicher Superstar. A-Liga. Hannah musste sich manchmal in die Hand zwicken, um glauben zu können, dass sie nun bereits seit über einem Jahr eine Beziehung führten. »Aber ich gebe zu, mir gefällt die Verpackung deiner inneren Schönheit ebenfalls ziemlich gut.«

»Nur ziemlich?« Er schmunzelte. »Babe, deine Komplimente sind ausbaufähig.«

»Okay, okay. Du siehst wieder einmal umwerfend aus! Wären wir jetzt allein, würde ich nur allzu gerne nachsehen, ob unter deinem schicken Hemd und der Jeans noch alles beim Alten ist.«

Er zog sie eng an sich und schmuste mit ihr. Dann meinte er: »Siehst du, so klingt das gleich besser, doch nun finde ich es nervig, dass deine Cousine gleich auftauchen wird, denn mir schwebt gerade etwas anderes vor.«

Er strich ihr zärtlich über den Busen und grinste spitzbübisch.

Hannah liebte es, wenn er ihr zeigte, wie begehrenswert er sie fand. Sie war ausreichend Realistin, um genau zu wissen, dass sie ohne ihre schlanke Figur, ihr langes, dunkelblondes Haar und ihr attraktives Gesicht niemals sein Interesse geweckt hätte. Das war zwar nicht fair, aber das Leben war ohnehin nie wirklich fair. Das war Hannah nur zu bewusst, dennoch genoss sie es, mit Cooper auf der Sonnenseite des Lebens gelandet zu sein. Daher gab sie ihm noch einen Kuss und meinte anschließend: »Leider musst du dich noch ein wenig in Geduld üben.«

Cooper riss seine blauen Augen weit auf. »Wie lange dauert *ein wenig?*«

»Bis wir in Alaska angekommen sind, schätze ich. Sie werden nämlich gleich da sein.«

Er verzog den Mund. »Das ist zu lange.«

»Ist es. Aber Spaß beiseite, ich freue mich riesig auf Marina.«

Hannah zappelte auf seinem Schoß herum. Er schmunzelte. »Du bist ja wirklich aufgeregt!«

»Und wie!«

»Weißt du mittlerweile, ob Marinas Freundin mitkommt?«

Hannah schüttelte den Kopf. »Das war bis gestern Abend noch nicht heraus. Also lassen wir uns überraschen.«

»Machen wir.« Und schon küsste er sie wieder, um Hannah, aber vor allem sich selbst, die Wartezeit zu verkürzen.

Als Marina die an den Privatjet angelehnte Stahltreppe nach oben kletterte, konnte sie selbst nicht glauben, was sie hier tat. Sie fühlte sich wie in einem kitschigen Film à la *Cinderella*. Ein Privatjet!

Das war unfassbar. Und sie wurde von einem Bodyguard begleitet. Noch surrealer. Aber am schrägsten an der ganzen Sache war das Ziel: Alaska! Sie war mehr als gespannt, was sie dort erwartete.

Ihren Eltern hatte sie diese Reise verschwiegen, um unnötige Diskussionen zu vermeiden. Gestern hatte sie mit ihnen telefoniert und bloß erwähnt, dass sie mit Freunden Weihnachten feiern werde. Da ihre Eltern ohnehin annahmen, sie bliebe in Köln, hatte es dazu auch keine weiteren Fragen gegeben. Die Kündigung hatte sie ihnen ebenfalls verschwiegen. Das konnte bis nach Weihnachten warten.

Tja, und nun war sie hier. Coopers Securitymänner hatten sie im Privatbereich des Flughafens abgeholt und zur Maschine eskortiert. Nun begrüßte sie eine Flugbegleiterin mit einem Glas Champagner. Die junge Frau im hellgrauen Kostüm bedeutete ihr, in das Innere des Jets zu gehen.

»Danke.«

Mit dem Glas in der Hand trat sie durch einen Vorhang.

Und da waren die beiden!

Sofort stellte sie das Glas auf dem ersten Tisch ab und streckte ihre Arme aus.

»Marina!«, jubelte Hannah laut auf und fiel ihr um den Hals. »So schön, dass du mitkommst!«

»Es ist so schön, dich zu sehen, Hannah! Und ich kann nur noch einmal Danke sagen, nicht nur für die Einladung, sondern auch dafür, dass du den ersten Schritt gemacht hast.«

Sie konnten beide nicht ganz glauben, dass sie einander nun als erwachsene Frauen in den Armen lagen. Und es dauerte, bis sie einander wieder losließen. Cooper sah seinen Bodyguard an, und beide schmunzelten.

Craig Darson, der Marina abgeholt hatte, hob die Hand. »Ich gehe nach hinten, wenn das für dich okay ist?«

Cooper antwortete schnell mit »Ja, danke, Craig«.

Der bullige weiße Mann ging an den beiden Frauen vorbei und verzog sich zu den anderen von Coopers Entourage.

Hannah strahlte Marina nach wie vor an. »Ich kann es nicht fassen! Du bist hier, und das ist alles, was zählt, Cousinchen.« Sie deutete auf Cooper, der schon die ganze Zeit über mit verschränkten Armen hinter seiner Freundin gestanden hatte. »Aber da ist noch jemand, der bereits ungeduldig darauf wartet, endlich mal einen etwas jüngeren Teil meiner Familie kennenzulernen.«

Marina war es vom Fernsehen gewohnt, immer wieder einmal hinter den Kulissen einen berühmten Schauspieler zu treffen. Natürlich keinen A-Lister aus Hollywood. Das war eine Premiere. Genauso wie die völlig unerwartete Umarmung und der Kuss, den ihr Cooper soeben spontan auf die Wange drückte. »Du bist also die hübsche und talentierte Cousine von Hannah. Ich freue mich wirklich sehr, dass du uns begleitest. Gehört habe ich ja schon einiges von dir.«

Sosehr sich Marina auch über die herzliche Begrüßung freute, so unangenehm war ihr dieser Konflikt in der Familie. »Meine Güte, ich hoffe, nicht ausschließlich über den peinlichen Teil! Ich hasse den Erbstreit unserer Eltern.«

Cooper lächelte sie an, wie nur jemand aus seiner Liga dich anlächeln konnte. Mit dieser Reihe perfekt geformter, strahlend weißer Zähne und den kleinen Grübchen auf den Mundwinkeln seines kantig geschnittenen Gesichts.

»Kann ich verstehen, aber Hannah hat mir vor allem sämtliche eurer Jugendsünden gebeichtet.«

»Hat sie?« Nun musste Marina lächeln. Das war gut, denn

sie hatten ihre Eltern zur Verzweiflung gebracht. Speziell in den Sommerferien.

»Jap. Ich mag diese Geschichten verdammt gerne«, meinte er.

Marina musste sich geradezu zusammenreißen, um ihn nicht weiter unverhohlen anzustarren. Daher sah sie unwillkürlich zu Boden. »Dann bin ich erleichtert.« Sie hob ihren Blick wieder. »Und vielen, vielen Dank, Cooper, für diese großzügige Einladung! Ich weiß gar nicht, wie ich das jemals irgendwie ausgleichen kann.«

»Ausgleichen? Wie kommst du denn darauf? Dass du uns begleitest, reicht völlig. Da gibt es nichts auszugleichen.«

In dem Moment umarmte Hannah sie von hinten. »Sehe ich auch so, Lieblingscousinchen. Ich bin einfach nur happy, dass du da bist.« Dann drückte sie Marina einen Kuss auf die Wange. »Ich habe dich vermisst.«

Seufzend atmete Marina aus. »Ich dich auch. Du hast keine Vorstellung, wie sehr!«

Und ab diesem Moment war Cooper abgemeldet. Hollywoodstar her oder hin. Die beiden Frauen nahmen in den breiten, cremefarbenen Ledersesseln Platz, und jeder zweite Satz begann mit »Weißt du noch …?«. Was sollte er dazu beitragen können?

Das ging eine ganze Weile so, bis Hannah etwas gänzlich anderes einfiel. »Äh, nur kurz. Kommt deine Freundin noch?«

Nickend antwortete Marina: »Ja, das hoffe ich zumindest. Sie sollte schon längst hier sein.« Zumindest hatte Karen ihr vor rund fünfzehn Minuten versichert, dass ihr Uber bereits ins Flughafengelände eingebogen war. »Ich rufe sie gleich noch einmal an.«

»Nicht nötig! Bin schon da«, erklang Karens helle Stimme plötzlich hinter ihr.

»Karen! Da bist du ja endlich!« Marina lief ihr entgegen und bemerkte, wie gestresst Karen wirkte.

»Sorry! Die wollten mich erst nicht bei der Abfertigung der Privatflugzeuge durchlassen! Sie haben den Kapitän angerufen, und dann begleiteten mich zwei Männer von der Flughafen-Security persönlich zur Maschine.«

»Mach dir keinen Kopf! Du bist ja hier.« Hannah, die Marina gefolgt war, grinste sie an. »Ich bin Hannah! Herzlich willkommen bei uns.«

»Danke! Ich weiß gar nicht, was ich sagen soll, außer vielen, vielen Dank, dass ihr mich mitnehmt.«

»Da sind wir schon zwei.« Marina schmunzelte, und Hannah erwiderte: »Wir machen das gerne und ab jetzt bitte Schwamm drüber, ja?«

Beide Frauen nickten. Karen ließ Hannahs Hand los und sah sich fasziniert um. So also reisten Superstars. Unglaublich. Alles im Flugzeug war geräumig und erinnerte nur entfernt an die Charterflüge in den Süden, wie Karen sie kannte. Die Maschine war in Cremebeige eingerichtet und die überbreiten Sessel mit Leder überzogen. Dazwischen standen Tische, und am Ende befand sich eine schmale Tür neben einer beleuchteten Vitrine, die eindeutig eine Bar war. Der einzige Gedanke, den sie hatte, war: *Wow!*

Schmunzelnd meinte Hannah: »Komm, Karen. Ich stell dir Cooper vor«, der kurz nach hinten zu seiner Crew gegangen war, aber die Begrüßung der Frauen mitbekommen hatte. Nun stand er in der Zwischentür, während Hannah noch etwas zur jungen Frau im hellgrauen Kostüm mit dem Tablett voller Champagnergläser sagte: »Richten Sie bitte dem Captain aus, dass wir vollzählig sind?«

»Ja, natürlich, Frau Urban.« Die Flugbegleiterin drehte sich um und ging nach vorne ins Cockpit.

. . .

Ein zweites Mal deutete Hannah auf Cooper, der es immer wieder erheiternd fand, wenn Hannah Deutsch sprach. Leider verstand er nach wie vor bloß ein paar Wörter, dabei hatte er sich vorgenommen, die Sprache für sie zu lernen. Er fand sie auch vom Klang her interessant. Zwar hart, aber dennoch melodiös.

Sprachlos, wenn auch nur für einen Moment, war dagegen Karen, als sie tatsächlich vor Cooper Preston stand. Und sie riss sich zusammen, um ihre Aufregung zu verbergen.

»Cooper. Freut mich, dich kennenzulernen.« Er drückte ihr die Hand, und Karen musste schlucken, denn die ihre zitterte.

»Äh, ja. Freut mich auch. Karen.«

Ihr fiel auf, dass sie seine Hand viel zu lange festhielt, daher zog sie ihre schnell weg.

»Mach es dir gemütlich«, meinte Cooper großzügig. »Und fühl dich wie zu Hause.«

Karen nickte und war froh, die Begrüßung ohne besondere Vorkommnisse überstanden zu haben. Sie hatte weder unabsichtlich bei seinem Anblick in das Champagnerglas gebissen, noch gestottert. In Summe: gut gelaufen.

Marina wollte behilflich sein und nahm Karen den Rucksack mit den langen Trägern ab, der sich jedoch an einer Armlehne verhakte, ohne dass sie es merkte. Der Gurt straffte sich, und Marinas nächster, energischer Schritt nach vorne riss sie zurück, und schon kippte sie nach hinten.

»Nein!«, schrie sie auf.

Im letzten Moment fing Cooper sie auf.

Karen war bloß froh, dass das nicht sie gewesen war, und nahm ihr den Rucksack ab.

Marina rappelte sich hoch, und Cooper fädelte noch den

Träger aus. Dann richtete auch er sich wieder auf. »Muss es nicht, kann jedem passieren. Ist ja auch eng hier.«

Marina drehte sich ihm zu. »Eng? Na ja, im Grunde passieren solche Sachen immer nur mir. Also, bitte drückt mir nie etwas Heikles vor dem ersten Kaffee in die Hand, es landet mit Sicherheit am Tisch oder am Boden.«

Cooper grinste. »Gut zu wissen! Wir werden es uns merken.«

Er fand Hannahs Cousine absolut sympathisch und konnte auch die familiären Ähnlichkeiten zwischen den Frauen sehen. Sie hatten beide diesen ovalen Gesichtsschnitt und ausgeprägte Wangenknochen. Die Oberlippen waren beinahe so breit wie ihre Unterlippen, was ihnen etwas leicht Trotziges verlieh, das er bei Hannah so liebte. Allerdings waren Marinas Augen blau, während Hannahs eher grün waren. Blond waren beide, Marinas Haar jedoch um viele Stufen heller und kürzer. Nur knapp schulterlang. Sie trug es glatt, während Hannahs Haar immer in großen Locken bis unter ihren Busen fiel.

Mittlerweile war Craig wieder aufgetaucht und stand mit den Händen vor dem Schritt verschränkt ruhig da, bis Cooper ihn mit dem Finger deutend zu sich bat. Sofort ging der Mann mit dem Dreitagesbart auf seinen Boss zu, der ihn Karen vorstellte. »Das ist Craig, an dessen Anblick ihr euch leider beide gewöhnen müsst. Allerdings fliegt er weiter nach Los Angeles, wie der Rest meiner Crew. Sie lieben die Sonne«, erklärte er grinsend, und auch Craig schmunzelte. »Craig, das ist Karen.«

»Freut mich. Nur um das klarzustellen: Ich wollte nach Alaska, aber mein Boss denkt, dass er dort keine Security benötigt«, brummte er, und noch während sie einander die Hand schüttelten, beendete Hannah den etwas seltsamen Moment: »So, meine Lieben. Wir werden gleich starten, den

Rest unserer Reisegruppe stelle ich euch nachher vor. Jetzt trinken wir erst mal ein Gläschen, und dann kann es von mir aus losgehen.«

Als hätte er Hannah gehört, meldete sich der Kapitän über die Lautsprecheranlage.

»Ladys und Gentlemen, Miss Urban und Mister Preston, wir haben unsere Vorbereitungen für den Start abgeschlossen und bewegen uns bereits in Richtung der Rollbahn«, hörten sie alle plötzlich eine etwas höhere, aber sehr klare Männerstimme. Kapitän Christoph Ledinsky stellte sich vor und informierte nicht nur die Neuankömmlinge über die Flugroute nach Anchorage. »Wir erwarten die Startfreigabe in den nächsten Minuten«, beendete er seine Ausführungen und wünschte allen einen angenehmen Aufenthalt an Bord, wobei er Hannah und Cooper am Schluss noch einmal extra ansprach.

Karen ließ sich mit dem Glas in der Hand in einen der breiten Sitze fallen. »Ihr habt keine Vorstellung, wie aufgeregt ich bin. Privat zu fliegen ist der Oberhammer, sag ich euch! Cheers!«

Sie grinste, prostete allen zu und trank das halbe Glas leer.

»Ich mag deine beste Freundin«, flüsterte Hannah Marina ins Ohr, denn sie wusste sofort, dass sie mit der Brünetten mit den ausdrucksvollen, mandelförmigen Augen jede Menge Spaß haben würde.

»Ich auch.« Marina grinste. »Aber nimm dich vor ihr in Acht. Diese Frau kann Shots trinken wie ein Mann. Und bevor du es checkst, hast du ihr deine größten Geheimnisse verraten.«

Ihre Cousine schmunzelte übers ganze Gesicht. »Na, in

dem Fall lasse ich sie gleich noch während des Flugs ein NDA unterschreiben.«

Ein Non-Disclosure-Agreement? Bei genauerem Nachdenken fand Marina, dass das eine gute Idee war. So konnte Tilmann am Ende Karen auch nicht erpressen, ihm irgendetwas über diese Reise zu verraten. »Guter Plan. Tu das!«

Selbstverständlich hatte Karen jedes Wort verstanden und sah wie unbeteiligt zum Fenster hinaus, denn nur sie wusste, dass sie Tilmann erst mit dem Angebot, ihm ein paar heiße Details über Cooper Preston zuzustecken, herumbekommen hatte, ihr die zusätzlichen Urlaubstage zu genehmigen. Daher war es wohl im Moment am besten, nicht aufzufallen. Sie hatte lange genug Zeit, Marina und Hannah in die Sache einzuweihen und mit den beiden abzusprechen, welche ›Geheiminfos‹ sie ihrem Chef geben sollte. Hintergehen wollte sie Hannah und Cooper nämlich keinesfalls, denn das würde sie ihre Freundschaft mit Marina kosten, und das war weder Tilmann noch der Sender wert.

Dass alles möglicherweise ganz anders kommen würde als geplant, konnte Karen nicht vorhersehen. Im Moment servierte die Flugbegleiterin die Gläser ab, und sie gurteten sich an. Die Vorfreude auf die Weihnachtsfeiertage, die vor ihnen lagen, stand ihnen ins Gesicht geschrieben. Es würde garantiert ein besonderes Fest werden, aber auch ein schrecklich langer Flug von Köln hinauf in den Norden und dann von Grönland direkt nach Anchorage. Doch gerade der gab Marina und Karen die Gelegenheit, sich in Gegenwart von Cooper Preston nach einer gewissen Zeit völlig normal zu fühlen und auch den Rest der Reisegruppe, der aus seiner üblichen Staff bestand, etwas näher kennenzulernen.

KAPITEL 4

Moose Creek

Donnerstag, noch zwei Tage bis zum Heiligen Abend

Der Schwimmsteg des Meeresausläufers, an dem nur Cooper, Hannah, Marina und Karen mit dem Wasserflugzeug aus Anchorage ankamen, war übervoll mit Menschen, die alle schon sehnsüchtig auf Hannah und Cooper warteten. Der Rest seiner Crew war mit dem Jet weiter nach Los Angeles unterwegs.

Bei ihrem ersten Trip nach Moose Creek hatte Hannah angenommen, das hier wäre ein Fluss. Nun aber wusste sie es besser. Das unter ihnen war Salzwasser. Dieses Mal kannte sie auch Steve, den Piloten, der die Tür der Maschine entriegelte.

Cooper und Hannah gingen als Erste von Bord.

»Diesmal keine hochhackigen Stiefel?« Der etwa sechzigjährige Pilot mit dem sonnengegerbten Gesicht unter seiner Lederkappe grinste sie an.

»Nein, Steve! Ob du es glaubst oder nicht, ich bin lernfähig.«

»Äh, und warum sagt mir das keiner?«, motzte Karen, die sehr wohl trendige Stiefel mit Absätzen trug.

Steve seufzte. »Ich war ja noch nie in Europa, aber ich dachte immer, die wären da schlauer.«

»Wie es aussieht, hast du dich da getäuscht, mein Lieber.« Hannah grinste, sprang wie ein Profi auf den Schwimmer der Maschine und nahm Coopers Hand, die er ihr schon entgegenstreckte.

»Danke, und wie komme ich jetzt auf den Steg?«, wollte Karen wissen. Marina, die hinter ihr stand, fand die Frage überaus berechtigt.

»Wie Hannah letztes Jahr. Entweder du springst todesmutig direkt rüber, oder aber du fliegst mit mir zurück nach Anchorage.«

Karen blies sich Haarsträhnen aus dem Gesicht, die ihr gar nicht in die Augen gefallen waren. »Bitte, dann springe ich eben. Auf deine Verantwortung.«

»Nein! Ganz sicher nicht auf meine«, erwiderte Steve und fuchtelte abwehrend mit den Händen.

Natürlich sprang sie nicht. Sie wollte keinesfalls im Wasser landen. Daher glitt Karen vorsichtig und ohne weiteren Kommentar auf den Schwimmer. Dankbar ergriff sie die Hand eines Fremden, die sie sofort fest umklammerte.

»Geht erstaunlicherweise immer wieder«, meinte Steve mehr zu sich selbst als zu irgendjemand anderem, obwohl nun noch Marina dran war. »Nicht zu verkennen, dass ihr aus einer Familie kommt, Prinzessin«, meinte er sarkastisch und deutete auf ihre ebenfalls hohen Stiefel. »Wie legst du es jetzt an?«

Marina zuckte zusammen. »Keine Ahnung.«

Wie Karen war auch sie überrascht von dieser Ausstiegshürde. Dabei hatte sie dieses Paar Stiefel bloß deshalb angezogen, weil es das neue war und sie immerhin einen Hollywoodstar begleitete. Klar wollten sie und Karen gut neben Hannah und Cooper aussehen und nicht wie verwahrloste Obdachlose, die von den beiden irgendwo am Weg aufgelesen worden waren.

»Du musst dich nicht stressen, aber in zehn Sekunden werfe ich den Motor wieder an.«

»Danke, Steve. Das entspannt mich ungemein.«

Sie blickte nach unten. Das Wasser sah saukalt aus. Die Luft war es definitiv. Man konnte den Atem als kleine Wolken vor dem Mund sehen.

»Soll ich dich rausschubsen?« Steve grinste sie an. »Wird schon schiefgehen.«

»Super! Und was, wenn ich sterbe?«

Jack konnte sich vor Lachen kaum halten, als er auf die Diskussion zwischen Steve und Hannahs Cousine aufmerksam wurde. Das war ein Déjà-vu. Er konnte sich nur zu gut daran erinnern, als er Hannah hier mit ihren hohen Stiefeln bei ihrem ersten Besuch aufgegabelt hatte.

»Wir müssen alle irgendwann sterben, Prinzessin«, kommentierte Steve ihre rhetorische Frage trocken. Aber da er Hannah in der Zwischenzeit wirklich mochte und sie ihm vom Steg aus »Steve! Wehe!« zurief, reichte er Marina die Hand und hielt sie so lange fest, bis Jack sie sicher über die kleine Kluft zwischen Flugzeug und Holzplanken gehievt hatte.

»Danke.« Marina, die sich tatsächlich bereits im eiskalten Wasser hatte untergehen sehen, atmete aus.

»Das nächste Mal trag Boots«, grummelte Steve, der sich nun gemeinsam mit Cole, einem Einheimischen und Freund von Jack, sowie Hannah und Cooper daran machte, die Koffer aus der Maschine zu wuchten und in Coles alten rostigen Truck zu verfrachten.

Marina dachte nur, *Miesling! So viel zu ›In den nächsten zehn Sekunden werfe ich den Motor an.‹*

»Fahren wir direkt ins Hotel, Jack?«, fragte Karen gleich nach dem großen Begrüßungshallo mit so vielen für sie und Marina neuen Gesichtern. Dummerweise hatte sie sich bloß einen einzigen Namen der Einheimischen gemerkt, und das war Jack. Außerdem sah der Typ verdammt heiß aus. Sein dunkles Haar quoll unter der schwarzen Mütze hervor, und auch sein Bart gefiel ihr. Eindeutig ein Mann, den sie sich merken sollte. Der Jüngere war zwar auch cool drauf, aber Gemüse. Sie stand auf Ältere. Männer ab dreißig mit Sex-Appeal.

Doch zu ihrer Verwunderung schüttelte er den Kopf. »Nein. Außerdem ist es kein Hotel im klassischen Sinn. Das *Golden Moose Inn* fällt eher in die Kategorie ›zu Hause bei Freunden‹. Aber egal, erst gibt es einen Willkommenstrunk für euch alle im *Loose Moose*. Angel würde mich umbringen, wenn sie Hannah nicht sofort um den Hals fallen kann.«

»Und das *Loose Moose* ist was?«, wollte Karen nun wissen.

»Die einzige Bar im Ort. Gleichzeitig auch das einzige Diner, und wenn du so willst, das einzige Café. Kurz: der einzige Platz zum Ausgehen in Moose Creek.«

»Toll! Hannah hat ja während des Fluges von Angel erzählt. Ich freue mich riesig darauf, sie kennenzulernen.« Nun fiel ihr auch wieder ein, dass das Jacks Freundin war.

Zu dumm. Der war damit von der Urlaubsflirtkandidaten-liste gestrichen.

· · ·

Marina war wie Karen noch am Zuordnen all der Informationen, die Hannah während des unendlich langen Fluges erwähnt hatte. Aber nun kannten die beiden die wirklich amüsante wie auch romantische Story von Hannah und Cooper und ihrem unverhofften Wiedersehen am Ende der Welt. Und das war es eindeutig, fand Marina. Aus dem Autofenster bewunderte sie die vorbeiziehende Landschaft, aber außer einer kleinen Hütte gab es hier bloß Bäume und jede Menge Schnee. Im Hintergrund hohe Berge. Das war es dann. So also sah Alaska aus. Wie Tirol.

Der Eindruck sollte sich in Moose Creek selbst ändern. Hier erinnerte Marina nichts mehr an Österreich. Das Zentrum bestand aus ein paar kleinen Holzhäusern, die rechts und links der Straße gebaut waren. Verstreut standen natürlich noch weitere herum, aber viele waren es nicht. Bei den meisten blätterte die Farbe ab, und die Trucks, die zu Hause bestimmt keine Straßenzulassung mehr bekommen hätten, waren zwischen Schneehaufen geparkt. *Unglaublich, wie man in so einem Nest wohnen kann!*

Hannah und Cooper waren zu Dana in den Pick-up gestiegen, denn ihre alte Vermieterin vom *Golden Moose Inn* war ihr eine mütterliche Freundin geworden. Dana hatte es sich daher nicht nehmen lassen, herzukommen und Hannah an ihren fülligen Busen zu drücken. Sie musste sich immer wieder ein paar Freudentränen aus ihren kleinen, hellblauen Augen wischen.

»Ich hab dich so vermisst«, gestand sie.

»Ich dich auch«, antwortete Hannah, die direkt neben ihr saß. »Euch alle. Und es tut mir unendlich leid, dass es über ein Jahr gedauert hat, bis wir es wieder hierher geschafft haben.«

»Egal, jetzt seid ihr ja da. Und du wirst staunen, was ich dieses Jahr mit dem Weihnachtskomitee auf die Beine gestellt habe.« Breit lachte sie Hannah an. »Ich kann es immer noch nicht fassen, dass du neben mir sitzt! Ach, wird das ein Weihnachtsfest!«

Cooper, der direkt hinter Hannah an der Fensterseite saß und hinausgesehen hatte, beugte sich zu den Frauen nach vorn. »Ich habe nur eine Bitte: Lasst mich aus all den Vorbereitungen raus. Hannah weiß, wie sehr ich Weihnachten verabscheue.«

Und dafür hatte er gute Gründe, die allesamt in seiner Kindheit zu finden waren.

Cooper hatte nur äußerst schlechte Erinnerungen an Weihnachten mit seinen Eltern in Montana. Im Grunde war sein Vater an jedem fünfundzwanzigsten Dezember mit einem schweren Hangover aufgewacht, weil er sich am Abend zuvor betrunken hatte. Seine Mutter hatte zwar trotzdem die Kraft gefunden, während der Bescherung im Pyjama gute Miene zu machen und auf fröhlich zu tun, doch spätestens nach dem Lunch hatte es jedes Mal einen Riesenkrach zwischen den beiden gegeben. Im Grunde jedoch waren sie eine Durchschnittsfamilie gewesen. Bei den meisten seiner Freunde spielte sich dasselbe Drama ab.

Am Verhalten seines Dads hatte sich bis heute nichts geändert, außer, dass die beiden dank seiner monatlichen Schecks nun getrennt wohnten und wenigstens für seine Mom etwas Ruhe eingekehrt war. Was Cooper aber im Moment kränkte, war, dass er seine Oldies hierher eingeladen hatte und ihm beide abgesagt hatten. Dieses Schicksal teilte er mit Hannah, deren Eltern ebenfalls mit der Ausrede, ihnen sei es in Österreich kalt genug und die Anreise zu beschwerlich, nicht hatten mitkommen wollen.

Dann eben nicht, dachte er bitter und drückte Hannahs Hand. *Vielleicht ist es auch besser so.*

Über Hannah hinweg schickte ihm Dana einen ernsten Blick. Dann lächelte sie ihn an. »Cooper! Und ich dachte, du marschierst noch schnell bis zum Nordpol und stellst Santa Claus wenigstens die letzten Weihnachtsbriefe zu?«

»Sollte es um deinen Brief an Santa gehen, Dana, dann überlege ich es mir und stapfe gleich morgen früh los.«

Dankbar grinste sie ihn an. »Good boy!«

Menschen wie Dana hier im Dorf waren der Grund, warum Cooper es überhaupt erst in Erwägung gezogen hatte, in der Kälte Alaskas Weihnachten zu feiern. Und das völlig ohne Personenschutz. Ihn beschützte ohnehin das ganze Dorf. Da konnten seine Angestellten ruhig auch mal Weihnachten mit ihren Familien verbringen, was ihn schmunzeln ließ. Das hatten sie sich verdient. Außerdem nahmen sie ihn hier in Moose Creek, wie er war, was ihm ebenfalls sehr gefiel.

Hier war er einfach nur Cooper und nicht Cooper Preston, der Hollywoodstar, von dem jeder ein Selfie, ein Autogramm, Sex oder eine Karrierechance wollte. Wie Hannah hatte er sich in das kleine Dorf Moose Creek wie auch in dessen Einwohner verliebt. Noch immer vor sich hinlächelnd sah er zum Fenster hinaus, als Dana direkt vor der Bar ihrer Tochter zwischen zwei nicht allzu weit auseinanderliegenden Schneehaufen einparkte. Doch so eine Kleinigkeit war für Dana kein Problem, wie Cooper bemerkte. Sie quetschte einfach den Schnee vorne und hinten relativ brutal mit ihrem Truck zusammen.

»So. Jetzt haben wir Platz«, rief Dana fröhlich, schaltete den Motor aus, und Cooper öffnete die Tür. Dann half er Hannah aus dem Wagen.

In dem Moment schwang die schwere braune Holztür des *Loose Moose* auf, und Angel rannte ihnen mit offenen Armen entgegen. »Hannah! Cooper! Oh, mein Gott! Ihr seid wirklich hier.«

Wie immer trug sie Jeans und eines ihrer T-Shirts mit Sprüchen, die sie online designte und sich dann zuschicken ließ. Cooper lachte. »Angel! Dear Santa, just leave your credit card under the tree? Cooler Spruch!«

Grinsend erwiderte sie: »Ich musste deutlich werden, sorry! Schön, dich zu sehen, du gemeingefährlich schöner Mann!«

Sie küsste ihn und drückte ihn, dann warf sie sich Hannah in die Arme.

Dana ging das Herz auf, den dreien dabei zuzusehen, wie sie einander in die Arme fielen. Seit Hannah bei ihr aufgetaucht war – sie war der erste Gast aus Europa überhaupt in ihrer kleinen Pension gewesen –, gehörte sie hierher. Zumindest war das ihr Gefühl, und alle im Ort dachten ähnlich. Später hatte sie auch Cooper ins Herz geschlossen, als sie gespürt hatte, dass er nicht der arrogante Star war, wie sie anfangs angenommen hatte. Cooper hatte wie Hannah das Herz am rechten Fleck, und daher war das hier wie ein Wiedersehenstreffen innerhalb der Familie.

Sie folgte den dreien in die Bar, wo Hannah und Angel ununterbrochen weiterquatschten, und es fiel nicht nur ihr, sondern auch Cooper schwer, zu Wort zu kommen. Dana machte das nichts aus, sie hatte ohnehin noch jede Menge zu erledigen. Daher rief sie ihnen drinnen »Ich habe noch einiges zu erledigen. Ihr habt ja meine Handynummer, wenn ihr etwas braucht« zu und ging kopfschüttelnd nach draußen. *Diese Jungen!*

Cooper genoss seinen Drink, den Angel ihm sofort in die Hand gedrückt hatte, und hörte den beiden Frauen aufmerksam zu.

»Ah, da sind ja die anderen.« Hannah sprang vom Barhocker, einer von den gemütlichen alten aus Holz mit einer breiten Lehne, und rannte zur Tür. Sie fasste Marina am Arm und zog sie mit. »Hier, du musst Angel kennenlernen. Sie ist meine Schwester aus Alaska.«

Angel schrie auf: »Du meine Güte! Ihr beide seht ja wie Schwestern aus!«

Dann fiel sie Marina ohne Vorwarnung um den Hals und küsste sie. *Das ist ja wie Heimkommen,* dachte diese. *Und das, obwohl ich noch nie hier war.*

Vielleicht war genau das der Zauber von Moose Creek. Wie in vielen anderen Dörfern im Land gab es für die wenigen Einheimischen hier nur zwei Zustände Fremden gegenüber: ›Ich hasse dich, und du störst‹ oder ›du hast dummerweise mein Herz und das der Gemeinschaft erobert, damit bist du eine oder einer von uns‹. Glücklicherweise für Hannah und Cooper war ihnen Letzteres bei ihrem ersten Besuch gelungen. Natürlich nach einigen Anlaufschwierigkeiten. Allerdings bedeutete das nun einen Startvorteil für Karen und Marina, denn die goldene Regel lautete: ›Familie ist Familie.‹

Zur Freude aller in der kleinen Bar fügten sich Marina und Karen jedoch mühelos ins Geschehen ein. Angel stellte ihnen jeden Einzelnen vor, sie plauderten ein paar Worte, nahmen dann die Drinks in die Hand und quatschten voller Aufregung und wie alle anderen viel zu laut an der Bar sitzend durcheinander. Auch Cooper und Hannah hatten eine Runde von Tisch zu Tisch gedreht, und der Hollywoodstar durfte sich ein paar Schulterklopfer von den älteren Männern für seinen letzten Film abholen. Den hatten sie gesehen. Im Fernsehen. Daher war es für ihn nicht sein neuester, der lief gerade im Kino, aber er freute sich nicht weniger über die Komplimente.

Mit Drinks und Weihnachtsbäckerei versehen, lehnten sie alle gemütlich an der alten Holztheke mit Löchern und Kratzern, die eine lange Geschichte erzählen konnte.

Karen und Marina versuchten, sämtliche Zusammenhänge und Verwandtschaftsverhältnisse der Dorfbewohner im Kopf zu sortieren, was nur teilweise von Erfolg gekrönt war. Hannah wiederum offenbarte Cole und Jack gegenüber die Familiengeschichte der Urban-Cousinen, was ihr nur mäßig gut gelang, wie sie feststellte, als Cole sich das erste Mal zu Wort meldete: »Okay, ihr seid Cousinen. Das habe ich verstanden.« Dann schüttelte der schlanke Dunkelhaarige, der sein Haar zu einem Zopf im Nacken gebunden hatte, den Kopf. »Der Rest war mir zu konfus. Der Adler richtet seine Augen auch nur auf ein Ziel nach dem anderen.«

»Cole! So schwierig zu verstehen war das jetzt auch wieder nicht. Trink halt nicht so schnell«, meinte Hannah grinsend.

Doch Jack klopfte seinem besten Freund auf die Schulter. »Sehe ich genauso, Buddy. Aber zusammenfassend wissen wir jetzt: Marina und Hannah sind, wie du schon treffend bemerkt hast, Cousinen, und Karen ist Marinas beste Freundin. Mehr müssen wir nicht wissen. Außerdem sollten wir unser nächstes Ziel nicht aus den Augen verlieren, und das ist Daniel. Er hat mich schon zehnmal anrufen lassen, aber ich habe sicherheitshalber nicht abgehoben.«

Cole quittierte das mit einem breiten Grinsen. Er kannte

Daniel. Der würde mittlerweile rotieren. »Oh, das ist gar nicht gut! Da wird der weiße Bär sich vor Ärger ins Höschen machen, und wir sollten uns auf ein Feuergefecht einstellen. Noch ein Feuerwasser, Angel, bitte! Sicher ist sicher. Wir müssen ja zurückschießen können!«

Jack und Cooper brachen in einen Lachkrampf aus.

»Cole! Du solltest Drehbücher schreiben«, erklärte ihm Cooper und wischte sich die Augen.

»Bist du verrückt, Cooper? Da müsste ich doch am Ende mit fremden Menschen sprechen und noch schlimmer, vielleicht tagelang in dieser Stadt der gefallenen Engel verbringen! Nein, das ist nichts für mich.«

»Irgendwie hast du auch damit recht. Cheers!« Cooper nahm wie die beiden anderen Männer einen Schluck und grinste noch immer. Doch dann fiel ihm ein, dass Cole ja ein Einheimischer war und daher wohl nicht unbedingt katholisch: »Sag, ist das mit den gefallenen Engeln nicht aus dem Glauben der Konkurrenz?«

Cole sah ihn aus seinen schwarzen Augen erstaunt an. »Konkurrenz? Was ist denn mit dir los? Wir feiern doch auch den Geburtstag von Jesus. Und ich schwöre, ich singe ihm an jedem vierundzwanzigsten Dezember ein Happy Birthday und blase am Muffin die Kerze für ihn aus.« Seine Stirn zog sich in Falten. »Vielleicht habe ich das ein- oder zweimal vergessen, und vielleicht war es nicht jedes Mal ein Muffin. Es könnte auch einmal ein Donut mit bunten Zuckerstreuseln gewesen —«

Cooper schlug ihm auf den Arm. »Hör bitte auf, ich kann nicht mehr mit dir! Mensch, Bruder, ich hab dich echt vermisst!«

Angel kam aus der Küche mit dem Handy in der Hand und unterbrach das Gespräch der drei Männer. Sie stellte sich auf der Innenseite der langen Theke vor die große Runde.

Dann schwenkte sie das Telefon durch die Luft. »Daniel ruft an. Soll ich abheben?«

»Ja, gib ihn mir«, erwiderte Cooper sofort, und Jack schickte ihm einen dankbaren Blick. Es war eindeutig besser, er sprach mit Daniel. Da war Daniel sicher nicht ganz so ausfällig wie bei ihm.

Auch wenn er die fröhliche Runde ungern gewaltsam auflöste, Cooper hatte seinem Freund und Lieblingsregisseur, der unweit von Moose Creek ein Haus besaß, versprochen, gleich nach seiner Ankunft vorbeizukommen. Daniels Angebot, in seinem Haus die Ferientage zu verbringen, hatte er allerdings ausgeschlagen und stattdessen für sich und Hannah ein Holzhaus im Ort gemietet, das Jack ihm vermittelt hatte.

»Cooper!«, rief Daniel, in einen schwarzen Seidenbademantel gekleidet, durchs Handy. Cooper wäre über sein Outfit kein bisschen erstaunt gewesen, hätte er es sehen können. »Wieso ignoriert ihr mich alle?«

»Daniel! Niemand ignoriert dich, Mann. Aber seit wir hier angekommen sind, herrscht Partystimmung im *Loose Moose*, und man versteht kaum sein eigenes Wort.«

Kurz überlegte Daniel, ob er sich in den Ort chauffieren lassen sollte, verwarf die Idee aber sofort wieder. »Dann verlegt eure Party schleunigst hierher. Li hat alles vorbereitet.«

Klar, dachte Cooper amüsiert. Der arme Li war zwar offiziell Daniels Assistent, aber in Wirklichkeit sein Mädchen für alles. Cooper war nicht sicher, ob Daniel ohne Li auch nur einen einzigen Tag überlebensfähig war.

»Und du willst ihn nicht verärgern, der Mann ist ein Ninja!«

»Will ich nicht.« Cooper lachte ins Handy. »Zumal mein

letzter Actionfilm ein Jahr her ist und ich derzeit kaum zum Trainieren komme. Aber gib uns noch eine halbe Stunde, dann machen wir uns auf den Weg. Wenn ich die Mädels jetzt sofort trenne, zieht mir Angel womöglich eine mit der Bratpfanne über. Da ist mir lieber, Li lässt seine Wut in der Zwischenzeit an dir aus.«

»Nette Idee, aber daraus wird nichts, denn Angel ist doch ebenfalls bei mir eingeladen!« Daniel schürzte seine Lippen und kaute ein wenig an ihnen herum, bevor er weitersprach. »Was bitte ist besser als meine Cocktaileinladung? Sicher nicht das *Loose Moose*. Und die Bar wird ein paar Stunden auch ohne die Chefin überleben.«

Cooper war klar, dass Daniel beleidigt war. Bei ihm gab es ohnehin nur zwei Zustände: himmelhochjauchzend oder in irgendeiner Weise betrübt, wenn auch nicht immer gleich zu Tode. Zum Glück. Sonst wäre er gar nicht auszuhalten. Andererseits war Daniel genau deshalb genial. Eine Legende in Hollywood, was mit ein Grund für ihn gewesen war, sich hier, mitten im Nirgendwo, zwei UFO-artige Gebäude errichten zu lassen, wo ihn niemand heimsuchen konnte, den er nicht sehen wollte. Und das war ihm eindeutig gelungen. Über sechs Monate lang hatte er Cooper überreden müssen, letztes Jahr die Reise nach Moose Creek anzutreten.

Hierherzukommen war Schicksal oder Bestimmung, dachte Cooper. *Ohne Daniel hätte ich Hannah nie mehr wiedergesehen. Aber zurück zu Angel.*

»Daniel, meine Güte! Du weißt, dass du das absolute Highlight von Moose Creek bist, und wir freuen uns alle sehr, zu dir zu kommen. Aber zwei von Jacks Freunden bringen erst unser Gepäck in die Lodge und das von Hannahs Cousine und deren Freundin zu Dana. Sobald sie zurück sind, machen wir uns auf den Weg zu dir.«

»Seit wann musst du darauf warten, dass jemand dein Gepäck irgendwo abstellt? Cooper, schwing deinen süßen Arsch hierher und hör auf, dir irgendwelche Ausreden einfallen zu lassen. Ich erwarte euch in zwanzig Minuten«, lautete Daniels barsche Antwort, bevor er einfach das Gespräch beendete und Cooper etwas verwundert auf sein Display schaute.

Jack, der die ganze Zeit neben ihm gestanden hatte und sowohl Cooper als auch Daniel ziemlich gut kannte, grinste breit. »So kann dir aber auch nur Daniel Druck machen.«

»Ja.« Cooper lachte. »Er und Hannah.«

Jack nickte. »Ja, ich weiß. Niemand sonst.«

Freundschaftlich klopfte Cooper ihm auf den Oberarm. »Nimm es nicht persönlich, Jack.«

»Tue ich nicht«, erklärte ihm sein Freund ehrlich, denn Jack hatte Cooper kennengelernt. Sie hatten sogar einen gemeinsamen Urlaub zu viert verbracht, der ihm bestätigt hatte, dass hinter dieser perfekten Fassade ein Mann steckte, dem klar war, wie zerbrechlich Ruhm sein konnte. Einige seiner Kollegen waren Opfer der Cancel-Culture geworden, Cooper hatte viel darüber geredet, und daher wusste er, dass er sich glücklich schätzen konnte, ein halbwegs normales Umfeld in einer völlig durchgeknallten Welt aufgebaut und erhalten zu haben. Außerdem war er, wie Jack fand, tatsächlich der einfache Junge aus Montana geblieben, der er vor seinem ersten Kinohit gewesen war, wie er einige Male erwähnt hatte.

Jack schmunzelte und trank sein Wasser.

Hannah war aufgestanden und kam auf sie zu. »Und? Alles okay?«

Cooper zog sie fest an sich heran und küsste sie. »Absolut, Darling. Aber wir sollten langsam los. Daniel kann es kaum erwarten, dich zu sehen.«

»Ja, sicher.« Hannah lachte. »Ich bin gespannt, was er sich diesmal hat einfallen lassen. Entweder er schießt uns eine Salve Patronen um die Ohren oder wir finden ihn auf seiner Chaiselongue liegend wie Julius Caesar vor.«

»Sag ich doch«, meldete sich Cole wieder zu Wort. »Er wird schießen. Das spüre ich im Nacken.«

Hannah lachte ihn an. »Klar. Wo sonst?«

»Also ich setze auf Daniel in Tunika mit Weintrauben in der Hand«, malte Cooper ihr zweites Bild belustigt weiter aus.

»Ich hoffe, es sind bloß Weintrauben!« Hannah strahlte ihn an. »Cooper. Wir haben Urlaub! Ist das nicht unglaublich? Und wir sind endlich wieder hier.«

»Ja. Sind wir.« Dann küsste er sie innig, worauf Hannah ein Glas mit ihrem Haar erwischte, das hinter ihr abstürzte, doch Jack fing es geistesgegenwärtig auf.

»Macht mal halblang. Ihr kommt noch früh genug in euer Häuschen«, tadelte er sie lachend.

»Früh genug ist in meinen Augen viel zu spät, Jack«, antwortete Cooper belustigt und stahl noch einen von den Weihnachtskeksen. Noch kauend ermahnte er die Runde: »Leute! Daniel wartet auf uns. Ich denke, wir sollten dann mal los.« Und von Jack wollte er wissen: »Wird uns Angel begleiten?«

»Ja. Qannik hilft heute aus, daher kann sie ein paar Stunden freinehmen.«

»Perfekt.«

»Super!« Speziell Hannah freute sich riesig darüber, denn sie wusste, dass die junge Inuit den Laden auch allein schupfen konnte. »Dann würde ich sagen, auf gehts. Oder?«

· · ·

»Wo fahren wir denn jetzt hin?«, wollte Karen sofort wissen, denn sie fühlte sich nach den zwei kleinen Bierchen richtig wohl hier in der Bar. Im Hintergrund liefen Weihnachtslieder, die dunklen Holzwände waren mit grünen Kränzen und roten Maschen dekoriert, über der Bar hingen Weihnachtssterne und Kugeln von der Decke, und Angels Kekse passten perfekt zum bitteren Getränk. Wenn es nach ihr ginge, konnten sie gerne hierbleiben.

»Zu Daniel. Er wartet schon sehnsüchtig darauf, uns zu sehen«, erklärte Hannah. »Er ist ein guter Freund von uns und kann es kaum erwarten, euch kennenzulernen.«

Wie es ihre Art war, lag Karen bereits die Frage auf der Zunge, wer denn dieser Daniel war. Schließlich schien sich der ganze Ort hier in der Bar versammelt zu haben, um Cooper und Hannah willkommen zu heißen. Es war mehr als schade, jetzt zu gehen.

Marina sagte nur: »Also, ich habe ausgetrunken und bin fertig.«

Dann zupfte sie an ihrem cremefarbenen Strickpulli, und Karen verstand. Das bedeutete, Klappe halten. Nicht nachfragen. Einfach das machen, was ihre Gastgeber geplant hatten. Daher tat sie es auch nicht. Sie würde es ja ohnehin bald herausfinden. Und es war auch nicht wichtig, denn ihr wurde klar, dass sie hier an einer Bar stand und Cooper Preston neben ihr.

Ein schaurig warmes Gefühl durchflutete Karen, als diese Erkenntnis wie eine Bombe bei ihr einschlug. Sie hielt ihr Glas mit dem letzten Schluck Bier hoch und sah ihn an. »Danke, dass ich das erleben darf! Und noch etwas: Du bist eine coole Socke, Cooper Preston.«

Verdutzt grinste Cooper und stieß mit ihr an. »Danke für das Kompliment! Mir scheint, das bist du auch, Karen.«

Über das ganze Gesicht lachend trank sie das Bier aus,

stellte das Glas zurück auf die Theke und meinte in Richtung Angel, die gerade mit einem Tablett zurück an die Bar gekommen war: »Das ist jetzt genau der richtige Song! Man sollte ja am Höhepunkt gehen.«

Irgendjemand hatte nämlich *We Are family* aufgelegt, und wie aus dem Nichts begann Karen laut mitzusingen und mitzuschunkeln. Marina war Karens Verhalten mehr als peinlich. Wieder stupste sie ihre Freundin am Ärmel und fauchte: »Wir wollten doch gehen!«

Aber das war Karen egal, denn sie fühlte sich wie im siebenten Himmel.

»Spaßbremse. Nur dieses eine Lied«, motzte Karen.

Ausgelassen drehte sie sich im Kreis, legte einen Arm um Cooper und trällerte noch lauter mit.

Es dauerte nur kurz, dann feuerte sie die gesamte Bar an. Einige standen auf und tanzten neben den Tischen.

»Darf ich, Hannah?«, fragte Karen. »In zwei Minuten laufe ich zum Auto. Schwöre!«

»Geh nur, der Song dauert ja nicht ewig.« Cooper grinste, als Hannah ihn fragend ansah, denn Karen zog gerade an ihrem Arm, wie auch an dem von Marina.

Marina und Hannah sahen einander an. Dann zuckte Hannah mit den Achseln und meinte: »Komm, Cousinchen. Dann lass uns kurz tanzen.« Und schon schlang sie einen Arm um Marina und sang nicht weniger laut als Karen: »We are family!«

Schlussendlich tanzten die drei in der Mitte der Bar, und Karen winkte Angel, sie solle sich ihnen anschließen. Erst zögerte diese, dann kam sie jedoch um die Theke herum und shakte strahlend mit. Karen umarmte auch Angel kurz und lachte übers ganze Gesicht. Wenn das hier nicht geil war? So eine Stimmung hatte sie in den teuersten Clubs nicht erlebt. Selbst Marina rockte mit und hielt Hannah im Arm.

. . .

Plötzlich schoben zwei bärtige Einheimische ihre Biere zur Seite, schnappten sich die zarte Asiatin und hievten Karen auf einen Tisch. Cooper klatschte mit, nur Jack, der an der Bar lehnte, schüttelte den Kopf. »Cole, das wird nicht einfach.«

»Nope«, erwiderte er nüchtern, aber schmunzelnd. Die Kleine war Dynamit! Aber auch verdammt heiß. Ob er jemals so eine Frau abkriegen würde?

Die Antwort gab er sich selbst: vermutlich nicht. Solche wie diese Karen waren hier nicht zu finden, und da er nicht vorhatte, Moose Creek zu verlassen, musste er wohl weiterhin darauf warten, was die Geister seiner Ahnen für ihn vorgesehen hatten. Bis jetzt zierten sie sich und schickten ihm bloß Mädchen, die er bereits aus der Schule kannte und die ihn so was von überhaupt nicht interessierten. Aber vielleicht testeten sie ja seine Standhaftigkeit.

So musste es sein.

Kurz danach verhallten die letzten Akkorde des Songs, und sie legten gemeinsam quasi einen Alarmstart hin. Mit zwei Trucks machten sie sich auf den Weg durch das lange, tief verschneite Waldstück hinüber zu Daniels Haus.

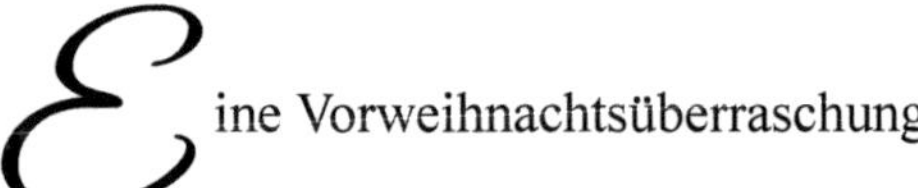

KAPITEL 5

Etwas später ...

Hannah hatte falschgelegen. Zur Begrüßung schoss Daniel ihnen nicht einfach ein paar Schrotkugeln um die Ohren, was laut Jack durchaus schon vorgekommen war, sondern feuerte eine Salve an Leuchtpatronen in den Himmel. Damit es schneller ging, musste ihm sein Assistent Li auf der Holzterrasse die zweite Pistole nachladen und reichen, sobald er eine Patrone verschossen hatte.

Umgezogen hatte Daniel sich in der Zwischenzeit auch. Jetzt trug er schwarze Jeans, einen gleichfarbigen Rollkragenpulli, ein Fell-Gelee und eine Fellmütze, wie sie die Einheimischen herstellten, einen zipfeligen schwarz-beigen Schal und Sonnenbrille, obwohl die Sonne längst nicht mehr zu sehen war, was dem großen schlanken und schlaksigen Mann in Summe etwas Groteskes verlieh.

Als sie zu Fuß den Weg zur Villa hochkamen und Daniel die letzte Leuchtkugel verschossen hatte, die in hohem Bogen wieder auf die Erde zusteuerte, drückte er Li die Pistole in die Hand und lief ihnen mit offenen Armen entgegen.

»Eine Sekunde später, und ich hätte mich mit einer Bottle Whiskey nach oben verzogen. und ihr hättet ohne mich eure Ankunft in Alaska feiern können«, grummelte er scherzend.

Nach einer Runde an Umarmungen und Küssen, die es auch für Marina und Karen gab, die aus allen Wolken fielen, als sie den weltberühmten Regisseur erkannt hatten, folgten sie ihm ins geräumige Wohnzimmer, das keine einzige Ecke hatte. Wie auch?

»Die Hütte ist mega«, raunte Karen Marina zu. »Ein UFO? Ich meine, wer bitte baut sich gleich zwei UFOs mitten ins Nirgendwo?«

Marina, die seit ihrer Ankunft hier nicht weniger geflasht war als Karen, grinste. »Nun, Daniel Lessenger, wie es aussieht.«

Hannah, die neben ihnen stand, ergänzte: »Stimmt. Jack hat beide Gebäude mit seiner Baufirma für Daniel nach dessen Plänen errichtet.«

In einer seiner seltenen wirklich gesprächigen Stunden hatte Jack Hannah gesteckt, dass ihn dieser Bau mindestens zwei bis drei Jahre seines Lebens gekostet hatte, weil es so nervenaufreibend gewesen war, mit Daniel als Bauherrn arbeiten zu müssen. Jack hoffte zutiefst, dass Daniel keine weiteren UFOs plante. Eventuell für ihn noch ein Marsship errichten zu müssen, würde er nach dem Earthship und dem Moonship nicht mehr durchdrücken.

»Krass!« Mehr fiel Karen nicht dazu ein, und Hannah

fuhr fort. »Ist es, und das Haus, an dem wir vorbeigegangen sind, ist ein Wellnesstempel.«

Marina konnte nur den Kopf schütteln. So etwas hatte sie ihr ganzes Leben noch nicht gesehen.

»Auf jeden Fall besitzt der Mann Fantasie, aber wieso war das noch nie in den Medien?«, wunderte Karen sich.

»Keine Ahnung. Ich schätze, den Reportern ist die Anreise zu beschwerlich, und für eine Homestory gibt Daniel sich ohnehin nicht her.« *Das ist meine Chance,* dachte Karen. Nur ein paar Fotos von hier, und Tilmann würde bestimmt zufrieden sein und sie den Rest des Aufenthalts in Ruhe genießen können.

Marina nickte wie Karen. »Das ergibt Sinn.«

Zwar wären die Bilder von außen spektakulär, aber so wie Daniel sie eben begrüßt hatte, könnte es gefährlich sein, hier unerwünscht mit einer Kamera aufzutauchen. Der Mann besaß bestimmt nicht nur Leuchtpatronen.

»Was nicht oft bei ihm vorkommt.« Hannah kicherte. »Kommt, wir setzen uns da drüben vor den offenen Kamin.«

Die beiden Frauen folgten ihr zu einem der geschwungenen roten Sofas. Angel blieb bei Jack.

Als sie an den Männern vorbeikamen, die noch bei Daniel standen und mit ihm lachten, entschied Hannah sich um, da Cooper sie abfing. »Geht schon mal vor, ich bin gleich bei euch.«

»Klar, kein Stress!«, erwiderte Marina sofort und machte es sich mit Karen auf der Couch gemütlich. Der Blick aus dem Fenster war spektakulär. Die hohen Nadelbäume leuchteten bereits stimmungsvoll im warmen Schein der Lichterketten, und zusätzlich wurden einige Büsche von Spots angestrahlt. Ziemlich prominent und groß stand da draußen auch ein ganzer Rentierschlitten aus Licht. Weihnachtlicher konnte die Stimmung kaum sein.

»Kannst du glauben, dass das hier alles wahr ist und wir tatsächlich in Alaska sitzen?« Marina fühlte sich, als befände sie sich in einer Art Fantasieland. Erst die Bar und nun das hier.

Karen schüttelte energisch den Kopf. »Nee, nicht wirklich.« Dann beugte sie sich näher zu Marina und flüsterte: »Und beide sind in Wirklichkeit noch attraktiver, als ich sie mir vorgestellt hatte.«

»Wer? Cooper und Daniel?«

»Ja! Wer denn sonst?« Karen starrte die beiden an, was ihr einen Klaps von Marina einbrachte. »Selbst Daniel hat das gewisse Etwas. Allein seine Ausstrahlung haut dich aus den Socken.«

»Hör auf damit! Du benimmst dich ja wie ein Groupie.« Um Karen abzulenken, kam sie noch einmal auf das Haus zu sprechen. »Sag, hat irgendjemand jemals geschrieben, dass Daniel hier einen Wohnsitz hat?«

»Doch. Ich kann mich dunkel erinnern, darüber gelesen zu haben, als sich die Meldungen wegen Coopers und Hannahs Beziehung überschlagen haben.«

»Echt? Ich mich nicht.«

»Kein Wunder, du hast dich ja auch ständig geweigert, die Artikel zu lesen, die ich dir gezeigt habe.«

»Stimmt auch wieder.« Marina kicherte und nahm einen Schluck vom Champagner, den eine junge, äußerst sympathische Angestellte ständig nachschenkte. Wenn das hier so weiterging mit dem Alkohol, dann musste sie jemand in die Pension bringen. Bis in ihr Bett. Allein würde sie das keinesfalls schaffen. Andererseits war das genau, was sie brauchte: Tapetenwechsel. Selbst wenn er so drastisch ausfiel.

Marinas Blick blieb beim Weihnachtsbaum hängen, der neben dem offenen Kamin stand. Er war üppig mit wunderschönen, unterschiedlich großen Kugeln in Rot, Grün und

Gold geschmückt. Jede davon war mit feinen Ornamenten verziert, und auf der Spitze prangte ein großer, goldener Stern. Grün-rot gekleidete Elfen und Zuckerstangen ragten vorwitzig aus dem Baum, und erst nach und nach fielen Marina die diversen, kleineren Figuren auf, die sich zwischen den Kugeln versteckten. Da waren noch mehr Elfen, glitzernde Weihnachtssocken, kleine Geschenke, Lametta wie auch goldene Sterne und Maschen. Der Baum war sehenswert, wenn er auch dekadent anmutete, was möglicherweise an dem rot-goldenen Ohrenstuhl lag, der direkt daneben stand und wie ein Thron aussah.

»Dieser Christbaum ist ein Hammer. Siehst du den Elf, von dem nur die Beine herausragen?«, fragte Karen, der aufgefallen war, dass Marina schlicht der Mund offenstehen geblieben war.

»Nein. Wo?«

»Hier.« Karen deutete in etwa auf die Mitte des Baums.

»Tatsächlich.« Es sah aus, als würde ein Elf in den Baum abtauchen. Nur sein grün-weiß gestreiftes Hinterteil und seine roten, spitz zulaufenden Schuhe waren zu sehen. »Mega!«

Eine Weile besprachen sie weitere Details der opulenten Dekoration, wie die Weihnachtssocken, die über dem Kamin unter einem Gesteck mit kleinen Lichtern hingen.

Beinahe enttäuscht bemerkte Karen: »Nur Aliens oder UFOs hat er ausgelassen, wie es aussieht.«

»Wundert mich auch.«

Plötzlich sprang Daniel auf, klatschte in die Hände, und die beiden sahen in seine Richtung.

Laut rief er: »Silenzio, meine Lieben!« Sofort hielten alle in ihren Gesprächen inne und sahen ihn erwartungsvoll an.

»Also: Cooper! Hannah! Herzlich willkommen zurück im Earthship Dee One.«

»Nennt er seine Hütte so?«, fragte Karen Marina flüsternd.

»Keine Ahnung«, raunte diese zurück. »Hört sich aber so an.«

»Meine Damen! Bitte«, tadelte er die beiden sofort, und sowohl Karen als auch Marina zuckten zusammen. »Danke. Wie Li mir soeben mitgeteilt hat, darf ich euch nun meinen Überraschungsgast vorstellen, der sich im Moonship noch ein wenig frischmachen musste.« Er sah voller Freude in die gespannten Gesichter und zelebrierte diesen Augenblick mit einer überlangen Pause.

Dana, Angels Mutter, und Sarah, Jacks Mom, die gerade angekommen waren und Daniel mittlerweile recht gut kannten, konnten dieses Schweigen nicht mehr aushalten. Sarah platzte als Erste heraus: »Und? Willst du warten, bis ich gestorben bin, oder bist du so freundlich und verrätst uns endlich, wer es ist?«

Damit konnte Dana ihren Mund wieder schließen, denn ihre beste Freundin hatte alles gesagt.

»Sarah, mein Schatz! Da ich mit an Sicherheit grenzender Wahrscheinlichkeit vor dir die Gänseblümchen von unten betrachten werde, übe dich in Geduld und zerstöre mir bitte diesen Moment der knisternden Spannung nicht. Wir haben Weihnachten. Geht es da nicht um Vorfreude, meine Liebe?«

Sarah strich einige ihrer grauen Locken nach hinten. Sie liebte diese Wortgefechte mit Daniel. Nicht umsonst war sie die Bürgermeisterin von Moose Creek. »Vorfreude? Daniel Lessenger! Ich glaube, du verstehst nicht: In meinem Alter will man kleine Freuden erleben. Und zwar sofort.« Sie zwinkerte ihm verschwörerisch zu. »Vorfreude kann auch in Enttäuschung enden.«

»Tsss, immer willst du das letzte Wort haben, Bürgermeisterin.«

»Ach, und du nicht?« Sarah grinste und trank genüsslich ihren Champagner, den ihr Li noch im Vorraum in die Hand gedrückt hatte.

Dana raunte ihr zu: »Ihr zwei solltet endlich miteinander ins Bett gehen.«

Bevor die erstaunte Sarah etwas antworten konnte, beugte sich Daniel in ihre Richtung. »Dana, das habe ich gehört, und da ein Gentleman genießt und schweigt, weigere ich mich, Stellung zu beziehen.«

Dana kicherte wie ein junges Mädchen und wurde sogar ein wenig rot. *Stellung beziehen!* Die Bilder, die sie von den beiden im Kopf hatte, waren unbezahlbar.

Sarah boxte ihre beste Freundin in den Arm. »Kannst du dich bitte um dein eigenes Liebesleben kümmern, statt mir uralte Männer andrehen zu wollen?«

Daniel grinste. »Das habe ich überhört, Sarah. Vergiss nicht, Männer sind wie Rotwein: Je älter, desto besser.«

Sarah winkte abfällig in seine Richtung. »Nur weil ein Wein alt ist, muss er nicht schmecken, Darling. Das solltest du am besten wissen.« Da hier alle schwiegen und ihnen zuhörten, verlor Sarah in der Sekunde die Lust, das Gespräch auf diesem Niveau weiterzuführen. Außerdem fiel ihr der Grund für das Geplänkel zwischen ihnen wieder ein: »Kommen wir zurück aufs Wesentliche. Was ist jetzt mit deiner Überraschung?«

»Ach, die!« In aller Seelenruhe nahm Daniel auf dem rotgoldenen Thron Platz, schlang ein Bein über das andere und sah genüsslich in die Runde. Sarah schluckte die Bemerkung, die ihr auf der Zunge lag, wieder hinunter, denn sie wusste zu gut, dass er sie dann nur noch länger auf die Folter spannen würde.

Jack zog Angel an sich und flüsterte ihr ins Ohr: »Die beiden sind mir unheimlich.«

»Mir auch«, raunte sie zurück, verstummte aber schnell wieder, denn plötzlich schnippte Daniel mit den Fingern.

Er ist so eine Diva, dachte Hannah belustigt und nippte an ihrem Champagner, wie es auch die meisten anderen taten, um Daniel bloß nicht anzustacheln, die Sache ewig hinauszuziehen. Nur Cole, dem Jüngsten unter ihnen, war das Ganze wie immer egal. Er hatte sich gleich ans übervolle Buffet gestellt, und solange es für den schlanken Anfang-Zwanziger etwas zu essen gab, konnten alle tun und lassen, was sie für richtig hielten.

Li dimmte auf Daniels Zeichen hin wie ausgemacht das Licht und klickte am Tablet auf den Song *Somewhere Christmas is waiting for me.* Das war der neue Weihnachtshit von Sky Crater, mit dem Li nun das Haus über das Audiosystem beschallte.

»Oh! Ich liebe diesen Song«, riefen Angel und Karen gleichzeitig auf.

Für Marina dagegen war er schwer auszuhalten. Seit dem verpatzten Weihnachten mit Tilmann fand sie Weihnachtssongs anstrengend. Deko ging, aber wenn wieder jemand von einem romantischen Fest und der großen Liebe sang, schmerzte das. Zu viele Erinnerungen, die sie nicht haben wollte. Schon gar nicht hier und jetzt.

Vielleicht hörte sie auch zu sehr auf die Lyrics.

Zum Glück begann Daniel wieder zu sprechen. »Nun, meine hochverehrten Ladies, Seelenverwandte und dennoch streitbare Gegnerinnen der Rechte eines Nadelbaums auf ein natürliches Ende ohne demütigendes Bombardement an glitzernden Kugeln und Girlanden, Maschen und Schnickschnack, und natürlich auch meine Gentlemen, Mitritter im Kampf gegen die jährlich wiederkehrende Weihnachtsdepression ...« Nicht nur Marina und Karen mussten sich bei dieser Einleitung beherrschen, um nicht laut loszuprusten. »Als Zeichen meiner Kapitulation vor den wundervollen Frauen hier, speziell vor Sarah, unserer geliebten wie gefürchteten Bürgermeisterin, wie auch vor Dana, Vorsitzende des Weihnachtskomitees und damit auch des Tötungskomitees heimischer Nadelbäume, —«

»Und wie ich das bin«, fiel Dana ihm grinsend ins Wort.

Doch er nickte bloß huldvoll und fuhr fort: »Präsentiere ich euch hiermit nun meinen diesjährigen Weihnachtsbaum in vollem Glanz.«

Li ließ in der Sekunde die Lichter am Weihnachtsbaum erstrahlen, und sofort klatschten Dana und Sarah, alle anderen stiegen mit ein.

Daniel grinste. »Ich dachte mir schon, dass er euch gefällt, und darf euch damit endlich auch meinen zweiten Ehrengast neben Cooper Preston vorstellen. Den unbeugsamen, den wilden, den Jongleur von Soul, Jazz und Pop, den König der Stromgitarre und meinen lieben Freund: Sky Crater.« Grinsend setzte er nach: »Seinen nicht nachzuvollziehenden Ausflug in den Kitsch hört ihr ja mit eigenen Ohren.«

Damit drehte Li den Song wieder lauter. Er hatte Angst, Daniel könnte seinen Ehrengast noch weit schlimmer beschimpfen.

Ungläubig blickten alle in Richtung Eingang. *Hatte er*

wirklich Sky Crater nach Alaska geholt? Nicht einmal Hannah konnte es glauben, und dabei wusste sie zumindest ansatzweise von Cooper, wozu Daniel fähig war. Der Einzige, der sich diese Frage nicht stellte, war Cooper. Er kannte Daniel jedoch auch am längsten und besten von allen.

»Ich fall gleich in Ohnmacht«, war alles, was Karen herauspressen konnte, bevor sie aufsprang, um dann gleich wieder zurück ins Sofa zu plumpsen, weil Marina sie nach hinten riss. In ihren Ohren rauschte es, und ihr Herz pochte. Sky! Auf den stand sie ja noch mehr als auf Cooper. Außerdem war er ihres Wissens nach Single. Single und jetzt hier. In voller Lebensgröße.

»Krieg dich ein, Karen. Wir sind doch keine Groupies!«, zischte ihre Freundin sie an.

Doch Karen hörte es gar nicht. Sie war entrückt. Nahm den Blick nicht eine Sekunde lang von dem großen schlanken Mann mit dem unverkennbar schmalen, kantigen Gesicht. Musterte seinen schwarzen Dreitagesbart, sein nackenlanges, glattes Haar und seine schmalen Hüften. *Wenn das kein Sexgott ist?*

»Daniel!« Mit ausgestreckten Armen ging Sky auf seinen Gastgeber zu und fiel ihm lachend um den Hals. »Zum Glück sind nicht alle wie du, sonst würde ich noch immer in den New Yorker U-Bahn-Stationen auftreten. Kommerz bezahlt meinen Lifestyle. Das solltest du doch am besten wissen.«

Daniel küsste ihn freundschaftlich, dann zischte er ihm zu: »Nur, dass das klar ist: Den Song spiele ich aus Respekt vor dir, Mann. Aber für mich gibst du nicht die Kommerz-schlampe, verstanden?«

Sky klopfte ihm auf die Schulter. »Keine Sorge, Bro. Für

deinen Film steige ich in die Tiefen des Hades hinab und liefere dir den nächsten Oscar-Soundtrack.«

Daniel schmunzelte. »Nichts anderes erwarte ich von dir.«

Das waren dann für die nächsten Minuten die letzten Sätze, die sie miteinander austauschten, denn wenn es um Weihnachten ging, und dieser Song drückte selbst für Dana und Sarah alles aus, wofür dieses Fest in ihren Augen stand, dann kannten die beiden keine Grenzen.

Sofort belagerten sie Sky und quatschten gleichzeitig auf ihn ein. Daniel hatte es trotz seiner natürlichen Autorität schwer, Sky und Cooper einander vorzustellen, daher ließ er es für den Moment bleiben.

»Ich habe Angst vor den beiden. Sorry, ich stelle dir Sky später vor, wenn er sich aus ihren Fängen befreien konnte, was er allerdings allein schaffen muss«, zischte er Cooper zu.

»Stress dich nicht, wir haben ja Zeit.«

Doch Sky war geschickter, als Daniel dachte. Er übergoss die beiden älteren Frauen mit Komplimenten und nutzte den Moment der Sprachlosigkeit, um sich zu Cooper zu drehen. Dann schüttelte er dessen Hand. »Hi, freut mich, dich endlich persönlich kennenzulernen. Ich liebe deine Filme.«

Cooper ging es ähnlich. »Und ich deine Musik, Sky. Ich bin froh, dass du da bist, Mann. Jetzt erlebst du, was ich schon hinter mich gebracht habe. Wenn diese Phase vorüber ist, wirst du Alaska lieben.«

»Denkst du? Im Moment kann ich mich nicht mehr daran erinnern, womit Daniel mich rumgekriegt hat und warum ich nicht in der Karibik bin.«

Cooper grinste breit. »Ging mir beim letzten Mal auch so. Aber spätestens nachdem du deinem ersten Moose Auge in Auge gegenübergestanden bist, wirst du denken, das hier war es wert.«

»Ich hoffe, du behältst recht«, erwiderte Sky schmunzelnd.

Cooper zog sich wieder zurück, denn Sarah und Dana dachten nicht daran, Sky mit ihm zu teilen. Außerdem begrüßte er gerade Angel, die ihn mit strahlenden Augen ansah.

Doch dann kam Karen auf sie zu.

Die kleine schlanke Frau in den hohen, schwarzen Stiefeln, Jeans und einem eng anliegenden, dünnen Rollkragenpulli, der ihren Busen wunderbar zur Geltung brachte, blieb vor ihm stehen und sah ihn einfach nur an.

Am liebsten hätte Karen Sky angefasst. Irgendwo. Nur um sicherzugehen, dass das gerade kein Traum war.

Als er plötzlich einen Schritt auf sie zumachte und »Hi!« sagte, wich sie nach hinten aus und trat mit ihrem Stöckel auf Sarahs Fuß, die sofort aufschrie.

»Oh! Entschuldigung!« Karen war das unglaublich peinlich, aber wenigstens war sie wieder auf der Erde gelandet.

Sarah hopste auf einem Bein mit schmerzverzerrtem Gesicht herum und meinte: »Schon gut. Aber das nächste Mal pass auf. Du bist Karen, nicht?«

»Ja! Tut mir so leid.«

»Vergiss es. Wird vorbeigehen.«

»Karen also«, merkte Sky an. »Und wie gehörst du zu dieser illustren Gruppe?«

»Ich bin … äh, also, die Freundin … von Marina.«

Sky wusste sofort, wen sie meinte, denn da war nur noch diese eine blonde Schönheit, die neben Coopers Freundin Hannah saß, von der er bislang keinen Namen erfahren hatte.

Daher nickte er wissend. »Verstehe. Und wie gehört Marina dazu?«

»Sie ist Hannahs Cousine.«

Sieh an. Hätte ich mir gleich denken können, die beiden sehen wie Schwestern aus, dachte er belustigt.

»Und die beiden wohnen bei mir«, mischte sich Dana wieder ins Gespräch ein, womit Karen Sendepause hatte. Daher blieb sie einfach stehen, wo sie war. Im Moment war sie mehr als zufrieden damit, zu schweigen, statt sich mit ihrem Stottern weiter zum Affen zu machen, und einfach sein herbes Parfum zu riechen.

Hannah war Cooper ans Sofa zu Marina gefolgt, die allein dasaß. »Hey, was ist denn mit dir los, Cousinchen? Willst du Sky nicht auch begrüßen?«

Doch zu ihrem Erstaunen schüttelte Marina den Kopf. »Nicht wirklich. Mir reicht schon, zusehen zu müssen, wie es Karen die Sicherungen herausgehauen hat. Das ist peinlich genug.«

Wie auf Befehl schauten alle drei hinüber zu Daniel und Sky und den Frauen, die die beiden Männer umringten. Die Traube um den Rockstar wurde gerade größer, denn wie es aussah, wollten selbst Daniels Angestellte seine Unterschrift. Eine Frau sogar auf ihrer weißen Bluse. Angel auf ihrem T-Shirt.

Karen stand mitten drinnen. Direkt neben Sky, der gerade mit Sarah sprach, während er für sie etwas auf einem Block unterschrieb. Sie beobachteten, wie Karen ihm die Brust hinstreckte und auf ihr Brustbein deutete. Anscheinend sollte er als Nächstes dort ein Autogramm geben.

Hannah und Cooper lachten laut auf.

»Also, deine Freundin lässt nichts anbrennen«, meinte Cooper mit einem Schmunzeln.

»Ich finde das zum Fremdschämen«, murrte Marina, verteidigte sie aber sofort. »Karen ist sonst nicht so. Ehrlich. Egal, wer in der Redaktion aufgetaucht ist, sie war die Coolness in Person. Aber anscheinend ist sie das nur bei deutschen Promis.«

»Ach, lass sie doch. Ich schätze, jemand wie Sky Crater wird damit fertigwerden«, erwiderte ihre Cousine gelassen.

»Bestimmt. Ich finde es einfach nur amüsant, zu beobachten, und glaub mir, Marina, Sky und ich kennen solche Situationen. Das ist nichts Neues und schon gar nichts Schlimmes.«

»Ich weiß nicht, Cooper. Wenn ich mir vorstelle, auf der anderen Seite zu stehen, wird mir schlecht. Als Superstar muss man ja annehmen, die Menschheit ist völlig verblödet und besteht bloß noch aus glänzenden Augen und offenen Mündern.«

»Exakt! Ich mag deinen Sarkasmus.« Cooper grinste. »Aber unter uns: Hin und wieder steht weit mehr als der Mund offen, wenn man das will.«

Klar! Groupies gibt es überall. Hannah schickte ihm sofort einen tadelnden Blick. »Hör sofort auf, sonst habe ich Bilder im Kopf, die mir das Weihnachtsfest versauen werden, weil sie von Menschen handeln, die ich liebe.«

»Menschen? Plural? Ich hoffe doch sehr, dabei hast du nur mich im Sinn.« Cooper zog Hannah zu sich und schmunzelte. »Sorry, aber das ist die Wahrheit. Am besten, du vergisst es jedoch ganz schnell, denn natürlich will ich, dass dieses Weihnachten das schönste aller Zeiten für dich wird.«

»Das weiß ich zu schätzen«, meinte Hannah und versuchte, das Thema zu wechseln. »Und? Wie findest du Alaska bis jetzt, Marina?«

»Einfach unglaublich. Und um ehrlich zu sein, ich habe mir hier alles völlig anders vorgestellt.«

Der Satz reichte aus, dass sich die drei intensiv über diesen Teil der Erde austauschten. Sie amüsierten sich über Vorurteile und sprachen auch über die harte Realität hier im Norden.

Als Sarah und Dana endlich gleichzeitig Luft holten, nutzte Karen die Gunst der Sekunde. Sie hatte ihn lange genug angestarrt, nun hatte sie sich wieder gesammelt. »Ich liebe dein neues Album *Blue Midnight Sky*. Allein der Titel! Diese Doppeldeutigkeit und das Wortspiel mit deinem Namen.«

Er musterte die hübsche Asiatin, die ihn nach wie vor mehr als unverhohlen anhimmelte.

»Toll, dass du das erkannt hast.«

Seinen sarkastischen Unterton hatte Karen nicht wahrgenommen. Sky Crater sprach mit ihr, das war alles, was sie denken konnte. »Wie kann man das nicht checken? Darf ich ein Selfie mit dir schießen?«

Amüsiert legte ihr Sky einen Arm auf die Schulter, worauf sie sofort zusammenzuckte. »Besser nicht, ich bin Pazifist.«

Doch Karen ließ sich nicht abspeisen. Nicht mit dieser Antwort. »Dann bist du hier in diesem Haus ja völlig richtig. Ich erinnere nur an die Pistolen von Daniel. Die Schüsse musst du gehört haben.«

Er nickte. »Habe ich, aber wie dir sicher aufgefallen ist, habe ich mich bis danach im Moonship verschanzt.«

Das war nicht das, was Karen hören wollte. Daher versuchte sie es noch einmal. »Sorry für meine Wortwahl. Könnten wir bitte ein gemeinsames Selfie machen?«

Sie musste eines haben! Die Unterschrift knapp unter

ihrem Hals und dazu Sky in voller Größe würde ein Hit auf Insta werden. Sie hatte dafür ihren Rollkragen zwar ziemlich überdehnt, aber das war es wert.

Sky sah ihr durchdringend in die Augen. »Unsere Erinnerungen sind doch weit mehr als Fotos. Kein Bild der Welt kann Gedanken und Gefühle um einen Moment spinnen, wie wir es in unserem Geiste imstande sind. Daher nein. Arbeiten wir lieber an den Erinnerungen.«

Damit drückte er ihr sein volles Glas Champagner in die Hand und entschuldigte sich lächelnd, um dem dunkelhaarigen Einheimischen, der beim Buffet stand, Gesellschaft zu leisten. Cole war ihm auf Anhieb sehr sympathisch gewesen, daher stellte er sich ihm per Handschlag vor. Außerdem wollte er auch noch die zurückhaltende Blonde, die neben Cooper saß, kennenlernen. Marina. Ihm gefiel der Name, und er passte zu ihr.

Doch Karen checkte sofort, dass er sich von ihr abseilen wollte. Mit dem Glas in der einen und ihrem Handy in der anderen Hand stürzte sie ihm nach ein paar Sekunden nach und leider über eine Teppichkante.

»Nein!«, schrie sie auf.

Sofort drehte Sky sich um. Das Glas lag in Scherben am Boden und ihr Handy mitten drin. Karen allerdings auch. Er hockte sich hin und streckte die Hand nach ihr aus.

»Also, flach auf den Boden hättest du dich wegen mir nicht legen müssen«, erklärte er ihr grinsend, während sie seine Hand nahm.

»Das hättest du mir vielleicht vorher sagen sollen«, murrte Karen und betrachtete kurz die Glassplitter rund um sich. Wieso benahm sie sich heute wie Marina? Sonst passierten solche Sachen ihrer besten Freundin. Aber doch nicht ihr!

»Stimmt. Aber jetzt weißt du es. Komm.« Plötzlich hob er die zarte Frau hoch, um sie aus dem Minenfeld der Scherben zu entfernen. Li und eine weitere Angestellte kamen mit Schaufel, Besen und Wischtüchern gelaufen, um die Bescherung zu beseitigen.

Karen jedoch hatte nur Augen für Sky. Sie schlang die Arme um seinen Nacken und wünschte sich, dass dieser Augenblick nie mehr enden würde.

Doch das tat er. Viel zu schnell und viel zu abrupt für ihren Geschmack, denn Sky trug sie in Richtung der Sofas und setzte sie neben Marina ab. Dann grinste er die hübsche Blonde an. »Du solltest besser auf deine Freundin aufpassen. Ich bin übrigens Sky.«

»Äh, freut mich. Marina.« Völlig verdattert griff sie nach seiner Hand, doch statt sie zu schütteln, küsste er sie auf beide Wangen.

Und dann blieb die Zeit stehen.

Für beide.

Ihre Blicke verfingen sich, und es war, als hätte sich auch der Raum verloren. Als würden sie einander wiedererkennen. Inmitten einer seltsamen Energie der Verbundenheit.

Doch dann setzte bei Marina das Denken wieder ein, und sie befreite sich als Erste aus diesem sonderbaren und verstörenden Augenblick.

»Schön, dich kennenzulernen«, sagte sie, weil ihr nichts anderes einfiel.

Sky, der üblicherweise mehr als eloquent war, antwortete verblüfft über seine eigenen Gefühle: »Ja, sehr schön.«

Dann fuhr er sich nervös durchs Haar und setzte sich

neben Cooper aufs Sofa und damit schräg gegenüber von Marina. Er wusste nicht, was er sagen sollte, doch das übernahm ohnehin Karen, die sich wieder gesammelt hatte und auf ihn zukam. Sie nahm neben ihm Platz und belagerte ihn mit Fragen zu seiner letzten Tournee, weshalb Cooper, Hannah und Marina nach einer Weile ihr eigenes Gespräch begannen. Sky war geradezu dankbar für die Ablenkung und gab bereitwillig Auskunft, und auch Marina störten Karens Fragen kein bisschen. Sie war froh, nicht mit ihm sprechen zu müssen und nachdenken zu können. Was war das eben gewesen? Irgendwann tat sie die Magie dieses Moments zwischen ihnen mit Einbildung ab, streckte sich durch und brachte sich aktiv ins Gespräch mit Cooper und Hannah über deren Vorfreude auf die Lodge ein, die sie gemietet hatten.

Doch nach einer Weile wünschte Marina sich nur noch ins Bett. Sie hatte genug für heute. So wunderschön die Weihnachtsmusik und der Baum wie auch die Deko hier bei Daniel waren, so erschlagen fühlte sie sich nicht nur vom Flug. Sky die ganze Zeit über aus ihren Augenwinkeln zu beobachten, und das fiel ihr bewusst immer erst auf, wenn er sie just in diesem Moment ebenfalls ansah, war kräftezehrend. Sie hatte keine Ahnung, warum sie sich wie ein Magnet zu ihm hingezogen fühlte, denn so etwas war ihr noch nie bei einem Mann passiert.

Dabei war sie nicht einmal auf der Suche nach einem Mann. Dank Tilmann hatte sie im letzten Jahr erst wirklich zu sich selbst gefunden und liebte ihr Singledasein im Grunde mehr als jemals zuvor. Außerdem sah sie doch, dass Karen sich auf der Stelle in Sky verliebt hatte! Was also sollte das Ganze?

Doch bevor sie aufstand, bemerkte Marina, wie Karen sich plötzlich suchend umschaute. »Hat Daniel denn hier nirgendwo einen Mistelzweig aufgehängt?«

. . .

Sky blickte ihr durchdringend in die Augen. Diese Frau amüsierte ihn, denn ihr Interesse an ihm und vermutlich einer Nacht in seinem Bett war kaum zu übersehen. »Eine so umwerfend attraktive Frau wie du muss doch nicht auf einen Mistelzweig warten, Karen. Aber falls er dir wichtig ist, dann solltest du mit Daniel sprechen. Er kann sicher einen für dich organisieren.«

»Ich frag ihn.« Karen schmunzelte und schwebte auf Wolke sieben. Sky hatte ihr schon immer außerordentlich gut gefallen. Doch da war er noch der völlig unerreichbare Superstar gewesen. Aber nun waren sie in einem Raum. Saßen am gleichen Sofa, und sie konnte ihn anfassen, wenn sie wollte. Das änderte alles. Karen war überwältigt von den Schmetterlingen in ihrem Bauch.

Die Frage nach dem Mistelzweig war für Marina zu viel, daher stand sie abrupt auf. »Ich denke, wir sollten gehen.«

Doch mit diesem Wunsch war sie allein.

Karen antwortete sofort mit: »Jetzt schon?«

Und selbst ihre Cousine meinte: »Das kannst du Daniel nicht antun, Marina. Ein wenig musst du leider noch durchhalten.«

Cooper griff nach ihrer Hand und zog sie aufs Sofa zurück.

»Echt jetzt?« Marina seufzte, und Sky meinte plötzlich verschmitzt: »Es ist doch noch nicht Mitternacht, Prinzessin. Du kannst die Party also noch ein paar Stunden genießen.«

Natürlich erntete er dafür einen bösen Blick von Karen. Und einen fragenden von Marina. Doch sie gab sich geschlagen, da sie ohnehin keine andere Option und nicht einmal ein Auto hatte.

. . .

Der späte Nachmittag und frühe Abend vergingen für alle – außer für Marina – wie im Flug. Mehrmals versuchte Daniel Sky dazu zu überreden, endlich seine Gitarre auszupacken und unplugged zu jammen, doch der erwiderte immer wieder: »Heute ist doch noch nicht Weihnachten, Daniel.«

Auch wenn Daniel nicht *amused* war, musste er es zur Kenntnis nehmen, dass Sky heute nicht spielen wollte, wie auch Karen den Umstand akzeptieren musste, dass Sky mehr an einem Gespräch mit Marina und Hannah als mit ihr interessiert zu sein schien.

Gegen neun Uhr löste sich die Gruppe auf, weil Dana und Sarah noch einiges für Weihnachten zu tun hatten. Hannah und Cooper ergriffen die Gelegenheit, sich auch zu verabschieden, und alle folgten. Sehr zur Freude Marinas. Doch diese wich blanker Überraschung, als sich der Moment von vor Stunden spontan wiederholte, Sky ihre Hand nahm und sie zum Abschied auf den Handrücken küsste, ihr daraufhin tief in die Augen sah und sie kurz, aber innig umarmte. Der Raum um Marina begann zu flirren, und ihr Herz polterte. Als sie für eine Sekunde die Lider schloss, um seinem durchdringenden Blick aus den dunkel umrandeten, bernsteinfarbenen Augen zu entkommen, verwandelte sich das Grün der Weihnachtsdekoration in ein tiefes Violett.

Marina riss sich zusammen und stammelte: »Bis morgen.«

»Das will ich doch hoffen«, meinte er ruhig, denn Sky wusste längst, was er wollte: Sie. Im Bett. Das reichte für den Anfang.

Alles andere, das sie in ihm verursachte, schob er von sich. Nein. Er war nicht auf der Suche nach einer Beziehung. Commitment war nicht mehr sein Ding. Davon war er überzeugt, daher interpretierte er den Gefühlsrausch, den jedes Ihr-zu-tief-in-die-Augen-Blicken verursachte, als das, was er innerlich zulassen konnte: Anziehung. Und zwar eine beinahe unwiderstehliche. Aber das war okay. Vorausgesetzt, Marina ging es ähnlich.

Karen entging diese seltsame Energie zwischen den beiden nicht. Zum Denken zu müde drängte sie sich voller Eifersucht dazwischen und fiel ihm ebenfalls um den Hals.

»Freu mich auf morgen«, erklärte sie Sky, der über sie hinweg Marina, die sich umgedreht hatte und auf dem Weg nach draußen war, einen letzten Blick nachwarf. Gedankenverloren murmelte er: »Ich auch. Wir sehen uns dann.«

Da er keine Anstalten machte, auch ihr einen Kuss auf die Wange zu drücken, zog Karen enttäuscht ab.

Draußen am Parkplatz verabschiedeten sich alle noch voneinander. Dana packte die beiden Freundinnen ins Auto, da sie ihnen ohnehin die Pension zeigen musste, Jack bot sich an, gemeinsam mit Angel Hannah und Cooper zu ihrer Lodge zu bringen, und Sarah und Cole fuhren jeweils allein in den Ort zurück.

Der Weg nach Moose Creek, der durch den Wald führte, war stockdunkel. Kein Wunder für die Einheimischen, da im Dezember die Sonne ohnehin ungefähr um Viertel vor vier Uhr nachmittags unterging. Das Leben ohne sonderlich viel Tageslicht zu meistern, war hier im Winter normal.

Als Marina und Karen endlich bei Dana im *Golden Moose Inn* ihre Zimmer bezogen, waren sie hundemüde und wollten bloß noch ins Bett. Marina war entgangen, wie wortkarg Karen im Auto gewesen war, da sie selbst keine Lust zum Reden verspürt hatte. Außerdem fiel sie sofort in einen traumlosen, erschöpften Schlaf und wachte bis am nächsten Morgen nicht mehr auf.

Bei Karen dauerte es etwas länger, denn sie musste andauernd an Sky und Marina denken. Sie sollte mit ihrer besten Freundin darüber reden. Es war offensichtlich, dass Marina kein Interesse an ihm hatte, da konnte sie Sky genauso gut ihr überlassen.

Dazwischen schoss ihr Tilmanns Auftrag immer wieder durch den Kopf. Besser gesagt, seine Drohung. Wenn sie ihm nicht ein paar wirklich gute Insiderinfos samt Fotos steckte, würde sie nach diesem Urlaub arbeitslos sein wie Marina. Und das war das Letzte, was Karen wollte.

Aber ihm ein paar Kleinigkeiten zu schicken, würde kein Problem werden. Allein was sie heute so ganz nebenbei erfahren hatte, reichte, um die Regenbogenpresse tagelang mit Storys zu beliefern! Sky schrieb also den Soundtrack zu Daniel Lessengers neuem Film. Hammer. Wie er selbst ebenfalls.

Womit sie wieder bei ihm gelandet war.

Der Mann hatte Charisma und vor allem Humor. Lachte viel über sich selbst, hatte aber auch immer wieder Daniel auf dem Kieker gehabt. In Summe war er überraschend normal, wie Cooper. Und das Tollste war, dass er ihr seinen Drink überlassen hatte. Das war sehr aufmerksam von ihm gewesen und schon mal ein Anfang. Über ihren Gedanken und Hoffnungen, ihn vielleicht doch noch unter einem Mistelzweig küssen zu können, schlief Karen dann ein.

Als Hannah und Cooper in ihr Ferienhaus kamen, musste Cooper sich im ersten Moment zusammennehmen, um nicht laut zu ätzen. Das Holzhaus war zwar sehr gemütlich und sauber, die Einrichtung schlicht und okay, aber für ihn fühlte es sich an, als wäre er vorübergehend in einen der Geräteschuppen auf seiner Ranch gezogen. Alles war mini und eng. Da Hannah das Häuschen jedoch über den grünen Klee lobte, sie fand es »absolut süß«, die Küche »herzig« und das eine wenigstens halbwegs geräumige Schlafzimmer »kuschelig«, hielt er den Mund und pflichtete ihr stattdessen bei.

Wenn das hier das Richtige für Hannah war und sie sich wohlfühlte, dann würde es für ihn ebenfalls auszuhalten sein. Viel wichtiger war der Umstand, dass das Haus ziemlich warm war und sie nackt mit einem Handtuch um den Körper gewickelt im Wohnzimmer auf ihn zukam.

Hannah setzte sich auf Coopers Schoß und schlang ihre Arme um seinen Hals. »Musst du noch lange E-Mails lesen?«

»Nein. Bin fertig.« Er legte das Handy sofort auf den Couchtisch. »Wolltest du nicht mit der Dusche auf mich warten?«

»Sorry. Nach Flugreisen fühle ich mich so schmutzig und klebrig. Ich bin echt froh, endlich meine Sachen ausgezogen zu haben.«

Er sah sie mit diesem Blick an, in den sie sich vor über einem Jahr heillos verliebt hatte. Dabei kniff er immer das linke Auge ein wenig zusammen, und die rechte Braue zog er etwas hoch. Verdammt heiß!

»Wäre ich auch, Babe. Aber da du auf mir sitzt, kann ich mich gar nicht umziehen.«

»Ah ja? Das lässt sich lösen!« Und schon sprang Hannah auf und half ihm aus seiner Lederjacke.

Für Cooper ging die Sache zu langsam. Daher hob er sie einfach hoch und trug sie ins Bad zurück, wo er Hannah dann auf die Waschmaschine setzte. Auch so etwas. Aber er schob den Gedanken gleich wieder zur Seite und schlüpfte aus seinem Hemd, dann aus seinen Socken, Jeans und Shorts.

»Soll ich dir jetzt beim Duschen zusehen?«, wollte Hannah belustigt und leicht erregt wissen.

»Das, oder aber …« Grinsend zog er sie an der Hand in die begehbare Duschkabine mit schiebbaren Glaselementen, und Hannah meinte nur noch: »Okay. Überredet.«

Dann warf sie ihr Handtuch nach draußen und widmete sich ihm voll und ganz.

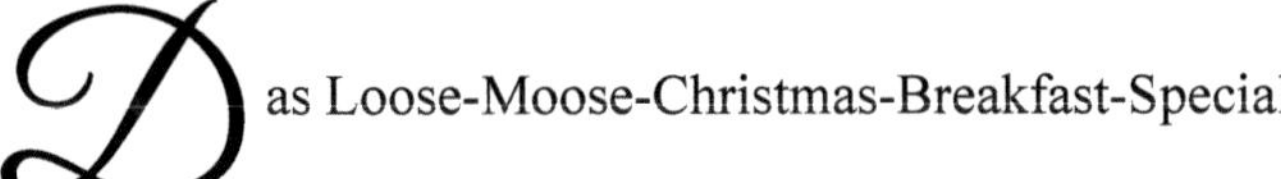

KAPITEL 6

Das Loose-Moose-Christmas-Breakfast-Special

Freitag, noch ein Tag bis zum Heiligen Abend

Sky, der es vorgezogen hatte, quasi im Wellnessbereich statt im Haupthaus zu wohnen, rief am nächsten Morgen Li über das Haustelefon an.

»Soll ich das Frühstück servieren?«, fragte der Asiate sofort, höflich und zuvorkommend wie immer.

»Nein, danke, Li. Deshalb rufe ich nicht an. Kann ich mir einen Wagen borgen? Ich würde gerne nach Moose Creek fahren und in Angels Bar frühstücken. Von der haben doch gestern alle geschwärmt.«

»Aber Sir, Sie haben hier keinen Personenschutz.«

»Ganz genau. Weil es Weihnachten ist und sie ihre Zeit lieber mit ihrer Familie verbringen sollen. Li, wir sind hier in Alaska. Hier brauche ich keinen Schutz, bloß ein Auto.

Außerdem hat mir das Daniel eingeredet, und bitte nenn mich einfach Sky und nicht Sir, ja?«

»Danke. Sehr gerne, Sir.«

»Li!«

»Sorry! Sky.«

»Schon besser. Also: Wie sieht es mit einem Auto aus?«

Kurz überlegte Li. Er liebte das *Loose Moose*. Speziell ohne Daniel. Aber weil der nur selten den Ort besuchte, war er dort nicht oft zu Gast. Doch das Frühstück, das Angel servierte, war ein Gedicht. Daniel war noch nicht aufgestanden, also hatte er die Chance, jetzt sofort Sky in den Ort zu chauffieren und Daniel das als Service zu verkaufen. Natürlich würde der wie immer ausflippen, wenn er nicht da war, aber das Risiko musste er eingehen. Sie waren seit einem Monat hier, und Li litt langsam an einer Art Lagerkoller.

»Gut, Sky. Ich bringe dich ins *Loose Moose*«, erklärte er ihm daher mit fester Stimme.

»Nein, nicht nötig. Ich fahre schon selbst. Wie gesagt, ich brauche bloß einen Wagen.«

»Das mit dem Auto ist kein Problem, aber mir ist lieber, ich bringe dich«, erklärte Li ihm strikt. Dann fügte er beinahe verzweifelt ein »Bitte« hinzu.

Sky verstand. Der junge Mann brauchte eine Auszeit von Daniel. »Okay, ich bin in fünf Minuten fertig«, antwortete er, und Li sagte darauf nur noch »Und ich in einer«, was Sky mit einem Grinsen quittierte. Er hatte also recht gehabt. Li wollte bloß weg von hier.

· · ·

Genau deshalb nahm Daniels Assistent auch schon einen der Autoschlüssel vom Brett im Vorraum, auf dem alle hingen: sowohl jene der Autos wie auch die der Snow-Mobile und sämtlicher Gebäude samt Jagdhütten. Anschließend schnappte Li sich seine dunkelblaue Daunenjacke, Haube und Handschuhe und marschierte nach draußen. Dicke Schneeflocken fielen vom Himmel, was Lis Stimmung zusätzlich hob. Im Gegensatz zu Daniel liebte er Weihnachten über alle Maßen. Je kitschiger und romantischer, umso besser. Und die Beleuchtung, an der er über zwei Wochen gearbeitet hatte, war fantastisch geworden. Die Bäume rings um die Häuser strahlten in warmem Licht, und auch das Haupthaus hatte er dekoriert. Über dem Eingang und den großen Glasfronten hingen Lichtervorhänge, die sich wirklich gut machten.

Sky kam ihm vom Moonship bereits entgegen. Sie grüßten einander und liefen den frei geschaufelten Weg nach unten zu den Garagen.

»Daniel verleiht seine Autos wohl nicht gerne, was?«, checkte Sky gut gelaunt ab, ob er mit seiner Vermutung von vorhin recht hatte.

Wie erwartet, schüttelte Li den Kopf. »Ganz im Gegenteil. Aber ich brauche eine Ausrede, da ich Lust auf Angels legendäres Frühstück habe.«

Das kaufte Sky ihm nicht ab, denn mittlerweile wusste er, dass der Chefkoch des Hauses, Paul, sein Handwerk mehr als vorzüglich verstand.

»Das Frühstück also?«

Li sah ihn aus zusammengekniffenen Augen an.

»Das und Daniel«, gestand er.

Sky grinste breit und klopfte ihm auf die Schulter. »Verstehe. Daher weht der Wind. Nun, dann verrate ich dir jetzt auch ein Geheimnis.«

Der große SUV piepste, und mit dem Schlüssel in der Hand wollte Li wissen: »Darf ich fragen, welches?«

»Natürlich! Ich besitze keinen Führerschein.«

Die mandelförmigen Augen des mittelgroßen Asiaten wurden noch schmäler. »Wie bitte? Du veräppelst mich?«

»Na klar! Natürlich besitze ich einen Führerschein, aber sag Daniel, sie haben ihn mir wegen Trunkenheit am Steuer vor ein paar Monaten abgenommen.«

Li wehrte mit beiden Händen ab. »Nein, nein. Ich kann Daniel nicht anlügen.« Dann grinste er verschmitzt. »Aber er ist gastfreundlich. Daher will er sicher nicht, dass ich dich allein bei Schneefall durch die Dunkelheit schicke. Man weiß ja nie, in welchem Zustand die Straßen hier sind.«

»Okay, okay. Ich habs ja verstanden. Bitte Li, sei so nett und fahr mich zum *Loose Moose*, ja?«

»Natürlich, Sir! Sky«, erwiderte Li mit einer knappen Verbeugung und einem Lächeln im Gesicht. Dann stiegen die beiden Männer lachend in den schwarzen Truck ein.

Als Sky mit Li im Schlepptau das *Loose Moose* betrat, war die Bar mehr als gut gefüllt. Und wie immer, wenn er in einen Raum kam, wurde es kurz still, und alle Augen waren auf ihn gerichtet. Er hob eine Hand.

»Hallo zusammen. Keine Sorge, ich habe meine Gitarre nicht dabei.«

Die Gäste wie auch Angel lachten, und er steuerte direkt auf die Theke zu, da er Marina sofort erkannt hatte, die neben ihrer besten Freundin auf einem der hohen Hocker aus Holz saß.

. . .

»Sky! Guten Morgen«, begrüßte Karen ihn sofort und war schon aufgesprungen, was Marina dazu veranlasste, mit den Augen zu rollen. *Starstruck* erhielt durch ihr Verhalten seit gestern eine völlig neue Dimension.

»Karen!« Er gab ihr zwei Küsschen auf die Wangen, als kannten sie einander ewig, und kommentierte es mit: »Hab mich für die europäische Begrüßung entschieden. Ich hoffe, das passt. Oder habt ihr drei Küsse wie die Franzosen?«

»Nein, zwei. Das passt schon«, meinte Karen und grinste über beide Ohren. Sie hatte nicht zu hoffen gewagt, ihn so früh wiederzusehen, und freute sich riesig über seinen Spontanbesuch in der Bar.

Angel, Besitzerin des Ladens, der wundervoll nach Weihnachten mit Speck und Eiern duftete, kam mit einem Tablett voll leerer Gläser auf ihn zu und grinste. »Also, für mich auf jeden Fall.«

Sky drückte auch ihr zwei Schmatzer auf die Wange. Er fand sie und Jack supersympathisch. Nur bei Marina unterließ er es, denn sie wirkte nicht, als wollte sie es, sondern hatte sich nach einem knappen »Hi Sky« sofort wieder ihren Ham and Eggs zugewandt.

»Was kann ich euch bringen?«, wollte Angel von Sky und Li wissen.

»Das ist doch keine Frage: natürlich das *Loose-Moose-Breakfast-Special*«, erwiderte Li, ohne zu zögern.

»Da schließe ich mich an«, entschied Sky, obwohl er keine Ahnung hatte, was ihn erwartete.

»Wunderbar. Heute heißt es *Loose-Moose-Christmas-Breakfast-Special*, und daher gibt es obendrauf Zimt-Pancakes, Vanillesoße, Sahne und Blaubeeren.«

Li grinste über beide Ohren. »Klingt wie Musik in meinen Ohren.«

»In meinen auch«, schob Sky nach und wollte sich endlich auf den Hocker neben Marina setzen, der glücklicherweise neben einem weiteren frei war. Doch Karen versaute ihm seinen Plan.

»Wir tauschen den Platz«, ordnete sie in Marinas Richtung an, die wortlos ihren Teller nahm und einen Stuhl weiterrückte. Karen sah sich bemüßigt, Sky ihr Vorgehen zu erklären. »Marina braucht in der Früh immer ein wenig Zeit. Die Quasselstrippe bin ich.«

Sky lag bereits ›Mir geht es wie Marina‹ auf der Zunge, aber er ließ es bleiben. Sich jetzt an ihre Seite zu zwängen, war auch nicht das, was er wollte.

Gut fünf Minuten erging sich Karen dann tatsächlich in einer Nachbetrachtung des Nachmittags und Abends bei Daniel, was für Sky einen Vorteil hatte: Er musste nicht reden, da Karen und Li sich blendend amüsierten. Hin und wieder warf er ein belangloses »Ja wirklich!« ein, was ihm Zeit verschaffte, Marina verstohlen zu mustern.

Er konnte nicht anders, unwillkürlich fiel ihm das Märchen von Aschenputtel ein. Zwar war Karen Marinas Freundin und nicht deren böse Stiefschwester, aber vom Verhalten und der Kleidung der beiden kam es hin. Karen hatte heute ihr langes, schwarzes Haar lose aufgesteckt, was edel aussah, und trug einen übergroßen pinkfarbenen Strickpulli zu einer eng geschnittenen, schwarzen Dreiviertelhose und schwarzen Boots. Sie war daher weder zu übersehen, was auch ihr greller Lippenstift in Pink untermalte, und schon gar nicht zu überhören.

Marina dagegen trug ein zu Weihnachten passendes flaschengrünes Strickkleid, dunkelbraune, hochhackige Stiefel und einen in Braun- und Grüntönen gemusterten breiten Schal, den sie über ihre Schultern geschwungen hatte. Hin und wieder bewegte sie sich im Takt des Songs mit, so wie jetzt zu *Last Christmas*. Ihr blondes Haar fiel glatt in ihr Gesicht. Ihm gefiel der überlange Bob, unter dem sie sich zu verstecken versuchte. Und geschminkt war sie nur sehr dezent. Etwas Mascara, ein matter, nudefarbener Lippenstift. Das war alles. Als würde sie sich unsichtbar machen wollen, dabei war sie extrem hübsch.

Für ihn war Aschenputtel auf jeden Fall herausfordernder und interessanter als Karen. Er wollte zu gerne mehr von Marina erfahren, doch bevor er den Gedanken zu Ende gedacht hatte, servierten Angel und eine Angestellte das Frühstück.

Li klatschte vor Freude in die Hände. »Das sieht köstlich aus, Angel!«

»Ich hoffe, es schmeckt euch«, meinte sie und stellte das große Tablett direkt zwischen Li und Sky ab. »Also, meine Herren, wir haben hier Omeletten mit Paprika und Schinken, Ham and Eggs, dann noch gebratene Würstchen, Bohnen und Kartoffeln.« Angel teilte schon mal die Teller aus. »Dazu kommen gleich noch frischer Toast, Butter, Creme Cheese sowie geräucherter Lachs, Marmelade, Zimtrollen, Orangensaft und Kaffee. Die Pancakes bereiten wir zu, wenn ihr so weit seid.«

Li versenkte seine Gabel bereits im Omelette, während die junge einheimische Kellnerin noch versuchte, alles auf der Theke vor ihnen abzustellen.

Speziell die Zimtrollen dufteten verführerisch nach Weihnachten. Einen Moment lang sog Sky den Geruch ein und musste schmunzeln.

»Wow! Sieht köstlich aus und riecht herrlich. Das reicht dann wohl bis zum Dinner. Kann ich bitte einen Espresso haben, wenn du so etwas hast«, meinte er, und Li schloss sich der Kaffeebestellung an.

»Klar! Seit Daniel hin und wieder hierherkommt, habe ich eine echte italienische Siebdruckmaschine.« Angel lachte. »Die hat er mir nämlich trotz meines Widerstandes einfach liefern lassen. Purer Blödsinn, weil er selbst ja so selten hier ist, aber er wollte es so.«

»Guter Mann«, meinte Sky. »Ich hasse unseren amerikanischen Kaffee, seit ich weiß, wie Kaffee auch schmecken kann.«

»Na dann. Last euch das *Loose-Moose-Christmas-Breakfast-Special* schmecken, und die Espressos kommen sofort.«

Angel ging hinter die Theke und verschwand daraufhin in die Küche. Nun griff auch Sky zu. Er aber begann mit den Zimtrollen. Unwiderstehlich, die Dinger.

»Du bist also wegen Daniels neuen Films hier?«, wollte Karen plötzlich von ihm wissen. »Was genau schreibst du denn für ihn?«

Marina legte die Gabel ab und sah sie tadelnd an. »Karen! Morgen ist Weihnachten. Entspann dich mal, du kannst nicht immer jeden hier mit Fragen löchern.«

Mit einem Augenaufschlag, der ihr schon so einiges ermöglicht hatte, beugte sich Karen – nicht ganz zufällig – quer über Sky und stützte sich mit ihrer Hand auf seinem Oberschenkel ab. »Du hast recht, ich kann es nicht lassen. Tut mir leid. Aber andererseits scheint dir noch niemand gesagt zu haben, dass wir einen Tag vor Weihnachten haben. Du darfst also durchaus gut gelaunt sein! Äh, könnte ich bitte den Zuckerstreuer haben?«

Li griff schneller danach als Sky und reichte ihn ihr.

»Danke!« Karen arbeitete sich zurück auf ihren Platz, denn Sky schien ihre Attacke ungerührt hingenommen zu haben. Gar nichts. Keine Regung. Keine Berührung seinerseits. Nicht einmal angesehen hatte er sie. Dafür schaute er zu Marina und grinste.

»Ich bin doch gut gelaunt«, log Marina ihre Freundin an. Was wollte Karen? Sein bestes Stück vor allen anknabbern, weil sie es mit Keksen verwechselt hatte?

Natürlich war ihre Stimmung mies. Angesichts der Tatsache, dass sie ihren Job los war und – abgesehen von ihrer Cousine und Karen – Weihnachten mit wildfremden Menschen in Alaska feiern würde, auch kein Wunder. Ach ja, und mal ganz abgesehen davon, dass sie sich nach diesem Urlaub überlegen musste, ob sie sich ihre Wohnung weiterhin leisten wollte oder sollte, oder ob es nicht klüger war, zurück nach Wien zu ziehen. Und überhaupt mal abgesehen von Sky. Der tat ihrem Körper nicht gut. Dieses Kribbeln hörte nicht auf, seit er die Bar betreten hatte. Wozu sollte das denn führen? Sie trank einen Schluck. Diese Gedanken führten zu nichts.

Sky entgingen die tiefen Sorgenfalten auf Marinas Stirn nicht. Zu gerne hätte er gewusst, woran sie eben gedacht hatte, aber nicht hier. Nicht an der Bar. Daher entschied er sich, auf Karens Frage einzusteigen. »Karen, du wolltest doch wissen, warum ich hier bin.«

»Absolut«, erwiderte sie keck und stahl ihm ein Würstchen vom Teller, das sie mit zwei Fingern hochhielt. »Ich hoffe, das geht okay«, meinte sie grinsend.

Ging es nicht. Er hasste diesen Tick, speziell bei den Superschlanken, sich nie selbst etwas zu bestellen und dann aus seinem Essen das herauszupicken, was gerade in ihren Diätplan passte. »Solange es beim Würstchen bleibt?«

»Aber sicher. Ich steh drauf«, erklärte ihm Karen voller

Ernst und gab sich alle Mühe, das schwarzbraune Ding möglichst lasziv zu essen.

Marina quittierte ihren Versuch, bei dem sie sich dann verkutzte, mit einem Kopfschütteln. Wer bitte hatte Karen ausgetauscht? So schwachsinnig hatte sie sich noch nie verhalten. Aber wenn Sky darauf hereinfiel, dann hatte er das verdient. Karen war zwar ihre beste Freundin, aber ihre Datinggewohnheiten gingen für sie zu weit. Mehr als eine Nacht war es selten. Es war, als sammelte sie Männer wie sie selbst Handtaschen und Marvel-Figuren. Dummerweise war sie in die Sache gleich nach ihrer Trennung von Tilmann rein-gekippt und mittlerweile süchtig nach diesen Filmen.

Sky riss sie mit seiner Antwort auf Karens Kommentar aus ihren Gedanken.

»Ich steh auch auf Würstchen, daher habe ich ja das Früh-stück bestellt. Aber wenn du willst, ordere ich noch eines für dich«, bot er an.

Karen winkte ab. »Lieb von dir, aber nein danke. Zu viele Kalorien.«

Natürlich. Nichts anderes hatte Sky erwartet. Ein Wunder, dass Marina offensichtlich eine Portion Ham und Eggs samt Toast bis auf den letzten Krümel aufgegessen hatte. Das fand er echt sympathisch.

»Okay, zurück zu deiner Frage: Ich schreibe die Titel-musik für Daniels neuen Film und eventuell ein paar zusätz-liche Themen der Filmmusik. Wie viel das wird, wissen wir beide noch nicht. Daher hatten wir vor, die Feiertage zu nutzen, um uns in Ruhe meine Vorschläge anzuhören und die Richtung zu besprechen.«

»Und warum ausgerechnet über Weihnachten? Jemand

wie du hatte doch sicher bereits etwas Besseres vor, als nach Moose Creek zu kommen?«

»Karen!«, rügte Marina sie plötzlich. Dann drehte sie sich über sie hinweg zu Sky. »Um es abzukürzen: Was meine beste Freundin anscheinend wissen möchte, ist, bist du Single?«

Belustigt erwiderte Sky: »Oh? Darum geht es hier also?«

Karen hob das Kinn und entschied sich, spontan bei der Wahrheit zu bleiben. »Klar! Was denkst du denn? Weihnachten ist doch angeblich das Fest der Liebe.«

Er schmunzelte, allerdings in Marinas Richtung. »Du kannst deiner Freundin ausrichten, ich bin Single und das mit Überzeugung.«

Karen verzog ihren Mund. »Wenn die Richtige kommt, kann sich das schnell ändern.«

Überraschend für die drei äußerte sich Li, da er eine Pause nach dem Pikanten und vor dem Süßen einlegen musste. »Ich weiß aus Erfahrung, das klingt einfacher, als es ist. Heutzutage weiß man ja nicht, wer bloß aufs Geld aus ist oder wer sich tatsächlich in dich verliebt hat.« Er legte das Besteck ab. »Dabei bin ich bi, also doppelte Chancen! Und wen habe ich? Niemanden.«

Normalerweise hätten weder Karen noch Marina gelacht, aber Li hatte so lustig das Gesicht verzogen, daher konnten sich beide nicht halten.

Sky tätschelte ihn brüderlich am Oberarm. »Bro, an dem Tag, an dem du dich verliebst, beginnt der Countdown ins Desaster. So gesehen, genieß dein Leben. Du sagst ja selbst, wer weiß, was kommt?«

»Wie recht du hast«, entfuhr es Marina, doch Karen wollte das keinesfalls so stehen lassen. Sie war hier. Neben Sky. Und diese Schmetterlinge in ihrem Bauch flatterten unaufhörlich. Was war mit diesen Miesmachern eigentlich los?

»So ein Blödsinn! Bloß weil manche Beziehungen scheitern, heißt das noch lange nicht, dass nicht auch viele funktionieren. Und woher soll man wissen, wer der oder die eine ist, wenn man nichts ausprobiert?« Dann verdrehte Karen verträumt die Augen. »Und wenn dieser eine dir über den Weg läuft, dann fühlst du es. Hast Schmetterlinge im Bauch und siehst rosarot.«

»Und wenn sie nicht gestorben sind, lieben sie sich noch heute«, bemerkte Marina süffisant, die nicht mehr zuhören konnte, denn genau dieses komische und natürlich völlig absurde Gefühl hatte sie von Anfang an bei ihm gehabt. Dass er der eine sein könnte.

Natürlich Schwachsinn pur.

Ihre Nerven waren daran schuld. Angespannt und kurz davor, zu reißen. *Und alles nur wegen Tilmann!*

»Ganz meine Meinung, Marina«, meinte Sky nach einem Schluck Kaffee.

Doch statt ihr meldete sich Li zu Wort. »Also, ich bin dann doch lieber bei Karen. Irgendwo muss es ja wohl ein Hütchen für jedes Köpfchen geben, oder?«

Karen nickte energisch. »Seht ihr zwei? Nehmt euch bitte ein Beispiel an Li und mir. Das Wort, das euch nicht einfällt, heißt ›Hoffnung‹. Nur für den Fall, dass ihr danach gesucht habt.« Und dann wiederholte sie es leise und lang gezogen: »Hoooffnung auf den eeeinen!«

Marina und Sky sahen einander über Karen hinweg an. Ohne es zu wollen, verlor sie sich wieder in seinen bernsteinfarbenen Augen und träumte tatsächlich davon, wie es wäre, hier mit ihm allein an der Bar zu sitzen, Kaffee zu trinken und seinen Arm um ihre Schultern zu spüren.

• • •

Skys Bild, das ihre meerblauen Augen in ihm heraufbeschworen, war weniger jugendfrei. Er fragte sich, was sie unter diesem Aschenputtelkleid trug. Vielleicht heiße Unterwäsche in Rot? Weil doch morgen Weihnachten war? Und ja, er konnte sich durchaus vorstellen, das Frühstück zur Seite zu räumen und stattdessen Marina auf die Theke zu setzen.

Leider unterbrach ihn Marina, kurz bevor es richtig heiß wurde. »Danke, Karen. Hoffnung?« Marina schlug sich auf die Stirn. »Meine Güte, warum bin ich da selbst nicht draufgekommen!«

Sky schüttelte sich rasch, dann war auch er wieder ganz da und fügte hinzu: »Frag ich mich auch. Dabei ist es so ein schlichtes Wort.«

Doch dann ätzte Marina zu seinem Erstaunen: »Ach, jetzt fällt es mir wieder ein! Weil es in meinem Fall dabei um Männer geht. Sorry, Li, ich würde dir raten, halt dich von denen fern.« Verdutzt sahen ihr alle dabei zu, wie sie den Rest des Kaffees hinunterkippte und fortfuhr. »Ach ja, noch etwas: Die allerschlimmste Mischung von allen ist Weihnachten und Heiratsanträge. Das kann ich euch versichern.« Sie deutete mit der Hand zu Boden. »Lasst das einfach. Geht nicht gut aus. Seht es euch nicht einmal im Fernsehen an!«

»Ich liebe diese Filme«, entgegnete Li.

Karen jedoch wusste genau, was los war. Daher fiel sie Marina um den Hals. »Verstehe ich ja alles, aber nur weil einer ein ausgewiesenes A… und cringe ist, sind sie es doch nicht alle.«

Mehr zu sich selbst als zu irgendjemandem an der Theke murmelte Sky: »Ein Antrag vor dem Weihnachtsbaum? Das kann bloß böse enden. Genauso böse wie *kein* Antrag vor dem Weihnachtsbaum.«

Marina tat ihm leid, denn er konnte sich ausmalen, was

ihr widerfahren war. Allerdings konnte sie nicht wissen, dass sein letztes Weihnachten ebenfalls ein völliger Reinfall gewesen war.

Laura, seine Ex, hatte ganz offensichtlich genau das erwartet: einen romantischen Antrag am Weihnachtsabend. Wie hätte er das ahnen sollen?

Doch gegen Mitternacht hatte er genau davon mit voller Wucht erfahren, als sie ihm erst die Kugeln und dann den gesamten Baum um die Ohren geschleudert hatte. Weil er sie bloß ausnutze und es nicht ernst mit ihr meine! Da das nicht ihr erster emotionaler Ausbruch gewesen war, hatte er sich verzogen und in eine Bar fahren lassen. Zwei, drei Monate war das zwischen ihnen noch weitergegangen. Der Versöhnungssex mit Laura war immer wieder gewaltig. Aber dann hatte er die Schnauze voll gehabt und in ihrer Abwesenheit die Schlösser in New York und Los Angeles austauschen lassen. Doch seinen Freunden zufolge liebte sie ihn nach wie vor. Was auch immer Laura darunter verstand. Er auf jeden Fall war mit ihr durch. Affären und One-Night-Stands reichten völlig.

Marina, die sich von Karen wieder gelöst hatte, ahnte nichts von dem, was Sky gerade durch den Kopf gegangen war, und erwiderte: »Wie recht du hast, Sky! Weihnachten und Heiratsanträge passen nicht zusammen. Aber: Schwamm drüber. Es ist bereits nach zwölf Uhr. Wenn es nach mir geht, könnten wir dann von Kaffee auf Alkohol umsteigen.«

Das war zwar keine Lösung für diese prickelnde Anziehung, die von Sky ausging, aber die einzige, die ihr einfiel. *Was solls?* Sie war im Urlaub.

»Da bin ich dabei. Allerdings lege ich beim anderen Thema ein Veto ein. Ihr versaut einem ja jegliche Romantik!

Leute, es ist Weihnachten! Könnt ihr wenigstens so tun, als ob das toll ist?«

Marina umarmte Karen, die ihr dann sagte: »Für dich tue ich doch alles. Gib mir genügend Shots, und ich schneide dir einen Mistelzweig irgendwo von irgendeiner Fichte.«

»Tu dir dabei mal nicht weh«, meinte Sky nun wieder besser gelaunt. Allein das Bild in seinem Kopf war zum Schießen. Marina mit ihren hochhackigen Stiefeln auf einem dieser in den Himmel wachsenden Nadelbäume. Vielleicht ein kleiner Bär darunter? Besser ein Elch. Der war nicht so gefährlich.

»Lass das mal meine Sorge sein«, erklärte ihm Marina. »Also? Shots hier oder Punsch draußen?«

Angel beugte sich über die Theke. »Ich rate euch zu Punsch draußen. Morgen ist Weihnachten, und daher ist ab heute Nachmittag hier mächtig was los. Ihr habt ja schon gesehen, wie sehr sich meine Mom mit dem Weihnachtskomitee bemüht hat, den Ort zu dekorieren.«

»Ich freue mich auch schon riesig darauf.« Und das tat Marina, denn Dana hatte ihr gestern Abend bereits alles geschildert, und die Straße sah wirklich umwerfend aus. Auch an der Eingangstür der Bar hing ein Kranz mit roten Schleifen und goldenen Kugeln, jedes Fenster der Häuser an der Hauptstraße war mit warmen Lichtern umrandet, und es gab kein einziges Gebäude, das nicht irgendein besonderes Dekostück hatte. »Wir haben Dana versprochen, gleich nach dem Frühstück bei ihr und Sarah vorbeizusehen. Sie hat mir die Hausnummer aufgeschrieben, vor der sie mit einem Stand zu finden ist.«

Marina war froh, dass sie mit Angel und Karen nicht weiter über Liebe und Heiratsanträge sprechen musste. Karen auf das Thema Weihnachtsdeko zu bringen, war nie ein Problem, da sie glücklicherweise ein absoluter Weihnachtsfreak war.

»Außerdem hat uns deine Mutter heute Morgen erzählt, dass eine kleine Gruppe an Sängern von Haus zu Haus geht.« Karen wollte das unbedingt hören. Vielleicht, weil es ja um Musik ging, würde Sky sie begleiten?

»Oh ja. Das hat hier am Weihnachtsabend Tradition. Eines der Kinder wird den Stern tragen, und sie singen dann Weihnachtslieder. Ich habe früher auch den Stern getragen.«

Angel freute sich riesig auf die kommenden Tage. Aber am meisten auf das große Essen morgen Abend im Rathaus. Da kamen alle aus dem Dorf, und jeder brachte ein kleines Geschenk für die anderen mit. Sie hatte diese das ganze Jahr über gesammelt, wann immer ihr zu irgendjemandem etwas Passendes eingefallen war. Angel liebte diese Tradition. Sie würde einen Braten mitbringen, Püree und natürlich Kekse. Alle brachten etwas.

»Das mit dem Sternsingen klingt super. Können wir irgendetwas beitragen? Vielleicht deiner Mom bei den Vorbereitungen helfen?«, wollte Marina wissen, aber Angel winkte ab. »Ja nicht! Sie arbeitet seit zwei Monaten mit ihrem Weihnachtskomitee am Programm. Wichtig ist nur, dass ihr heute so ab drei Uhr dabei seid.«

»Das sollte zu schaffen sein.« Karen grinste. »Angel, weißt du, ob ich hier irgendwo eine Weihnachtsmütze kaufen kann?«

»Du kannst nicht ohne eine, was?« Marina lachte und hatte zu ihrer guten Laune zurückgefunden.

»Natürlich nicht.« Karen kicherte.

»Hm, nebenan bei Raquel im Laden gab es welche. Vielleicht hat sie noch eine?«

Karen sprang auf. Die Möglichkeit, noch schnell eine

Weihnachtsmütze zu ergattern, war zu verlockend. »Ich bin gleich wieder hier.« Sie schnappte sich ihren schwarzen Wintermantel vom Kleiderständer und sauste zur Tür hinaus.

»Bereit für die Pancakes, Männer?«, wollte Angel von Sky und Li wissen.

»Und ob«, antworteten ihr beide nickend.

»Perfekt. Ich sags mal George.« Angel sah Marina an. »Weißt du was, ich bringe dir auch gleich noch einen frischen Kaffee, bevor ihr euch auf die Sündenmeile werft.«

Sky nutzte die Gelegenheit, um weiter mit Marina im Gespräch zu bleiben. Er fragte sie: »Wo stecken Cooper und deine Cousine?«

Sie hatte ausnehmend schöne, ebenmäßig geschnittene Züge. Nichts war zu lang oder zu kurz, nichts zu breit oder zu schmal. Nase, Mund, Augen und Brauen, aber auch ihr Kinn, ihre Stirn, die Wangenknochen und selbst der Kiefer waren perfekt geformt. Als sie ihr Haar kurz zusammennahm und nach hinten schob, bemerkte er, dass das auch für ihre Ohren galt. Die Form war geradezu perfekt und die Läppchen mit den kleinen herzförmigen Silberohrringen ebenso.

Was ihm Marina antwortete, war nicht unbedingt wichtig, denn sie wusste auch nicht, wann die beiden in die Bar kämen. Aber Sky scherzte weiter herum. Von wegen frisch verliebt und weiches Bett.

Marina spürte, dass er sie taxierte, denn sie tat es ebenso. Nicht, weil sie groß annahm, dass da jemals etwas zwischen ihnen laufen könnte, es reichte ja schon, wie Karen sich ihm an den Hals warf, sondern weil sie einfach von seinem Gesicht fasziniert war. Er hatte etwas verboten Männliches an sich und zugleich beinahe Androgynes. Musste daran liegen, dass sein Gesicht markant geschnitten und seine Haut so glatt war. Der Bart störte, denn sie hasste Bärte, auch wenn es, wie bei Sky, ein Dreitagebart war. Aber das war sein Problem. Vielleicht Karens, wenn sie bekam, was sie wollte.

Plötzlich lehnte er sich nach hinten und schob seine leere Tasse zur Seite. »Wieder zurück zu schweigsam?«

»Nein, aber Luft kann man auch einfach mal nur ein- und ausatmen, man muss nicht immer gleich Töne dazu machen.« Dann fiel ihr ein, dass er ja Sänger war. »Außer natürlich, man lebt vom Singen.«

»Stimmt. Sehe ich genauso. Wovon lebst du denn?«

Sie sah ihn an, senkte den Blick aber gleich wieder. Ihm direkt in die Augen zu schauen, fühlte sich komisch an. Es war, als könnte er durch sie hindurchsehen, und das mochte sie nicht. »Frag mich das nächstes Jahr wieder, denn leider hat mich mein Chef vor fünf Tagen rausgeworfen.«

»Das muss ein Idiot sein! So kurz vor Weihnachten?«

»Stimmt. Aber so ist er eben, und mich vor Weihnachten rauszuwerfen, hat ihm sicher besonderes Vergnügen bereitet.«

»Ein Sadist?«

Heftig nickte Marina. »Ja, so kann man ihn durchaus beschreiben. Und ein Muttersöhnchen vom Schlimmsten noch dazu.«

Sky hatte immer schon Menschen beobachtet. Geradezu seziert. Und er war ein aufmerksamer Zuhörer. So entstanden all seine Songs. Er musste nicht jeden Liebeskummer selbst erlebt haben, um einen Text darüber schreiben zu können. Genauso wenig wie er Weihnachten toll finden musste, um herauszufiltern, was an Geräuschen und Emotionen die

Essenz des Fests für diejenigen war, die es liebten und all ihre Hoffnungen in diesen einen Tag bündelten.

Daher ahnte er, dass es hier nicht nur um einen Job ging. »Er ist dein Ex?«

Marina zuckte nach hinten zusammen. »Wie kommst du denn darauf?«

»Ganz einfach deshalb, weil du über ihn wie über einen Ex sprichst.«

Darüber war sie zwar erstaunt, Sky musste einen sechsten Sinn haben, aber sie hatte auch keine Lust, ein großes Trara um Tilmann zu machen. »Ja, ist er. Aber bereits seit einem Jahr. Das, was er jetzt getan hat, war einfach nur unfair, kindisch und idiotisch für den Sender.«

Ihr war gar nicht aufgefallen, dass sie damit wieder ein Stückchen mehr von sich preisgegeben hatte. Sky überlegte kurz.

»Fernsehen oder Radio?«

»Fernsehen«, antwortete Marina überrascht.

»Vor oder hinter der Kamera?«, lautete seine nächste Frage.

»Dahinter, aber eigentlich sollte es davor sein.«

»Dahinter halte ich ebenso für eine Vergeudung«, kommentierte er ungerührt, denn er hatte nur noch eine weitere Frage: »Muss ich mir Sorgen machen?«

Nun war Marina restlos verwirrt. Was war das für ein seltsames Frage-Antwort-Spiel? »Keine Ahnung. Weshalb denn?«

»Nun, willst du ein Interview von Daniel oder mir?«

»Für wen? Den Sender, der mich rausgeschmissen hat?« Marina lachte genervt auf. »Klar. Das wäre sicher eine Supersache.«

»Wäre es. Für den neuen Arbeitgeber. Als Eintrittsticket.«

Das geht jetzt aber zu weit. Entnervt funkelte sie ihn an. Er regte sie auf. Warum, wusste sie gar nicht genau. Aber dass diese Vermutung, sie wäre hier, um ihre Beziehung zu Hannah auszunützen, ihren Puls beschleunigte, konnte Marina leider spüren. »Okay, nur damit wir uns hier richtig verstehen: Hannah ist meine Cousine. Daher habe und hatte ich weder Interesse an einem Interview mit Cooper, frag sie gerne selbst, noch an einem mit Daniel oder dir. Familie und Freunde haben für mich nichts mit dem Beruf zu tun. Das kannst du sicher nachvollziehen, oder?«

Sky nickte und wippte dabei mit seinem Oberkörper mit. »Ja, kann ich.« Ihm gefiel die Tatsache, dass sie sich so auf den Schlips getreten fühlte, denn das zeugte von Loyalität ihrer Cousine gegenüber, und das fand er gut.

Angriffslustig sah sie ihn an. »Noch weitere Fragen? Für welchen Sender arbeitest du eigentlich undercover? Du wärst nicht der erste Promi, der den Paparazzi einen Tipp gibt.«

Sie war *strange.* Er kannte die Frauen, die noch einen Knopf der Bluse vor ihm öffneten oder das T-Shirt bis unter den BH zogen. Er kannte auch solche, deren Wangen sich in seiner Nähe rot verfärbten, deren Stimme zu laut oder zu hoch wurde oder die ihn ohne Umschweife nach einer Nacht mit ihm fragten. Marina fiel in keine dieser Kategorien. Ihre Stimme war fest, sie trug dieses unauffällige Kleid und schien wenig beeindruckt von der Tatsache zu sein, dass er ein Weltstar war. In Summe empfand er sie als Herausforderung. »Wenn ich dir verrate, für wen ich arbeite, muss ich dich leider umbringen und irgendwo verscharren.«

»Viel Glück damit. So wie ich das sehe, ist hier alles bretthart gefroren.«

Sky konnte nicht anders, er musste laut lachen. »Ja, könnte schwierig werden! Aber fordere mich heraus, und ich versuche es!«

Erst klopfte Marina ein paarmal mit den Fingern auf das Holz der Theke, dann atmete sie tief durch. Irgendetwas war da zwischen ihnen, das sie nicht zuordnen konnte. Sie fühlte sich gleichermaßen zu ihm hingezogen, wie von ihm abgestoßen, was ihr noch nie bei einem Mann passiert war. Unwillkürlich streckte Marina sich durch und kniff ihre Augen zusammen.

Was dachte sie da? Sky war keinesfalls jemand, der sie interessieren sollte. Aus vielerlei Gründen. Er war nicht ihre Welt. So toll der Urlaub hier mit dem Flug und dem Abend bei Daniel begonnen hatte, Marina konnte das Desaster, in dem sie zu Hause steckte, keinesfalls ausblenden.

»Ich soll dich herausfordern? Gerne! Also, wenn du es schaffst, dass hier morgen ein echtes Moose die Hauptstraße entlangschlendert, dann kannst du mich nachher vergraben.« Marina schmunzelte. »Du kennst den Spruch: ›Ein Moose sehen und sterben.‹«

»Klar kenne ich den«, meinte Sky höchst belustigt.

»Lügner! Der ist von mir. Genauso wie der andere, der mit ›Neapel sehen und sterben‹, aber alle behaupten, Goethe hätte ihn geschrieben«, erwiderte Marina grinsend. Sie nahm nicht an, dass Sky jemals von Goethe gehört hatte.

»Oh! Dann schmückt sich dieser verwegene Johann Wolfgang also mit deinen Federn? Posthum? Und nicht zu vergessen als Zeitreisender!« Sky lachte breit. »Aber okay: Challenge angenommen. Du bekommst deinen Weihnachtselch, dafür darf ich mir dann ebenfalls etwas aussuchen, was du für mich tun musst.« Ihm gefiel die Idee immer besser, zumal er ihre Anwesenheit mit jeder Minute mehr genoss.

»Moment einmal. Wolltest du mich nicht hier verscharren?«

Grinsend beugte er sich näher zu Marina. »Wäre das nicht schade? So ein Lächeln buddelt man nicht einfach ein und vergisst es wieder.«

Bevor Marina sich darüber klar wurde, ob er hier gerade mit ihr flirtete oder sie auf die Schippe nahm, kam Karen durch die Tür und rief sofort: »Hab noch welche ergattert!« Sie hatte eine der roten Mützen auf dem Kopf und schwenkte zwei weitere durch die Luft, was Sky dazu veranlasste, in Marinas Richtung zu murmeln: »Oh Boy! Das hat mir gerade noch gefehlt. Ich hasse Weihnachtsmützen.«

»Ich auch«, flüsterte Marina zurück, sagte aber laut zu Karen, die nun die Theke erreichte und ihr eine der Mützen in die Hand drückte: »Danke, Karen! Dann kann Weihnachten ja kommen.«

Karen legte auch Sky eine auf die Theke. »Und die ist für dich.«

Er setzte sie sofort auf. »Danke, Karen! Damit sehe ich aus wie der Weihnachtsgrinch, schätze ich.«

»Exakt«, erklärte ihm Marina. »Dir fehlt bloß noch ein wenig Alkohol, damit du ordentlich grün im Gesicht wirst.«

»Also, wenn es um Komplimente geht, dann bist du unschlagbar«, bemerkte er sarkastisch, aber es gefiel ihm, wie sie sich wehrte.

Karen sah von ihrer Freundin zu Sky und dann wieder zu Marina. »Kaum lasse ich euch beide ein paar Minuten alleine, schon schließt ihr eine Freundschaft fürs Leben, wie es aussieht!«

Wobei sie schon wieder eifersüchtig war. Ein wenig zumindest. Denn irgendetwas schwang da zwischen den beiden trotz der spitzen Bemerkungen mit, das ihr ganz und gar nicht gefiel. Ebenso wenig gefiel ihr der geradezu verschwörerische Blick, den sie einander nun zuwarfen, ganz offensichtlich im Glauben, sie bemerkte es nicht.

»Ich bin froh, dass du das so siehst«, erklärte ihr Sky. »Dabei waren wir vor fünf Minuten noch an dem Punkt, wo Marina von mir ermordet und im Eis verscharrt werden wollte.«

»Wollte ich nicht! Das war deine Idee!«

»Also ehrlich! Ich habe mich nur gentlemanlike zur Verfügung gestellt, dir behilflich zu sein.«

Sie konnten sich nicht weiter über das Thema streiten, denn unter großem Hallo der anderen Gäste erschienen gerade Hannah und Cooper, die, nachdem sie einige der Einheimischen begrüßt hatten, auf sie zukamen. Angel war auch sofort zur Stelle und küsste die beiden.

Hannah umarmte Marina. »Na, Cousinchen? Wie gefällt dir Alaska bis jetzt?«

»Es ist unglaublich toll! Überhaupt nicht so, wie ich mir das vorgestellt habe.«

»Ja, das sagen sie alle.« Angel schmunzelte. »Aber ich warne dich: Nach der ersten Phase ist es dann doch genau so, wie man es sich vorstellt: Öde, ohne Aufregungen und ohne Alkohol kaum zu ertragen.«

»Apropos: Auf den warte ich schon seit einer halben Stunde.«

Cooper klopfte Sky auf die Schulter. »Was heißt ohne Aufregungen? Wir sind hier, Daniel ist nicht hier, also wenn das nicht aufregend ist, Angel?«

Hannah drehte sich zu ihm und rollte die Augen. »Du Macho!«

»Darf sie das zu dir sagen? Ich dachte, du wärst dieser harte Kerl, der beim ersten falschen Wort die Waffe zieht und schießt.« Sky hätte nicht gedacht, dass ihm die Sache hier in Moose Creek so viel Spaß bereiten würde.

»Bin ich auch. In manchen meiner Filme. Nur leider will Hannah nicht einsehen, dass ich diese Seite habe. Also verstecke ich sie lieber vor ihr. Du weißt ja, *happy wife, happy life*.«

Kopfschüttelnd antwortete ihm Sky: »Nein, weiß ich nicht und will ich auch gar nicht wissen. Beziehung ist nichts für mich und Ehe schon gar nicht.«

Dieser Satz wiederum triggerte Karen. »Wie ich bereits angemerkt habe, sagst du das bloß, weil du noch nicht die Richtige getroffen hast.«

Wobei sie sich durchaus vorstellen konnte, genau die zu sein. Die eine. Auf jeden Fall sprach für sie nicht viel dagegen, dass er ihr Mister Right sein könnte. Im Bett war Sky sicher eine Granate. Und wenn er dann noch zur Gitarre griff … Allein die Vorstellung bescherte ihr ein Ziehen im Unterleib.

Leider jedoch kniff Sky die Augen zusammen. »Selbst wenn ich die Richtige träfe: Mit dem ersten Tag einer großen Liebe beginnt der Countdown bis zu dem Moment, in dem dein Herz gebrochen wird.«

Karen stemmte ihre Fäuste in die Hüften. »Jetzt mach aber mal halblang. Woher nimmst du denn all diesen depressiven Quatsch? Du tust ja glatt so, als gäbe es auf der ganzen Welt keine glücklichen Beziehungen, die ein Leben lang halten!«

Völlig ungerührt sah er ihr tief in die Augen: »Das habe

ich nicht gesagt, denn es könnte ja sein, dass ich derjenige bin, der Herzen bricht, oder?«

Genau das entsprach nämlich der Wahrheit. Alle seine Beziehungen waren daran gescheitert, dass er die Frau nach ein paar Monaten, spätestens nach ein oder zwei Jahren, nicht mehr ausgehalten hatte. Betrogen hatte er seine Freundinnen nie, da er immer sofort Schluss gemacht hatte, sobald ihm klar geworden war, dass er lieber im Studio abhing oder auf der Tour ein paar Tage dranhängte, statt nach Hause zu gehen.

Wie zu erwarten gewesen war, fand Karen das nun noch schlimmer. »Ach, das weißt du im Vorhinein und willst es nicht ändern? Das glaub ich ja nicht!«

Hannah wusste nicht, was hier genau lief, aber sie war der Meinung, dass es besser war, sie machten sich auf den Weg nach draußen. Sie brauchte einen Punsch. Definitiv. »Wollen wir endlich eine Runde drehen? Jetzt hat Dana vielleicht noch ein wenig Zeit, mit uns zu plaudern. Später, wenn alle unterwegs sind, ist sicher zu viel los.«

»Wisst ihr was? Ihr Mädels besucht Dana, und ich trinke hier mit Sky einen Espresso«, schlug Cooper vor.

Karen war das gar nicht recht, aber da Marina sofort Feuer und Flamme für die Idee war, stimmte auch sie zu.

»Angel? Kann ich bitte mal bezahlen?«, fragte Karen.

»Karen, ich schreib alles auf, und dann rechnen wir Ende der Woche ab«, erklärte ihr Angel, die heute ein neues T-Shirt mit Aufschrift trug: Dear Santa, don´t worry about the credit card, just make me a billionaire!

. . .

Hannah liebte ihre lustigen Sprüche und meinte: »Gute Idee, Angel. Sowohl das mit der Gesamtrechnung, wie auch dein Wunsch an Santa.«

Karen und Marina schmunzelten ebenfalls.

»Ja, gerne, Angel, das macht es einfacher«, meinte Karen.

»Klar. Kein Problem.« Angel drehte sich um, und Hannah nickte ihr zu. Sie hatte Angel gleich gestern Abend gebeten, alles auf eine Rechnung zu schreiben, weil Cooper und sie natürlich sämtliche Kosten der Reise für Marina und Karen übernehmen wollten. Im Grunde weniger sie und mehr Cooper. Aber der hatte darauf bestanden.

Hannah grinste. »Ich liebe dieses T-Shirt, Angel. Du hast mit Abstand immer die besten!«

»Der Spruch ist cool, nicht wahr?«

»Meiner wäre: *I am full of Christmas spirit: Gin, Whiskey, and Vodka*«, mischte Sky sich ein.

»Klar wäre das deiner«, kommentierte Marina, die sich gerade die Haube aufsetzte und die Weihnachtsmütze in die Tasche steckte. Karen und Hannah schlüpften ebenfalls in ihre dicken Jacken und legten die Schals um. Cooper fand Skys Meldung naturgemäß großartig.

»Auch nicht schlecht! Schade, jetzt schaffe ich es nicht mehr, Sky. Aber solltest du nächstes Weihnachten wieder hier sein, dann besorge ich dir eines.« Angel designte ihre T-Shirts online selbst und ließ sie sich dann per Post schicken.

»Das ist nett von dir, aber fürs Erste reicht mir ein weiterer Kaffee, um meinen Weihnachtsspirit zu heben.« Sky grinste. Er trank ziemlich selten Alkohol.

Über Jahre hinweg hatte er sich von Alkohol ernährt, aber das war lange vorbei. Jetzt trainierte er täglich drei bis vier Stunden, um für seine Shows fit zu sein, und hatte einen eigenen Koch angestellt, der gesundes Essen für ihn zubereitete und die Hände bei diesem Frühstück über dem Kopf zusammengeschlagen hätte. Aber es war eine Ausnahme in Sachen Alkohol, wie auch gestern Abend.

Außerdem war Weihnachten, wie unschwer an der Musik und den Zweigen und Kugeln auf allen Tischen zu erkennen war.

»Können wir los?«, fragte Hannah.

»Absolut! Ab in den Rummel.« Marina grinste und freute sich nicht nur auf die herzigen Stände in der Hauptstraße. Es war gut, dass sie eine Pause von Sky bekam. Allein seine Gegenwart machte sie zusehends fertig. Er war anstrengend.

Und aufregend.

Verdammt, er war schuld daran, dass sie sich die völlig falschen Dinge mit ihm vorzustellen begann.

Nichts wie raus!

KAPITEL 7

Weihnachtszauber in Moose Creek

Kurz danach ...

Weihnachten in Moose Creek war geradezu magisch, was nicht überall in Alaska der Fall war. Aber dank Danas unermüdlichem Einsatz für dieses Fest war die Dekoration nicht übertrieben kitschig, sondern stimmungsvoll. Daher kamen auch Einheimische aus den Nachbarorten wie aus Almonds, obwohl das für hiesige Verhältnisse eine Stadt war, um die wundervolle Weihnachtsstimmung hier zu genießen.

Aus diesem Grund waren die Hauptstraße und die Nebenstraßen mit an den Ständen entlangbummelnden Menschen voll. Einige kauften in letzter Minute Geschenke, von handgemachten Schnitzereien bis hin zu Kerzen und Schmuck aus Holz oder Horn, andere tranken Eggnog oder Punsch, und ganze Familien versammelten sich vor den Hütten mit Zuckerstangen oder vertrieben sich die Zeit mit den Kindern an jenen

Ecken, an denen es etwas zu tun gab. Wie selbst Kugeln zu verzieren. Ausgerechnet Dana selbst stand in einer der Verkaufshütten hinter einem kleinen Holztisch. Der Bretterbau war grün gestrichen und mit Zweigen, goldenen Bändern und bunten Lichtern dekoriert. Über ihrem dicken Daunenmantel trug sie ein dunkelgrünes Tuch und dazu eine rote Wollmütze. Als sie die drei Frauen erblickte, rief sie sofort: »Schön, euch zu sehen! Ihr müsst unbedingt bei mir Donuts dekorieren.«

Die Bäckerei in Almonds hatte jede Menge Donuts gespendet, die jeder, der Lust hatte, selbst am Stand mit weißer, grüner und roter Zuckerglasur überziehen und mit Glitterstreuseln oder anderen verschönern und damit kaufen konnte. Der Erlös kam als Spende einer bedürftigen Familie zugute, die Sarah und Dana gemeinsam mit dem Gemeinderat ausgewählt hatten.

»Klar machen wir das.« Hannah war sofort bei der Sache.

»Gibt es hier an einem der Stände so etwas wie einen heißen Tee zu den Donuts?«, wollte Karen wissen.

»Drei Hütten weiter bei Sarah bekommst du hausgemachten Eggnog mit und ohne Alkohol, und es gibt auch Mulled Wine.«

Davon hatte Karen noch nie gehört. »Und das ist was?«

»Glühwein.« Hannah lachte, kannte sie ihn doch schon von ihrem letzten Besuch.

»Großartig! Was kann ich euch mitbringen?«, wollte Karen wissen.

»Mir bitte einen Eggnog mit Alkohol«, rief Dana fröhlich. Ihre kleinen Augen leuchteten, und sie hatte leicht gerötete Backen. Möglicherweise vom Heizstrahler, neben dem sie stand.

Hannah wollte das Gleiche, und Marina bot an: »Ich begleite dich.«

. . .

Das gab ihr die Gelegenheit, unter vier Augen mit Karen über Sky zu sprechen, was dringend notwendig war. Marina wollte unbedingt wissen, ob Karen ihn heute auch noch so toll wie gestern Abend fand, als sie aus dem Schwärmen bis zur Verabschiedung vor der Zimmertüre bei Dana nicht mehr herausgekommen war. Aus irgendeinem Grund war ihr das plötzlich wichtig. Wenn Karen ihn wollte, dann bekam sie ihn auch. Sie würde sie nicht davon abhalten.

Das redete sie sich zumindest ein. Insgeheim hoffte sie, Karen hätte die Lust an ihm verloren. Es gab doch Weihnachtswunder. Oder?

Im *Loose Moose* waren Cooper und Sky ebenfalls in eine intensive Diskussion vertieft. Doch es ging nicht um Frauen, sondern um Daniels neuen Film, Coopers Rolle darin und Skys Titelsong. Allerdings wurden sie dabei von Jack unterbrochen, der noch auf einer seiner Baustellen in Almonds gearbeitet hatte.

»Hey Leute!« Er klopfte Cooper kurz auf die Schulter und nahm neben Sky Platz. »Wo habt ihr denn die Frauen hingeschickt?«

»Die sind draußen unterwegs und besuchen Dana.«

Wissend nickte Jack. »Gute Entscheidung, hierzubleiben. Erstens ist es schweinekalt, und zweitens macht einen der ganze Weihnachtsrummel völlig fertig.«

Angel kam um die Theke herum und drückte ihrem Freund einen Schmatz auf den Mund. »Hi Großer. Musst du noch wohin oder hast du für heute bereits Feierabend?«

»Feierabend. Meine Jungs machen allein fertig, und ich wollte dir unbedingt mit einem Bierchen beim Arbeiten zusehen. Das nenne ich Weihnachten.«

»Banause!«, schimpfte Angel.

Sky lachte. »Kann ich verstehen. Es gibt nichts Schöneres, als die anderen dabei zu beobachten, wie sie sich trotz Weihnachtsstress einreden, dass das die schönste Zeit des Jahres sei.«

Angel schlug ihm mit einem kleinen roten, quadratischen Geschirrtuch, auf dem ein Rentier aufgestickt war, auf den Arm. »Sky! Du kannst doch nicht eines der schönsten Weihnachtslieder aller Zeiten schreiben und dann so ein Weihnachtsmuffel sein! Zur Strafe solltest du meine Mom und Sarah heute mit dem Chor begleiten, wenn sie von Haus zu Haus ziehen und Christmas Carols singen.«

»Ach! Das ist auch hier Tradition?« Sky kannte das aus seiner Kindheit.

»Absolut! Und es ist wirklich herzerwärmend. Dieses Jahr geht das gespendete Geld an Tyler.«

»Und was ist ihr passiert?« *Es muss ja einen Grund geben, warum der Ort für sie sammelt,* dachte Sky.

»Schreckliches, sag ich dir. Die Arme ist im Spätherbst Witwe geworden, und jetzt steht sie mit ihren beiden Kindern allein da«, erklärte ihm Angel. »Außerdem haben sie ihr Erspartes ins Haus gesteckt, wo aber noch einiges fehlt, das Brody eben im Laufe der Zeit selbst hatte richten wollen. Ein Drama. Wirklich.«

»Das ist ja furchtbar«, warf Cooper mit ernster Miene ein. »Woran ist ihr Mann denn verstorben?« Cooper wie auch Sky dachten sofort an eine Lawine oder irgendeine andere Art von Naturkatastrophe.

»Herzinfarkt. Auf dem Klo!« Angel seufzte. »Stellt euch das einmal vor. Dabei war Brody ein Ex-Marine und super trainiert.«

»Absolut. Ein toller Kumpel und Jäger«, ergänzte Jack.

Angel schwang ihr Geschirrtuch durch die Luft. »Und stellt euch dieses Pech vor: Der Kleinere, Noah, hat ihn tot gefunden. Ich darf gar nicht zu sehr daran denken, das hält man im Kopf ja nicht aus.«

Und tatsächlich schossen Angel Tränen in die Augen, die sie mit dem Geschirrtuch abwischte.

Sky sah Cooper ernst an und kam ihm mit einer Antwort zuvor: »Tragisch.«

»Aber so ist das Leben. Vom ersten Tag an weißt du, dass es schlimme Stunden für dich bereithalten wird«, meinte Jack und nahm einen Schluck vom alkoholfreien Bier, das Angel ihm hingestellt hatte. Das andere hatte sie ihm verweigert.

»Genau!«, erwiderte sie bestimmt. »Und weil das so ist, hätte ich gerne, dass hier fröhliche Weihnachtsstimmung herrscht, denn wir können uns alle glücklich schätzen, wie gut es uns geht.«

Cooper hob seine Espressotasse. »Darauf trinken wir, Angel, denn du hast völlig recht.«

Die anderen prosteten ihm zu.

Um dem Gespräch eine leichtere Note zu geben, fragte er Sky nach einem Schluck kalten Kaffee: »Und? Wie sieht es mit dir und Karen aus? Sie scheint ja nur mehr Augen für dich zu haben.«

Sky kniff seine zusammen. »Blödsinn. Sie hat ja keine Ahnung, wer ich bin. Ihr gefällt der Rockstar – und möglicherweise meine Musik. Mehr ist da nicht.«

»Verstehe. Lassen wir das Thema. Ich kenne das ja mit den Fans.« Cooper atmete laut aus und schmunzelte dann. »Habt ihr Lust, den Frauen Gesellschaft zu leisten? Möglicherweise müssen wir sie vor dem Erfrieren retten?«

Zwei Männer gleich neben dem Pool-Tisch riefen Angel zu sich.

Sie umarmte Cooper und Sky. »Sorry, ich habe ja keinen Urlaub. Aber grüßt sie alle lieb von mir.« Dann gab sie Jack einen Kuss. »Ich seh dich später.«

»Wird sich nicht vermeiden lassen.« Der große Mann mit den breiten Schultern und dem rot-grün karierten Hemd grinste. Das hatte er heute anziehen müssen, weil es ja kurz vor Weihnachten war und er Angel den Gefallen hatte tun wollen.

Cooper und Sky schlüpften in ihre dicken Designerjacken, die nicht so recht ins Gesamtbild passten, aber niemanden störten. Auch Jack zog seine dunkelbraune Jacke mit dem Innenfell wieder an, und schon gingen sie nach draußen, wo sie einige Sekunden brauchten, um sich an die bittere Kälte zu gewöhnen.

»Moose Creek scheint das Eldorado für Weihnachtsfreaks zu sein«, stellte Sky nüchtern fest, als sie an den bunt beleuchteten Häusern vorbeischlenderten, die über und über mit Kränzen, Kugeln und Rentieren dekoriert waren.

»Ist es. Dank Angels Mom. Das Programm wird jedes Jahr erweitert, und immer mehr Leute machen bei den Ständen mit. Aber wer Dana kennt, der weiß, ihr entkommst du nicht. Daher ist es besser, man gibt sich geschlagen und sucht sich eine Rolle aus, die einem so halbwegs Spaß macht.«

»Hast du auch eine besondere Aufgabe?«, wollte Cooper von Jack wissen.

»Na klar! Ich fahre morgen als Santa verkleidet den Weihnachtsschlitten durch den Ort.«

Sky, der bloß schweigend zugehört hatte, kam ein Gedanke. »Und wer zieht den Schlitten?«

»Dafür haben wir ein Gespann von vier Rentieren. Sie sind mehr oder weniger zahm, weil Cole für sie sorgt, seit sie klein sind.«

»Rentiere also«, bemerkte Sky etwas enttäuscht.

Doch Jack überhörte den Unterton und antwortete bestens gelaunt: »Ja, Sky. Stell dir vor: Wir nehmen für den Weihnachtsschlitten Rentiere! Wenn das mal nicht ausgefallen ist?

Speziell, weil hier ohnehin jedes zweite Wort mit Moose beginnt oder endet.«

»Ist mir nicht entgangen«, erwiderte Sky schmunzelnd.

Und Cooper meinte mit einem Grinsen: »Lass mich raten, Jack! Das eine heißt Rudolph, und die drei anderen tragen ebenfalls Namen von Santas Gespann.«

Doch zu seiner Überraschung schüttelte Jack den Kopf. »Das wollte zwar Dana, aber Cole hat sich durchgesetzt. Daher heißen sie Qanuk, was ›Schneeflocke‹ bedeutet, Kaneq, das heißt ›Frost‹. Dann noch Nutaryuk, übersetzt ›frischer Schnee‹, und Qengaruk, das in etwa ›Schneewehe‹ heißt.«

»Quengaruk klingt ja wie Känguru«, amüsierte Cooper sich und zog den Kragen der Jacke höher.

»Also, ich finde diese Namen wirklich cool. Eignen sich nicht für einen Song, aber sie sind wenigstens authentisch.«

Jack und Cooper nickten. »Absolut! Mich wundert nur, dass Dana sich bei Cole nicht durchsetzen konnte.«

»Cooper«, rief Jack aus. »Du kennst sie mittlerweile gut genug, um anzunehmen, dass es ihr schnurzegal ist, welchen Namen sie tragen. Zu Weihnachten nennt sie die Rentiere Rudolph, Dasher, Cupid und Blitzen. Egal, wie Cole sie getauft hat.«

Die drei Männer lachten. Selbst Sky, der Dana erst gestern Abend kennengelernt hatte, konnte sich gut vorstellen, dass sich die quirlige und energische ältere Frau absolut nichts vorschreiben ließ. Und anscheinend schon gar nicht, wenn es um Weihnachten ging. Dieser Ort war der Beweis dafür. So viel Weihnachtsdekoration in so einem kleinen Dorf hatte er bislang nur in Filmen gesehen.

Jedes Fenster war mit Lichtern umrandet, jede Haustür ebenso und bei vielen Holzhäusern sogar die Silhouette oder die Veranda, sofern es eine gab. Dazu kamen all die bunt erleuchteten Figuren, die im Freien standen, und selbst in den Bäumen hingen große rote Kugeln und Lichterketten. Von den kleinen Holzhütten direkt vor ihnen in der Hauptstraße mal ganz zu schweigen.

Sky fand es schlicht und ergreifend zu viel des Guten. Außerdem war sein Problem nach wie vor nicht gelöst. Er brauchte morgen einen Elch. Wegen Marina. Irgendetwas in ihm zwang ihn geradezu, ihr diese Freude zu machen. Ja, sie sollte ihr Weihnachtsmoose bekommen.

»Jack? Kann man hier ein Moose mieten? Sagen wir mal für eine Stunde?«

»Mann, du bist ein typischer New Yorker, Sky. Hier kann man nicht einmal ein Auto mieten und schon gar keinen Elch. Wozu brauchst du denn einen?«

Mit den dicken Handschuhen fuhr Sky sich über den kalten Mund. »Hm. Vielleicht habe ich da eine kleine Wette mit Marina laufen?«

Cooper und Jack wechselten einen vielsagenden Blick. Leise murmelte Cooper bloß »Tyler«, und Jack, der einen ähnlichen Geistesblitz hatte, verstand sofort.

»Nun. Ich kann dir für morgen ein Moose besorgen, aber dafür müsstest du am Abend mit Dana und dem Chor von Haus zu Haus ziehen und Weihnachtslieder singen.«

Für Sky, der seine aktuelle Lieblingsgitarre, die in Daniels Haus auf seinem Bett lag, bereits vermisste, war es ein Leichtes. »Deal, Jack! Das mache ich sehr gerne.«

Ihm war die Idee ohnehin schon vorhin gekommen, als er in der Bar von Tylers Schicksal erfahren hatte. Dass er dafür auch noch die Sache mit dem Elch geregelt bekam, war natürlich noch besser.

Jacks Grinsen wurde breit. »Wirklich? Du hast gar keine Ahnung, was das für Tyler und Moose Creek bedeuten würde.«

»Kein Problem, Mann. Das mache ich sehr, sehr gerne, aber vergiss mein Moose nicht!«

Cooper hatte so ein Gefühl. »Und wenn Jack das mit dem Moose doch nicht hinbekommt?«

»Würde ich trotzdem singen, Bro. Ich wollte es Angel ohnehin bereits vorschlagen. Also keine Sorge.« Schmunzelnd fügte er hinzu: »Aber mit der Aussicht auf einen Elch singe ich besser. Und länger.«

»Das ist ja mal eine Ansage! Ich schwöre, du bekommst dein Moose, auch wenn ich keine Ahnung habe, was du damit anstellen willst.« Jack freute sich ungemein für Tyler. So würden sicher noch einige Dollar mehr in der Sammelbox landen, und sie konnte jeden Cent davon für die Kinder dringend brauchen.

»Nun, Jack. Das muss ich mir erst im Detail überlegen, und es kann gut sein, dass ich deine oder eure Hilfe dafür benötige.«

Natürlich versicherten ihm die beiden Männer bestens gelaunt, dass sie ihn – wobei auch immer – unterstützen würden, was Sky freute, denn er heckte bereits einen Plan aus. Der Rentierschlitten hatte ihn auf eine Idee gebracht.

Da sie nun jedoch mit viel Hallo bei den Frauen ankamen, fand das Gespräch sein natürliches Ende.

Cooper hielt sich ein wenig abseits, denn er war noch am Nachdenken, wie er ebenfalls etwas Passendes für Tyler beisteuern konnte. Natürlich konnte er einfach einen Scheck ausstellen, was er tun würde, aber er wollte auch etwas Persönlicheres für Tyler beitragen. Schicksale wie diese trafen ihn immer sehr, denn er war sich bewusst, wie privilegiert sein Leben trotz aller Tiefen verlaufen war. Vielleicht könnte er ja Geschenke für die Kinder besorgen?

Karen stürzte sich sofort auf Sky, der neben ihm stand. »Was ist mit deiner Mütze passiert?«

Dick in seine Jacke gemummt, sah er sie an. »Gar nichts, sie schlummert in meiner Tasche. Aber was ist mit dir passiert, Karen?«

»Mit mir?«, fragte sie unschuldig, doch Marina wusste genau, was er meinte.

Seit einer halben Stunde trank Karen Glühwein, der ihr ausgezeichnet schmecke, weil er süß war und nach Zimt roch. Marina hatte sie einige Male davor gewarnt. Sie kannte Glühwein aus Österreich und wusste daher, wie fatal das enden konnte, aber Karen wollte nicht auf sie hören und war bereits zweimal bei Sarah gewesen, um sich einen neuen zu holen. Daher glühten ihre Wangen rot, wie auch ihre Nasenspitze, und ihre Augen glänzten. Die Weihnachtsmütze saß leicht schief auf ihrer Haube, einige Haarsträhnen hatten sich selbstständig gemacht, und dazwischen schauten die Spitzen ihrer Ohren heraus.

»Ja, mit dir. Du erinnerst mich an einen Weihnachtself«, meinte Sky grinsend.

»Sag nicht, an einen betrunkenen.« Karen kicherte einen Tick zu übertrieben und zu laut. »Das würde ich dir verdammt übel nehmen, Sky Crater!«

»Jetzt, wo du es sagst? Vielleicht?«

»Sag das nicht«, meinte sie theatralisch und hakte sich bei Sky unter. »Ich mag dich nämlich. Verdammt sehr sogar.«

Marina, der Karen ganz eindeutig zu verstehen gegeben hatte, wie sehr sie sich in Sky verliebt hatte, beschloss, sich zurückzuziehen. Außerdem ertrug sie es ohnehin nicht, den beiden dabei zuzusehen, wie sie Spaß miteinander hatten.

Da sie zu den zwei Donuts bloß den Eggnog ohne Alkohol getrunken hatte, war ihr jetzt kalt.

»Hannah? Ich nehme an, ihr wollt den Abend mal zu

zweit verbringen?«, begann Marina, doch ihre Cousine fiel ihr sofort ins Wort.

»Auf gar keinen Fall! Heute Abend essen wir in Almonds. Ich habe einen großen Tisch für uns alle reserviert. Angel, Dana und Sarah können leider nicht mitkommen, aber Daniel hat sich überreden lassen, sein Haus für ein paar Stunden zu verlassen.«

»Oh. Klingt toll.« Was gelogen war.

Marina hätte sich lieber ins *Golden Moose* zurückgezogen und gemütlich etwas in ihrem Zimmer gelesen oder ferngesehen.

Dana hatte das Gespräch mitbekommen und musste sich sofort einmischen. »Schätzchen, ich hoffe aber, ihr seid alle um sechs Uhr noch hier, denn da schalten wir die Lichter am großen Weihnachtsbaum vor unserem Rathaus ein.«

Eines ihrer Lieblingsrituale. Speziell den Countdown zelebrierte sie jedes Jahr wieder und länger.

»Natürlich, Dana«, antwortete Marina. »Keine Sorge. Angel hat mir das ganze Programm von *Christmas in Moose Creek* per E-Mail zugeschickt, und deinen Baum wollen wir alle sehen.« Letzteres entsprach zwar nicht ganz der Wahrheit, aber sie würde der Gruppendynamik ohnehin nicht entkommen.

So sah es auch ihre Cousine. »Alles getimt, Dana. Den Tisch habe ich für acht Uhr bestellt.«

»Dann ists ja gut.« Dana nickte zufrieden. »Wäre ja noch schöner, wenn wir schon mal so viele Promis hierhaben und euch beim feierlichen Auftakt der Weihnachtstage nicht herzeigen könnten. Ihr wisst ja: Da kommen die ganzen wichtigen Leute aus Almonds!« Die rundliche Frau lachte breit übers ganze Gesicht, während sich Sky und Cooper einen amüsierten Blick zuwarfen. Hinter dem Berg hielt hier mit seiner Meinung niemand. »Ach, meine Ablöse kommt. Darf ich euch vorstellen: Die Vize-Präsidentin des Weihnachtskomitees, Cynthia.«

Eine junge Frau mit roter Mütze und dunkelgrauem Mantel kam lächelnd zu ihr hinter den Verkaufstisch. »Hi alle zusammen. Dana übertreibt. Ich bin das Mädchen für alles im Weihnachtsklub.«

»Jetzt untertreib mal nicht. Die wunderschön bemalten Kugeln am großen Weihnachtsbaum sind beinahe alle von dir. Außerdem hätten wir die drei Stände von den Geschäftsleuten aus Almonds nicht, wenn du sie nicht dazu überredet hättest.«

»Das stimmt.« Die Dunkelhaarige mit dem runden Gesicht und den leicht mandelförmigen Augen grinste. Dann wandte sie sich Jack zu. »Und? Ist der Schlitten startklar?«

»Was? Du bist für den Schlitten zuständig? Das ist ja toll!« Hannah schmunzelte, denn sie wusste, wenn Dana etwas wollte, dann bekam sie es auch. Speziell von Jack. Andernfalls müsste er darüber stundenlang mit seiner Mutter diskutieren, und das war ihm zu zäh. Da tat er lieber gleich, was von ihm gefragt war.

Er hob die Hände und verzog sein Gesicht ergeben. »Ja! Jedes Jahr wieder. Aber die Bemalung ist Coles Job. Meiner ist nur, dass der Schlitten morgen fährt und das Santa-Kostüm zu finden.«

»Du bist also der Santa?« Hannah brauchte ein paar Sekunden, bis sie sich wieder gefangen hatte. Das konnte sie sich wirklich nicht vorstellen.

Cooper checkte die Uhrzeit.

»Wir haben noch vier Stunden, bis Dana den Baum erleuchtet. Und mir ist jetzt schon kalt. Ich schlage vor, wir treffen uns hier um kurz vor sechs Uhr wieder«, meinte er daher, da er außerdem Sehnsucht nach ein paar Stunden allein mit Hannah hatte.

Er war direkt von einem Dreh aus Südfrankreich nach Wien gekommen und hatte Hannah sechs viel zu lange Wochen nicht gesehen, da sie nach ihrem Rauswurf bei der Eventagentur vor acht Monaten eine eigene kleine Marketingagentur gegründet hatte. Erst wollte sie sein Geld nicht annehmen, aber letztendlich hatte Cooper ihr einfach ein Büro gekauft und sie damit überrascht.

Hannah umarmte ihn. »Gute Idee!«

Marina, die zurückgekommen war, stand neben Karen und Sky und wusste nicht genau, was sie mit dem Nachmittag nun anfangen sollte. Am besten, sie machte sich auf den Weg zurück ins *Golden Moose Inn.*

»Muss Liebe schön sein.« Karen kicherte. »Und was machen wir jetzt?«

»Also, ich hätte nichts dagegen, mich im *Golden Moose* ein wenig aufzuwärmen«, erklärte ihre Freundin.

Karen reagierte sofort. »Mach das. Sky? Begleitest du mich ins *Loose Moose*?«

Marina riss die Augen auf. Ihr Ernst? *Erst fragt sie, was* wir *machen, und jetzt will sie mich loswerden?*

Das Angebot kam jedoch auch für Sky unerwartet. Daher rutschte ihm im ersten Moment ein »Sicher« heraus. Doch dann revidierte er seine Aussage. »Oder besser: Ich hole Li aus dem *Loose Moose* ab, setze Marina am Weg zu Daniel bei der Pension ab und sehe mal nach meiner Gitarre.« Verschmitzt fügte er hinzu: »Die vermisst mich sicher schon und ich sie ebenfalls.«

Karen verzog den Mund. »Du lässt mich also einfach

allein sitzen?« Sie kniff die Augen zusammen und fügte hinzu: »Aber gut, dann komme ich eben mit ins *Golden Moose Inn*, Marina.«

»Klar!« Auch wenn Marina noch etwas verstimmt war, hielt sie das für eine gute Idee. Karen konnte durchaus eine kleine Pause vom Alkohol brauchen. Jetzt, da sie wusste, welches Programm ihnen noch bevorstand, war sie froh, nicht übertrieben zu haben.

»Okay, wir sehen uns dann um Viertel vor sechs Uhr vor dem Rathaus«, erklärte ihnen Dana, die auf dem Sprung war. Sie wollte schauen, wie die anderen Stände liefen und ob für das große Christbaumerleuchten alles bereit war.

Die Runde verabschiedete sich von ihr und trottete gemeinsam zurück zum *Loose Moose*, vor dem sie die Autos geparkt hatten. Auch Jack war froh noch etwas Zeit zu haben, um bei Cole vorbeizusehen, der sich eingebildet hatte, Teile des Schlittens noch mal zu überstreichen. Wieso das so kurz vor Weihnachten sein musste, entzog sich seinem Verständnis, aber Cole konnte ziemlich dickköpfig sein. Was den Schlitten betraf, war er ein Perfektionist.

Kurz darauf setzten Sky und Li die Freundinnen vor der Pension ab.

Als Karen und Marina das *Golden Moose Inn* betraten, war außer ihnen keiner da. Dana hatte sie schon vorgewarnt. Zwei Gäste, die überraschend gebucht hatten, sollten erst morgen ankommen, aber das war es dann. Alaska gehörte über die Feiertage nicht unbedingt zu einem beliebten Reiseziel.

Das Haus stand offen, denn hier stahl offensichtlich niemand irgendetwas. Sie nahmen ihre Zimmerschlüssel vom

Brett hinter der kleinen Rezeption und gingen die Treppe nach oben.

Karen schüttelte den Kopf. »Verstehst du, warum Sky lieber zu Daniel fährt, als noch ein wenig gemeinsam mit mir zu chillen?«

»Vielleicht weil er seine Ruhe von uns haben will?« Auch wenn Karen sich einbildete, Sky hätte sich auf den ersten Blick genauso in sie verliebt wie umgekehrt, bezweifelte Marina das stark. So verhielt sich kein verliebter Mann. Sie hatte eher das Gefühl, er war jedes Mal froh, sobald Karen außer Sichtweite war. Und wenn sie ganz ehrlich zu sich selbst war, dann hoffe sie, dass es so war. Denn ihr gefiel er von Minute zu Minute besser. Sie fühlte sich mittlerweile einfach wohl mit ihm. Sobald sie es zuließ, war alles mit Sky einfach und leicht. So lange, bis Karen auftauchte.

Marina schämte sich für ihre Gedanken, aber leider blieb Karen beim Thema.

»Nein! Weißt du, ich denke, im Grunde ist er eher schüchtern. Das sieht man doch. Ich hätte mir das zwar nie gedacht, denn wenn man seine Musikvideos oder die Konzerte ansieht, denkt man das Gegenteil, aber ich finde es süß.«

Zurückhaltend ist er, da hast du recht, dachte Marina. *Aber vermutlich nicht, weil er sich in dich verliebt hat.* Da Karen jedoch nach wie vor einen Schwips hatte, unterließ es Marina, das mit ihr auszudiskutieren, und sagte nur: »Wenn du das süß findest, ist ja alles in Ordnung.«

Da sie bei ihren Zimmern angekommen waren, verabschiedete sie sich schnell von Karen und versprach ihr, sie in zwei Stunden zu wecken, sollte sie einschlafen.

»Gute Idee. Danke.« Karen trollte sich, und als Marina die Tür zu ihrem Zimmer hinter sich schloss, atmete sie erst einmal tief durch. Die vier Tage seit Montag waren die reinste Achterbahnfahrt gewesen, und sie fühlte sich noch immer ausgelaugt und erschöpft. Da Dana erstaunlicherweise W-LAN hatte, checkte sie kurz ihre Nachrichten.

Tilmann? Jetzt schickst du Idiot mir auch noch eine WhatsApp? Einen Tag vor Heilig Abend? Ja gehts noch?

Dummerweise war Marina neugierig, was ihm nun wieder für ein Schwachsinn eingefallen war, daher öffnete sie seine Mitteilung.

›Wenn du aus Alaska zurück bist, kannst du die Nachrichten übernehmen. Fredericke ist schwanger. Gratuliere! Damit bist du die neue News-Anchor-Woman. Fröhliche Weihnachten!‹

Ihr Herz setzte kurz aus, denn Marina traute ihren Augen nicht. Daher las sie den Text gleich zweimal. Das Handy rutschte aufs Bett, und sie warf sich selbst darauf.

Das kann ja jetzt nicht wahr sein! Ich krieg die Abendsendung?

Wieso sollte sie die Nachrichten auf der Stelle übernehmen, wenn Freddie ihm endlich eröffnet hatte, dass sie schwanger war? Sie konnte doch gut und gerne noch vier Monate weitermoderieren?

Nachdem sie sich ein paarmal im Bett hin und her gewälzt hatte, setzte Marina sich wieder auf und nahm ihr Handy. Sofort textete sie Freddie.

Sie hatte sich immer bestens mit ihrer Kollegin verstanden, auch wenn sie sauer auf Tilmann gewesen war, dass er ihr den Job damals gegeben hatte, als die alte Nachrichtensprecherin aufgehört hatte.

›Ich hoffe, dir gehts gut! Sag mal, hast du vor, mit den News aufzuhören? Tilmann hat mir so eine seltsame Nachricht geschickt!!!‹

Vor morgen konnte sie nicht mit einer Antwort rechnen, da der Zeitunterschied doch zehn Stunden betrug. Hier war es mittlerweile drei Uhr nachmittags, also war es in Köln ein Uhr morgens.

Was soll ich Tilmann jetzt schreiben? Blöderweise konnte er ja sehen, dass sie seine Nachricht gelesen hatte.

›Melde mich morgen, bin gerade unterwegs‹, tippte Marina ins Handy. Das musste reichen.

Aber was, wenn er es ernst meinte? Dann hatte sie das erreicht, wovon sie immer geträumt hatte! Ihr entkam ein leicht hysterischer Gickser. Das wäre dann ja wohl ein Weihnachtswunder.

Um sich abzulenken und nicht auszuflippen, schaltete Marina den Fernseher ein. Eine Weile zappte sie durch alle möglichen Programme und – als wäre es irgendeine Art von seltsamem Zeichen – landete bei der Wiederholung einer Weihnachtsshow, in der Sky gerade mit seiner Band seinen neuen Hit spielte.

Wie gebannt verfolgte sie seinen Auftritt. Gut war er, keine Frage. Außerordentlich gut. Und er sah auch heiß aus. Ohne Zweifel. Der rot glänzende Gehrock schmiegte sich um seine schmale Taille und saß, wie auch die eng anliegenden schwarzen Hosen, perfekt. Sky trug eine Art Grunge-Weihnachtshut, und im Studio tanzten Elfen um ihn herum. Aber er war einer dieser Lonesome-Cowboy-Typen, und außerdem wollte Karen ihn abschleppen.

Das genügte, und sie schaltete das Gerät wieder ab. Dank des Jetlags schlief sie bald darauf ein und das, obwohl ihre Gedanken eine Runde im Kreis liefen. Einerseits um Tilmanns Angebot, andererseits um Sky.

KAPITEL 8

Freitagabend

Zwei Stunden später musste Hannah beide persönlich wecken. Sie hatte weder Marina noch Karen am Handy erreicht und zu Recht das Gefühl gehabt, die Mädels hatten verpennt.

Zum Glück waren sie schnell beim Frischmachen, und so kamen sie halbwegs pünktlich vor dem geschmückten Holzhaus mit der weiß gestrichenen Veranda an, das als Rathaus diente und vor dem der große Weihnachtsbaum darauf wartete, endlich in all seiner Pracht erstrahlen zu dürfen. Doch dann entschuldigten sich Marina und Karen für eine halbe Stunde, weil sie noch ein paar Geschenke brauchten.

»Gut. Aber seid rechtzeitig zurück, ja?«

»Sind wir«, versicherten die beiden, und schon verloren sie sich im immer dichter werdenden Gewühl an Menschen.

Cooper und Hannah schlenderten Hand in Hand weiter zum ersten Punschstand.

»Daniel! Du im Ort? Damit habe ich nicht gerechnet«, rief Hannah sofort, als sie den Regisseur auf dem offenen Platz mit den Eisskulpturen entdeckte.

Wie immer war es schwierig, ihn zu übersehen. Diesmal trug er einen tannengrünen, knöchellangen Fellmantel, dazu Ohrenschützer mit jeweils einem Weihnachts-Elf darauf und Stiefel mit weißem Fell zu einer ebenfalls grünen Jeans. »Was für ein Outfit, Daniel! Wow! Wie eine moderne Version von Santa.«

»Kleine Lady, lüg mich nicht an. Ich verkörpere die Trash-Variante einer Schaufensterpuppe, die niemand kaufen, aber jeder fotografieren würde.«

»Mach dich nicht runter.« Cooper grinste. »Ich würde dich kaufen und dann für einen guten Zweck versteigern lassen.«

»Klar. Weil du so ein verdammter Gutmensch bist, Cooper. Ich hasse solche Leute. Die sind verklemmt, haben kein Rückgrat und verstecken sich hinter dem erhobenen Zeigefinger.«

Nun lachten beide schallend.

»Danke, Daniel. Das merke ich mir. Speziell dann, wenn du mich wieder wegen irgendeiner Rolle anrufst. Mein Preis hat sich soeben verdoppelt.« Cooper nahm keine von Daniels Beleidigungen persönlich, denn er wusste, wie er tickte. Daniel sagte, was er dachte, aber er war auch einer, der tat, was er ankündigte. *Old school.* In Summe machte ihn das zu einem dieser schützenswerten Dinosaurier in Hollywood.

»Verdoppelt? Mann, dich kann sich jetzt schon keiner mehr leisten, und ich schwöre dir, hätte ich eine Familie zu versorgen, könntest du bei mir nicht mehr als eine Statistenrolle spielen. Dein Glück, dass ich im Moment keine Lust auf neue Häuser oder Frauen habe.«

»Okay, Jungs. Könnt ihr euch dann mal wieder einbremsen? Wir haben einen Tag vor dem Weihnachtsabend, also wäre es schön, wenn hier dann ein wenig besinnliche Stimmung aufkommen könnte.« Hannah schmunzelte. Sie meinte es bei Gott nicht ernst, denn sie kannte diese verbalen Gefechte zwischen Daniel und Cooper.

»Besinnlich? Mein ganzes Leben lang war mir sinnlich immer lieber als besinnlich. Worauf sollte ich mich denn besinnen? Dass die Welt am Arsch ist? Das tue ich das ganze Jahr über, da bin ich froh, wenn ich Weihnachten mal frei habe.« Hannah kannte diesen verschmitzten Gesichtsausdruck bei Daniel, und sie wusste, wenn er zwischendurch seine Lippen schürzte, dann hatte er jede Menge Spaß mit sich selbst. »Am liebsten von mir selbst«, schob er nach.

»Verstehe. Aber bitte, dann sieh dich um.« Mit einer ausladenden Handbewegung deutete Hannah auf die umstehenden Menschen. »Such dir jemanden und feiere eben sinnliche Weihnachten, falls du es schaffst, eine von den Frauen zu überzeugen.«

Daniel rümpfte die Nase. »Liebes, du weißt, ich mag dich. Aber das war ein Affront gegen meinen Sehsinn und Verstand. Meine Kragenweite war Miss Sunshine, hat den Buchstabierwettbewerb mangels Konkurrenz gewonnen und trägt einen Hauch von Nichts, damit ich sehen kann, worauf ich mich einlasse. Ich kaufe doch keine Katze im Sack.« Er zeigte auf einige Frauen etwas abseits. »Oder in dunkelgrauen Ungetümen, die zwar wärmen, aber sexy wie ein Ofenloch sind.«

»Daniel!«, schimpfte Hannah. »Cooper, sag was!«

Im Moment war sie froh, dass Karen und Marina noch

eine Runde shoppen gegangen waren. Sie liebte Daniel, aber er konnte so was von chauvinistisch sein, dass es wehtat.

»Wo er recht hat, hat er recht«, erklärte ihr Freund, was Hannah im ersten Moment gar nicht fassen konnte und daher erst im zweiten mit einem Klaps auf seinen Arm quittierte.

»Männer! Ihr seid doch alle gleich.«

Daniel hob sein Kinn und sah sie von oben herab an. »Irrtum. Nur die, die Geschmack haben. Der Rest isst, was auf den Tisch kommt.«

Daniels Glück war, was Hannah betraf, dass Jacks Mutter soeben antanzte. Sie zischte ihm noch zu: »Und jetzt reiß dich zusammen, sonst landet eine Ladung Schnee in deinem Gesicht.«

Klar grinste er. Er war Daniel.

»Hallo zusammen«, rief Sarah fröhlich, als sie die drei etwas abseits erblickte.

Daniel schritt nach einem Seitenblick auf Hannah mit offenen Armen auf sie zu. »Sarah, mein Augenstern! Hannah meinte, ich solle mir mein Weihnachtsgeschenk selbst suchen. Hast du morgen Abend vielleicht Zeit?«

Kokett legte Daniel seinen Kopf schief und sah die in etwa gleichaltrige Frau aus seinen hellen Augen an.

Man kann über ihn sagen und denken, was man will, dachte Sarah, *so schlaksig er auch erscheinen mag,* und das tat der große, schmale Mann mit seinen langen Armen und Beinen, *er hat Feuer unterm Hintern.* Vom ersten Moment an war ihr der Regisseur sympathisch gewesen. Nein, ab dem Zeitpunkt, als sie ihn besser kennengelernt hatte. Die Witwe und Bürgermeisterin von Moose Creek war seit Langem mit Männern durch, aber bei Daniel spürte sogar sie jedes Mal wieder dieses kleine Herzflattern. Sarah fand es amüsant. *Wenigstens weiß ich, dass ich noch nicht ganz verwelkt bin.*

Daniel umarmte sie herzlich, und Sarah erklärte ihm lachend: »Darling, leider nein. Du weißt ja, ich muss meinen kleinen Jungen versorgen.«

Sarah drehte dabei ihr langes, graues Haar über ihren Finger, der in Handschuhen steckte.

»Sprichst du von mir, Mom?«, meldete sich plötzlich eine tiefe Stimme von hinten.

Sie fuhr herum. »Ja, Jack! Von wem denn sonst?«

»Klar. Ich könnte am Stock gehen und wäre immer noch dein Baby.« Der große Mann mit dem dunklen, sehr gepflegten Bart schmunzelte.

Hannah betrachtete ihn. Auch wenn er neben Cooper stand, den ohne Zweifel die Aura eines Weltstars umgab, sah Jack auf seine Art nicht weniger sexy aus. Und schuld daran waren seine intensiven, beinahe schwarzen Augen und das kantige Gesicht. Angel hatte Glück, so einen Mann gefunden zu haben. Hannah lächelte. Beinahe wäre sie ja mit ihm zusammengekommen. Aber es passte alles, wie es war. Angel und Jack waren einfach das perfekte Paar. Und Cooper war die Liebe ihres Lebens. Besser gings gar nicht, jetzt, da sie auch noch alle gute Freunde geworden waren.

»Natürlich, Jack. So ist das mit Müttern, gewöhn dich endlich dran. Also, meine Lieben. Nun muss ich hinauf auf die Veranda und eine kleine Ansprache halten. Immerhin bin ich die Bürgermeisterin dieser Irren hier«, erklärte ihnen Sarah lachend, gerade als Karen und Marina mit kleinen Papiertüten von ihren Einkäufen zurückkehrten. Sie begrüßten einander noch, dann zischte Sarah ab.

Jack fielen die verwunderten Blicke von Marina und Karen auf. »Sie liebt ihre Schäfchen, glaubt mir«, erklärte er entschuldigend. »Und ihre Wähler kennen ihre Wortwahl.«

»Nun, dann sind wir mal gespannt, was sie sagen wird«, meinte Marina. »Ich schieße auf jeden Fall ein paar Fotos.«

»Und ich mache ein Video«, bot sich Karen schnell an. Jetzt, da sie wieder nüchtern war, konnte sie sich an ihre Mission erinnern: Fotos und Videos von Cooper. Da Tilmann weder von Daniel noch Sky wusste, würde sie es dabei belassen. Es reichte schon, dass sie mittlerweile rund fünf Whats-App-Nachrichten mit Fragezeichen von ihm erhalten hatte.

»Wenn ihr denkt, dass ein leeres Podium ein gutes Motiv ist, lasst euch nicht stören«, ätzte Daniel, während die beiden bereits die Handys hochhielten. »Frage: Wo ist Li? Ich habe Durst.«

»Ich hole uns etwas«, bot sich Cooper an, der Li in der Menschenmenge hatte verschwinden sehen, als sie Daniel getroffen hatten.

»Gute Idee. Stark, wenns geht. Gut ist das Zeug hier ja ohnehin nicht.«

Jack klopfte Daniel auf die Schulter. »Alles gut, Mann. Ich hole euch allen etwas.« Er war froh, kurz flüchten zu können, und wenn es nur vier Meter bis zum Punschstand war.

»Ich komme mit«, bot sich Cooper sofort an.

Je öfter Marina auf den Auslöser ihrer Handykamera drückte, desto mehr Kleinigkeiten fielen ihr auf. Hier eine Weihnachtskugel, die mit süßen Huskys bemalt war, dort eine beleuchtete Santa-Figur, die sie unbedingt fotografieren musste. Und da ein paar Kinder, die mit einem Donut oder

Zuckerstangen in der Hand schon auf das große Event warteten. Ein kleiner Junge hatte einen rosa Mund von den Süßigkeiten und sah absolut zum Abknutschen aus. Das Spektakulärste waren jedoch die mit LED-Streifen beleuchteten Eisskulpturen von Santa, den Elfen, und sogar einen Schlitten gab es.

Nach ein paar weiteren Schnappschüssen quietschte das Mikrofon. Alle drehten sich der Veranda zu, auf der nun Dana und Sarah nebeneinanderstanden. Gerade rechtzeitig erschienen Cooper und Jack mit Drinks für alle und teilten die Plastikbecher aus, die Jack auf einem Tablett trug.

Immer mehr Menschen strömten in Richtung der Veranda und damit des Baums. Daher kämpften sie sich auch etwas weiter nach vorne, um besser sehen zu können.

Dana begrüßte das Publikum, und Karen, die ein paar Aufnahmen von Cooper geschossen und sich nun durch das Gewühl zu Marina vorgearbeitet hatte, zischte ihr zu: »Hast du Sky irgendwo gesehen?«

»Nein, keine Ahnung. Schätze, Daniel ist ohne ihn hergekommen.« Wie sehr sie sich irrte, konnte Marina nicht wissen.

Karen jedenfalls war entnervt. Alle waren hier. Es wäre doch das Mindeste gewesen, dass Sky ebenfalls den Einheimischen Respekt zollte und ein paar Minuten am Hauptplatz verbrachte. Falls man dieses Stückchen gefrorener Erde mit den Bäumen rings herum so nennen konnte.

Aber keiner kümmerte sich um ihr säuerliches Gesicht, denn alle blickten nach vorne zum kleinen Rednerpult.

Nach Danas Begrüßung bedankte sich Sarah bei ihr und dem Weihnachtskomitee. Außerdem erinnerte sie daran, dass die Sänger Spenden sammeln würden und auch hier neben dem Baum eine Box stand.

Dann ergriff Dana wieder das Wort und begann den Countdown bei zwanzig. Sarah hielt ihre flache Hand über einem großen roten Knopf.

»Letztes Jahr hat sie bei fünfzehn begonnen und das Jahr davor bei zehn«, murrte Jack in Richtung Hannah und Cooper, die bloß nickten und »Achtzehn« mitschrien.

Endlich kam die »Eins«, und Sarah schlug auf den großen roten Knopf.

Die Augen der Kinder funkelten mit der Beleuchtung am Baum um die Wette, und die Erwachsenen erinnerten sich wieder an den Zauber von Weihnachten, wie sie ihn selbst als Kind erlebt oder sich schon immer erträumt hatten. Unter Applaus und fröhlichem Geschrei der Kleinen wie auch manch einer oder eines Älteren erstrahlte der große Christbaum, und auf einen Schlag war es für alle Weihnachten.

Nicht so für Sky. Er lehnte mit einer Flasche Bier in der Hand bei Cole in einem Schuppen, in dem der Schlitten für die Parade stand. Jack hatte ihm den Tipp gegeben, wo er Cole finden konnte. Sky wollte direkt mit ihm wegen des Elchs für Marina sprechen und sich lieber nicht auf Jack als Mittelsmann verlassen. Deshalb war er hierhergefahren. Daniel hatte ihm den Range Rover geborgt.

Cole arbeitete noch am Schlitten.

Er hatte die Kufen schwarz gestrichen und den geschwungenen Körper des Schlittens in Knallrot. Seit zwei Stunden verzierte er mit Akribie die Ränder des Gefährts mit weißen Girlanden und so etwas wie Schneeflocken. Sky beobachtete ihn bei seinen letzten Pinselstrichen. Da Cole nicht gerade die

Partykanone war und Sky derzeit genauso wenig, verstanden die Männer einander in ihrem geteilten Schweigen bestens. Die wenigen Kommentare reichten völlig.

So wie jetzt der von Sky: »Ich kann Mickey Mouse zeichnen, wenn du die irgendwo am Schlitten draufhaben möchtest?«

Kurz hielt Cole mit dem schmalen Pinsel in der Hand inne. Dann meinte er: »Warum nicht? Wie wäre es hier vorne?«

Er deutete auf die ›Haube‹ des Schlittens.

Sky trank den letzten Schluck vom Bier und nahm sich einen der Pinsel. Schon machte er sich daran, eine Mickey Mouse mit einer Weihnachtsmütze zu malen. Die Maus war so ziemlich das Einzige, was er in einem Schwung durchzeichnen konnte und was dann auch so aussah wie gedacht.

Als er fertig war, meinte Cole: »Wenn du Mickey noch signierst, könnten wir den Schlitten im Internet versteigern und ein wenig mehr Geld für Tyler sammeln.«

»Das mach ich gerne, aber nur, wenn du deine Unterschrift ebenfalls auf den Schlitten setzt.«

»Geht klar«, stimmte Cole ohne Umschweife zu und signierte den unteren Rand der Tür.

Grinsend tauchte Sky nun seinen Pinsel ebenfalls in die weiße Farbe, und gerade, als er schwungvoll das letzte R von Sky Crater schrieb, stürmte Karen durch die morsche Scheunentür. Sie hatte sich den Weg von Jack ansagen lassen, und bei den wenigen Häusern in Moose Creek war die alte Scheune gleich hinter dem Rathaus einfach zu finden gewesen. Es waren nicht einmal hundert Meter gewesen, fühlte sich aber an, als wäre sie in einer anderen Welt gelandet. Kurz sah sie sich in der karg eingerichteten Scheune mit dem vielen Holz und den Farben um. Ein altes Sofa und ein klapprig wirkender Tisch standen in einer der Ecken.

»Hi! Hier habt ihr euch versteckt.«

Einen Moment lang wartete Sky, dass auch Marina zur Tür hereinkäme, aber da Karen das Tor wieder schloss, war das wohl nicht anzunehmen.

»Ja, wir haben noch den Schlitten verziert«, bemerkte Cole stoisch, nahm den Pinsel in den Mund und betrachtete sein Werk. »Und jetzt ist er fertig«, nuschelte er.

»Er ist geradezu perfekt.« Sky war zufrieden, denn Cole war glücklich, und er hatte einen Plan für morgen.

Karen stand verloren mitten im Schuppen und wollte schleunigst wieder weg von hier. »Super. Dann würde ich vorschlagen, ihr beide kommt rüber zum Baum, und wir fahren dann gemeinsam zum Abendessen.«

»Oh!« Sky schlug sich auf die Stirn. »Ich wusste, da war noch irgendetwas. Li hatte mir gesagt, wir treffen uns irgendwo, aber ich habe es vergessen.«

Karen schwänzelte ganz nahe an ihn heran.

»Du hast uns vergessen? Das spricht aber nicht gerade für uns.« Wobei ihr Unterton offenließ, ob sie mit ›uns‹ die gesamte Gesellschaft oder bloß Sky und sich selbst meinte.

»Nein, nicht unbedingt«, bemerkte Cole trocken, während er die Farbdosen schloss und alles zusammenräumte.

Er hatte die Doppeldeutigkeit sehr wohl bemerkt, und Karen ging ihm auf die Nerven. Es war gerade ein richtig entspannter Männerabend gewesen. Ohne viele Worte. Daher nervte ihn die Plaudertasche. Er hätte gute Lust gehabt, ihr zu sagen, dass sie sich trollen solle. Aber so unhöflich wollte Cole auch wieder nicht sein.

»Danke aber auch. Du bist ja ein echter Charmeur.« Kein Wunder, dass seine Bemerkung bei Karen nicht gut ange-kommen war.

»Jap. Bin ich. Das und ehrlich. Denn der große Adler wird deine Lüge hören, und bevor du deine Augen schließt, wird er deine Lüge in die Welt hinaustragen, und sie wird dich einholen wie ein Bumerang.«

Karen riss die Augen auf. »Ist das so etwas wie eine indianische Weisheit?«

Völlig ernst antwortete Cole: »Natürlich.«

Diese Europäer! Alles musste gleich eine Weisheit der Einheimischen sein, dabei sprach er hin und wieder einfach so. Aus Spaß. Außerdem: Indianer war er auch keiner. Aber da sie das nicht wusste, nahm er es einfach hin.

Sky konnte sich kaum mehr halten. Er hatte da so einen Verdacht, denn Coles Augen funkelten hoch amüsiert. »Sicher. Ich kannte das Zitat schon. War das nicht vom alten Walking Eagle?«

»Muss so sein.« Cole machte den Spaß mit. »Man sagt, er war zu voll von Shit, deshalb konnte er nicht fliegen.«

Sky konnte sich kaum mehr vor Lachen halten, aber Karen verzog keine Miene.

»Sehr witzig, ihr zwei Scherzbolde.« Zu seinem Erstaunen kam sie auf ihn zu und stellte sich direkt neben ihn. »Egal. Wichtiger ist, du kommst jetzt mit. Die anderen warten schon auf dich.«

»Die anderen?« Sky wusste genau, was diese Frau da spielte. So heiß, dass sie direkt vor seinen Augen ihren dicken Anorak ausziehen musste, war es hier in dem zugigen Schuppen nämlich nicht. Er legte seinen Kopf schief und betrachtete Karen. Hübsch war sie. Absolut. Und ihm gefiel ihre kecke Art. aber das war es dann auch. Sie war einfach nicht sein Typ. Und in keiner Weise konnte sie Marina das Wasser reichen. Marina war ein Elfenwesen. Würde sie ihre Jacke vor ihm ausziehen, würde er Cole nach Hause schicken. Aber so?

Karen legte ihre Jacke über den Arm. »Ja, klar. Alle sind draußen beim Rathaus. Li und noch ein anderer Fahrer chauffieren uns zum Restaurant.«

»Und warum ziehst du dich dann aus, wenn du uns überreden willst, nach draußen zu gehen?« Cole hielt das für eine berechtigte Frage. Frauen waren für ihn ein Rätsel. Daher sah er sie interessiert an und wartete auf eine Antwort.

»Weil mir warm ist, vielleicht? Und weil mir um sehr vieles kälter wird, wenn ich voll angezogen hier drinnen stehe und dann wieder hinaus in diese Arschkälte gehe?«

Cole grinste. Wenn das der einzige Grund war? »Das klingt logisch.«

»Ist es auch«, murrte Karen.

Sky hatte die paar Sekunden genutzt, um nachzudenken, ob er bei dem Dinner dabei sein wollte oder nicht. »Karen, leider habe ich schon etwas vor. Cole und ich wollen nämlich rüber zu Angel, vergessen für die nächsten drei Stunden, dass es Weihnachten ist, und trinken ein paar Bierchen auf unsere Männerfreundschaft.« Das müsste ausreichend eindeutig sein, fand Sky, und Cole, dass es eine hervorragende Idee war. Er hasste diese noblen Lokale. Dort fühlte er sich immer fehl am Platz.

»Gute Idee, Sky. Ich bin dabei.«

Cole wusste natürlich, dass Cooper sich gefreut hätte, wenn er mitkäme, da er ihn ja auch eingeladen hatte. Daniel ebenfalls. Aber er würde es mit einer Husky-Schlittenfahrt wiedergutmachen. Zumindest könnte er Cooper und Hannah einladen. Das letzte Mal hatte ihnen die Ausfahrt mega Spaß gemacht. Daniels Ding war das eher weniger.

Karen sah von einem zum anderen und schüttelte energisch den Kopf. »Euch gehts ja wohl nicht gut, was? Morgen ist Weihnachten, und Daniel freut sich auf euch. Also nein, das könnt ihr nicht machen. Sky!«

Im Zeitlupentempo drehte Sky sich zu Karen, legte beide Hände auf ihre Schulter und lächelte sie an. »Karen, ich kann mich nicht erinnern, dass mir in den letzten fünfzehn Jahren jemand etwas verbieten konnte. Und ich habe nicht vor, diese Freiheit heute aufzugeben. Für niemanden.«

Dabei sah er ihr tief in die Augen. So lange, bis Karen sich wegdrehte und zu Boden blickte.

In ihr stürzte eine kleine Welt ein. Wieso war er so gemein? Vorhin hatte sie das Gefühl gehabt, dass er sie anziehend fand und näher kennenlernen wollte. Aber das war ja wohl eine Abfuhr vom Feinsten.

Sie schlüpfte unter seinen Armen zur Seite und schnauzte ihn an: »Bitte! Dann zelebriere deine Freiheit!« Sofort zog Karen ihren Anorak über und maulte in seine Richtung, während sie die Scheune verließ: »Sind ja deine Freunde, die auf dich warten, Sky.« Auch Cole schickte sie einen vernichtenden Blick. »Deine übrigens auch! Dann habt mal viel Spaß.«

Damit lief sie wutentbrannt nach draußen und warf die hohe Holztür hinter sich zu, die sofort wieder aufsprang. Sky ging hin und verschloss sie.

Cole hatte sich mit einem Bier in der Hand an die Lattenwand gelehnt, an der die blaue Farbe abblätterte. »Jetzt hast du deine Chance auf eine aufregende Nacht verspielt.« Grinsend fügte er hinzu: »Ich hätte bei Karen nicht Nein gesagt.«

Sky ging auf ihn zu. »Junge, du bist was? Mindestens

fünfzehn Jahre jünger als ich? Da hätte ich auch keine Frau von der Bettkante gestoßen.«

»Meinst du, ich habe eine Chance bei ihr?«

Sky lachte auf. »Keine Ahnung, versuchen kannst du es auf jeden Fall. Vielleicht wartest du bis morgen, heute muss Karen erst mal den Schock verdauen.«

Da Karen aufgeschlossen und selbstsicher wirkte, würde ihr Ärger auf ihn nicht allzu lange anhalten. Spätestens nach dem Aufwachen hatte sie ihn sicher vergessen.

Karen schien Cole aber noch zu beschäftigen. »Mach ich. Morgen helfe ich ihr dann beim Verdauen. Ich kann ihr ja anbieten, in der Schwitzhütte den Ärger auf dich rauszulassen!«

Er strich sich durchs schwarze, wuschelige Haar und grinste Sky an.

Mit seinen knapp einundzwanzig Jahren – er war achtzehn Jahre jünger als Sky – war Cole in Bezug auf Frauen derzeit tatsächlich wenig wählerisch. Viele Optionen gab es im Dorf ja nicht. Und diese Karen sah gut aus. Verdammt gut. Besser als alle Mädels, die er kannte. Dass sie Anfang dreißig war, konnte für ihn nur gut sein, sollte sie Interesse an einer Urlaubsaffäre zeigen. Wenn nicht, war es für Cole auch okay. Er hatte keinen Stress damit. Irgendwann würde schon die Richtige auftauchen, und bis dahin genoss er einfach sein Leben. Die Tiere brauchten seine Aufmerksamkeit, und er hatte mit einem kleinen YouTube-Channel begonnen. Dort berichtete Cole vom wahren Leben an der ›Last Frontier‹, und erstaunlicherweise stieg die Anzahl seiner Abonnenten stetig, wenn auch langsam. Dass er ein komisches Talent hatte, war ihm erst durch die Kommentare zu seinen Videos aufgefallen, denn er selbst hatte sich nie als sonderlich unterhaltsam betrachtet.

Sky schmunzelte über die Bemerkung. »Eine Einladung in eine Schwitzhütte am Heiligen Abend? Bin gespannt, wie das bei einer Europäerin ankommt.«

Lässig winkte Cole ab. »Ach, ich setze mir einen Kopfschmuck mit Federn auf, das zieht immer.«

Das war zu viel für Sky. Er schlug sich vor Lachen auf den Schenkel. »Hör auf! Du? Nackt mit Federn am Kopf und Karen vielleicht mit schwarzen High Heels? Diese Bilder bekomme ich nie wieder aus meinem Kopf. Ich denke, ich gehe doch zu den anderen rüber.«

Sofort verzog Cole das Gesicht. »Und machst das, was sie von dir wollte? Da brauche ich wohl kein Holz mehr zu hacken.«

Er fand es jammerschade, nun nicht gemütlich an der Bar mit Sky sitzen zu können. Ihm hatte die Idee gefallen. Sehr sogar.

»Hack es trotzdem. Baut Testosteron ab, sagt man«, erwiderte Sky grinsend, stellte seine leere Bierflasche auf den wackeligen Holztisch ab, auf dem alle Farben standen, und nahm seine Jacke vom Haken. »Danke fürs Bier! Du kommst sicher nicht mit?«

Energisch schüttelte Cole den Kopf. »Nein, danke. Ich habe noch ein Date mit meinem Computer.«

Ich sollte meinen Sehern etwas von Weihnachtsbesuchen bei uns in Moose Creek erzählen, dachte er.

»Vielleicht besser als das, was ich vorhabe«, murmelte Sky im Hinausgehen und winkte ihm noch einmal zu. »Wir sehen uns morgen, Bruder. Und vergiss nicht auf mein Moose!«

»Keine Sorge«, erwiderte Cole und schlüpfte in seine

Jacke. Ja, der Schlitten war ein Hammer. *Die Kinder werden ihn lieben,* dachte er zufrieden und machte sich auf den Weg nach Hause.

Nur wenige Meter hinter dem Schuppen sah Sky bereits die Menschenmengen, die an den Verkaufsständen haltmachten oder herumschlenderten und die Weihnachtsstimmung genossen. Als er in der Hauptstraße ankam, stieg ihm als Allererstes der Geruch von heißem Wein, Orangen und Zimt in die Nase, da er gerade an der Hütte mit dem Glühwein vorbeiging. Sky erspähte Daniel, Cooper und die ganze Runde direkt neben dem großen beleuchteten Weihnachtsbaum. Sie standen herum und tranken offensichtlich Punsch. Jeder hatte einen dieser Pappbecher in der Hand. Daher steuerte er auf sie zu.

»Hey Sky!«, rief Daniel. »Immer auf den letzten Drücker. Wir wollten eben los.«

»Du könntest auch sagen, gerade rechtzeitig.« Sky klopfte seinem neuen Freund auf die Schulter. »Gelungenes Outfit, Daniel. Hast du heute vor, irgendwo ein Weihnachtsfest zu crashen?«

Der Regisseur grinste, legte schmunzelnd seinen Kopf schief und zuckte mit den Schultern. »Ich bin wie immer auf alle Eventualitäten vorbereitet. Nennen wir es einmal so.«

Dann deutete er auf seinen Schritt. »Du solltest mal meine Shorts sehen. Das gibt mehr als heiße Weihnachten, glaube mir.«

Abwehrend fuchtelte Sky mit den Armen. »Zeigs mir nicht! Bitte! In meinem Kopf spukt ohnehin schon ein Horrorfilm.«

Daniel zog eine Braue hoch und flüsterte ihm zu: »Dann

versäumst du das Beste. Aber dein Problem! Sarah würde zuschlagen, wenn ich wollte.«

»Das reicht jetzt. Ich hole mir auch so einen Punsch«, meinte Sky und wollte sich bereits auf den Weg machen, doch da kam ihm Karen in die Quere. Allerdings würdigte sie ihn keines Blickes.

Sky hatte sich also umentschieden. Sein Problem. Sollte er doch machen, was er wollte. Sie trat zur Seite, als er vorbeiwollte, doch Daniel hielt ihn zurück. »Vergiss den Punsch. Wir fahren gleich los.«

Daniel zeigte mit dem Finger auf Cooper und Hannah und schrie beinahe, um *Jingle Bells* aus den Lautsprechern zu übertönen: »Ihr beide fahrt mit Li und mir, und ihr vier«, damit meinte er Sky, Jack, Marina und Karen, »euch chauffiert Kirima. Also los. Die Autos parken gleich hinter dem Rathaus.«

»Kann ich bei euch mitfahren?«, fragte Karen Hannah sofort.

Sie hatte keine Lust, neben ihm im Wagen zu sitzen.

Ganz anders ging es Marina. Zur Begrüßung hatte er ihr nur kurz seine Hand auf ihren Oberarm gelegt, und es hatte sich wie ein Hitzeschauer angefühlt, der durch ihren gesamten Körper gejagt war. Da sie von Karen wusste, wie er sich benommen hatte, und diese ihr versichert hatte, dass Sky für sie gestorben war, ließ sie ein wenig mehr an Gefühlen für ihn zu. Und die hatte sie. Kaum war er in ihrer Nähe. Ohne Zweifel.

Daniel zog ein weiteres Mal die Brauen nach oben. Einer seiner Ticks.

Während Hannah »Ja klar« sagte, schob er nach: »Nun, wenn deine Sehnsucht nach mir dermaßen groß ist, Karen, dass du keine Viertelstunde ohne mich sein kannst, natürlich, Sweetheart.« Dann folgte ein Seitenhieb auf Sky: »Was sage ich, meine Shorts haben Superhero-Power.«

»Klar. Nichts anderes habe ich erwartet«, erwiderte dieser.

Karen biss sich auf die Lippen, doch sie schluckte seinen Spott hinunter. »Du hast mich erwischt, Daniel. Aber du siehst ja auch verdammt sexy aus.«

Sky wusste, dass das ihre Art von Retourkutsche war, daher gesellte er sich quasi wie unauffällig zu Marina.

Daniel legte freundschaftlich den Arm um Karens Schulter und ging mit ihr los. »Ich weiß! Mal sehen, was die Nacht noch für uns bereithält.« Da Karen mit ihren hohen Stiefeln am blanken Eis rutschte, fing er sie auf. »Hoppla! Vorsichtig, junge Frau!«

»Bin ich, danke«, lautete ihre entnervte Antwort.

Jetzt konnte sie nicht mal gehen, ohne dass sie beinahe auf dem Schnee landete. Es war zwar dunkel, aber durch die Weihnachtsbeleuchtung an den Bäumen und die Strahler vor den Skulpturen war alles wenigstens gut zu erkennen. Auch die kleinen Schneehäufen. Karen fand es jedoch ganz amüsant, ein wenig mit Daniel zu flirten. Sollte Sky sehen, wo er blieb. Und Tilmann auch. Seine WhatsApp, nachdem sie ihm gesteckt hatte, wer sich alles hier in Moose Creek herumtrieb, war zum Kotzen gewesen. Er hatte sie doch glatt nach Film- oder zumindest Fotomaterial gefragt. Wobei … ›Gefragt‹ war zu viel gesagt. Geschrieben hatte er: ›Und? Wo bleiben die Videos? Fotos? Du hast vierundzwanzig Stunden, bevor ich eingreife.‹ So ein Idiot! Sie musste dringend mit Marina darüber sprechen, aber irgendwie hatte sich die Gelegenheit dazu bis jetzt nicht ergeben.

. . .

Sky hielt sich in der Zwischenzeit an Marina, was Karen nur kurz nach ihrem Stolpern wahrgenommen hatte, da sie an Daniels Seite vorneweg marschierte.

»Und? Schon in Weihnachtsstimmung?« *So eine dämliche Frage,* dachte Sky. Aber er hatte sie nun einmal gestellt.

Zu seinem Erstaunen sprang Marina darauf an. Mit roten Wangen erklärte sie ihm: »Absolut! Ich hätte mir nie vorstellen können, dass Weihnachten hier so stimmungsvoll sein kann. Ich meine: Weihnachten in Moose Creek! Wer erwartet sich, dass ausgerechnet hier so viel los ist?« Kurz holte sie Luft und sprach gleich weiter. »Außerdem freue ich mich schon wahnsinnig auf das Sternsingen morgen Abend. Cooper hat gesagt, du singst mit Danas Chor?«

»Ja. Ich hatte zwei Möglichkeiten: Entweder lasse ich es und mache mich auf diesem entlegenen Fleck Erde für immer unbeliebt, oder aber, ich vergesse ein paar Songs lang, wie kitschig sie sind, und denke an den guten Zweck.«

»Aha!« Marina musterte ihn verstohlen von der Seite. Die schwarze Mütze stand ihm. »Dann interessiert es dich also doch, was andere über dich denken, auch wenn du so tust, als wäre das Gegenteil der Fall?«

Sky sah ihr ins Gesicht. »Betrachte es mal durch meine Augen: Grundsätzlich hasse ich Menschen, auch wenn es Ausnahmen gibt und einige davon rein zufällig, wie sich herausgestellt hat, hier sind. Aber, und das ist der wesentlich wichtigere Punkt: Ich liebe die Menschheit. Bin ein Fan von ihr.«

Jack, der die ganze Zeit über schweigend neben ihnen hergetrottet war, mischte sich nun doch in das Unterhaltung ein. Sky sprach ihm aus der Seele. »Ich verstehe dich zu hundert Prozent. So geht es mir auch. Die Menschheit mag ich, solange sie tausend Meilen entfernt von mir lebt.«

»Oh nein«, bemerkte Marina energisch. »Das könnt ihr mir nicht erzählen. Man kann nicht das meiste von etwas Ganzem hassen und dann das große Gesamte lieben. Das funktioniert so nicht.«

»Und ob das funktioniert«, erwiderte Sky sofort, dem die Herausforderung dieser Diskussion gefiel. »Ich hasse es, dass sich niemand in New York in die Augen sieht. Ich hasse den Verkehr dort und speziell all die Menschen, die gestresst die Straßen entlanglaufen, als hinge ihr Leben davon ab.«

»Guter Punkt«, warf Jack ein.

Aber Sky war in Fahrt und sprach sofort weiter. »Ich hasse es, dass viele Jugendliche ihre Zukunft in Drogen und Gewalt sehen, und ich hasse die anderen, die ihnen keine ehrlichen Chancen im Leben geben. Außerdem geht mir die Elite dort ziemlich gegen den Strich. Und dennoch liebe ich New York. Vor allem, wenn ich von meinem Appartement aus auf den Central Park blicke. Wäre doch sehr einsam, wenn er an einem Tag wie heute menschenleer wäre?«

»Wieso?«, wollte Marina sofort wissen, denn sie konnte das nicht wirklich nachvollziehen. Er hatte nichts erwähnt, was positiv wäre. »Wenn du alles hasst, kann es dir doch egal sein, ob dort jemand spazieren geht oder seinen Hund entleert.«

»Das stimmt. Aber da gibt es auch diese heruntergekommenen Wohnungen, abblätternden Farben, verrosteten Feuerleitern und Dachgärten, die lebensgefährlich sind, aber wenn ich dort mit den Menschen zusammensitze, die mich schon ein Leben lang begleiten, dann ist das mein Zuhause. Meine Stadt. Die Menschen an dem Ort, den ich für diese Stunden mit keinem anderen auf der Welt tauschen würde.«

»Siehst du. Mir geht es mit Mutters Eintopf ganz genauso.

Ich hasse rohe Zwiebeln, Reste von Rentierfleisch, und ich mag nicht einmal Champignons besonders, ganz zu schweigen von ihren Gewürzen. Aber wenn ihr Haus nach Rendeer-Stew riecht, liebe ich es und kann es gar nicht erwarten, meine Gabel darin zu versenken.«

»Männer! Logisch ist das nicht«, lautete Marinas Zusammenfassung, denn sie waren am Wagen angekommen und begrüßten Kirima, Daniels Angestellte, die so nett war, ihnen die Tür des schwarzen Vans aufzuhalten und sie zum Restaurant zu chauffieren.

Die festliche Dekoration des sicher sehr teuren Lokals stach allen sofort ins Auge. Ein rot und gold geschmückter Baum stand neben einer Anrichte und auf jedem der Tische ein farblich abgestimmtes Blumengesteck mit Kugeln. Eingedeckt waren die Tische mit roten Stoffservietten zum weißen Service auf perfekt gebügelten, weißen Tischtüchern. Im Hintergrund lief leise Weihnachtsmusik, und die feierliche Stimmung übertrug sich auf das bunte Grüppchen, für das zwei Tische zu einer Tafel zusammengestellt worden waren. Dana und Sarah waren nicht nachgekommen, damit waren sie mit Li und Kirima insgesamt zu neunt.

Das Abendessen selbst verlief ohne besondere Vorkommnisse, davon abgesehen, dass Karen sich neben Daniel an das eine Ende des Tisches setzte und Sky an Marinas Seite am anderen Ende Platz nahm. Da Daniel in Fahrt war, erzählte er Anekdoten über verpatzte Weihnachten, bei denen selbst die Gäste an den Nebentischen lachen mussten. Dann wollte er von jedem Einzelnen sein oder ihr schlimmstes Weihnachtserlebnis wissen. Marina musste schlucken, bevor sie sich dazu entschied, mit der Wahrheit herauszurücken.

Als Sky vom verkorksten Heiratsantrag ihres Ex-Freundes

hörte, wusste er, was Marina und Karen in der Bar angedeutet hatten. Darum also war es gegangen. Deshalb passten für sie Weihnachten und Heiratsanträge nicht zusammen.

Gleichzeitig stand für ihn fest, dass er ganz sicher nicht von seinem Weihnachtsfest mit Laura erzählen würde. Nicht in diesem Lokal. Nicht öffentlich. Und schon gar nicht heute. Er hatte überhaupt keine Lust, ihren Namen auch nur zu erwähnen.

Hannah, die neben Marina saß, umarmte ihre Cousine. »Das ist aber ein unsensibler Idiot! Sei froh, dass du ihn los bist.«

»Bin ich«, erwiderte sie und gestand: »Außerdem hat er mich diesen Montag rausgeworfen.«

Nun war es heraußen, und sie lehnte sich zurück. Sie wollte nicht weiter so tun, als wäre sie eine erfolgreiche Producerin beim Fernsehen, was Hannah ja annahm, die nun die Augen aufriss.

»Wie bitte? Der hat die Frechheit, dich ein paar Tage vor Weihnachten zu entlassen?« Nun war ihr auch klar, warum Marina so spät und unvermutet zugesagt hatte. Aber das war Hannah egal, sie hatte ihre Cousine ja unbedingt wiedersehen wollen. Doch was ihr Chef da abzog, damit konnte sie gar nicht. Es erinnerte Hannah zu sehr an ihren eigenen Ex-Boss. »Mach dir keine Sorgen, Cousinchen. Cooper und ich kennen jede Menge Leute, gemeinsam finden wir bestimmt einen supertollen Job für dich.«

Karen hatte das alles vernommen, mischte sich aber nicht ins Gespräch ein. Allein der Gedanke an Tilmann verursachte ihr Magenkrämpfe, zumal sie ihm vor dem Weihnachtsbaum in Moose Creek heimlich aufgenommene Fotos von Cooper, Sky und Daniel geschickt hatte, damit er sie endlich in Ruhe ließ. Sie fühlte sich hundeelend deswegen.

Marina legte ihre Hand auf Hannahs. »Mach dir keine Sorgen! Ich finde schon etwas. So viele Producerinnen mit meiner Erfahrung gibt es ja nun zwischen Wien und Köln auch wieder nicht.« Dann seufzte sie. »Außerdem hat Tilmann mittlerweile seine Meinung ohnehin wieder geändert und mir einen Job als Nachrichtensprecherin für die Abendsendung angeboten.«

Cooper sah in ihren Augen, dass Marina dieses Angebot ernsthaft in Erwägung zog, genau wie Hannah ein mulmiges Gefühl beschlich, aber er kam ihr zuvor: »Schwöre uns, dass du nicht zu diesem Sender zurückgehst, Marina. Das hast du nicht nötig. Hannah kann ein Lied von idiotischen Chefs singen, und dafür ist unsere Lebenszeit zu kurz.«

»Ja, Marina. Wir helfen dir gerne, und glaub mir, mit Coopers Kontakten finden wir deinen absoluten Traumjob.«

Marina war das Ganze nicht recht, aber es hatte so kommen müssen. Sie hatte geahnt, dass die Wahrheit zu Diskussionen führen würde, aber es war gut, dass jetzt alle Bescheid wussten.

»Danke, das ist lieb von euch. Damit habe ich ein Backup. Aber lasst es mich bitte erst allein versuchen, ja?«

Hannah schickte ihr, dann Cooper ein Augenrollen, stimmte jedoch zu. »Wie du willst. Aber geh ja nicht zu ihm zurück. Schwörst du das?«

Das war schwierig, denn hier ging es um ihren Traumjob. Doch plötzlich sah ihr Sky tief in die Augen. Jetzt verstand er ihr Verhalten. Ihre Niedergeschlagenheit. Den fehlenden Glanz in ihrem Blick. Nun ergab alles Sinn, und er war geradezu erleichtert, dass die Erklärung ihr Rauswurf war. »Bist du froh, ihn nicht mehr zu sehen?«

Marina lächelte ihn an. »Froh? Nach dem ersten Schock

fühlt es sich an, als ob mir jemand einen Sack Zement von den Schultern genommen hätte. Aber natürlich bin ich jetzt in der Zwickmühle. Den Job, den er mir jetzt angeboten hat, genau den wollte ich schon die ganze Zeit. Das ist das, was ich immer machen wollte.«

Sky nickte. »Das ist ein Problem. Ich nehme an, du hast dich noch nicht entschieden?«

Energisch schüttelte Marina den Kopf, was speziell Hannah und Cooper beruhigte. »Nein, ich habe ihm nur geschrieben, dass ich es mir bis nach Weihnachten überlegen werde.«

»Tus nicht«, riet ihr Hannah sofort. »Und lass uns in Ruhe darüber reden, ja?«

Nun nickte Marina. »Ist gut. Aber bitte erst nach den Feiertagen. Mein einziger Weihnachtswunsch ist nämlich, seinen Namen in nächster Zeit weder zu lesen noch zu hören.«

Daniel, der Marinas Geschichte erstaunt gelauscht hatte, war ein Mann der schnellen Entscheidungen. Die Frau gefiel ihm, und sie war Hannahs Cousine. Daher ergriff er nun das Wort.

»Liebes, lass den Kopf nicht hängen! Ich biete dir hiermit ganz offiziell einen Job in meiner Produktionsfirma an. Allerdings …«, er schaute sie schief an, »mit Nachrichten kann ich leider nicht dienen. Dafür arbeitest du bei mir mit wirklich talentierten und tollen Menschen zusammen, und es ist immer warm in Los Angeles.«

Marina war bereits bei seinem zweiten Satz blass geworden. Damit hatte sie nicht gerechnet. Sie wusste gar nicht, was sie antworten sollte, und stotterte daher: »Äh, danke … Daniel … Du musst nicht …«

Er winkte mit großer Geste ab. »Ich muss gar nichts, aber ich will. Lass es dir durch den Kopf gehen, und jetzt erheben wir nach diesem vorzüglichen Dinner das Glas und trinken darauf, dass das diesjährige Weihnachtsfest nicht unter Katastrophen in die Annalen eingeht.«

Alle nickten zustimmend, speziell, was das Essen betraf, denn was sollte hier in Alaska schon über die Feiertage passieren?

Nur allzu gerne erhob Marina ihr Glas Wein als Erste. »Das wünsche ich mir auch. Fröhliche Weihnachten allerseits! Und ein großes Danke! Ebenfalls an euch alle. Ich fühle mich beinahe wie zu Hause.«

»Da schließe ich mich an«, stimmte Sky neben ihr ein. »Der Lobster war übrigens hervorragend, Daniel!«

Der grinste zurück. »Ich weiß, dass ich gut kochen kann.«

Da nun alle etwas zum Besten gaben, ihr Glas dazu hoben und kurz darauf Schweigen einkehrte, weil jeder einen Schluck trank, konnte Marina sich wieder entspannt zurücklehnen. *Daniel hat mir einen Job in Los Angeles angeboten!* Das musste sie erst einmal sacken lassen. Nur Karen fühlte sich mehr als unwohl in ihrer Haut. Aber sie konnte die Katze nicht aus dem Sack lassen. Nicht hier.

Den Moment der Stille am Tisch nutzte jedoch die erste Autogrammjägerin vom Nebentisch. Die ältere Frau mit dem schwarzen Kurzhaarschnitt und einem roten Hosenanzug stand auf und ging mit dem Handy in der Hand auf Cooper zu.

»Fröhliche Weihnachten euch allen. Ist es okay, wenn ich dich um ein Selfie bitte, Cooper?«, fragte sie ihn. »Ich bin so ein großer Fan deiner Filme.« Dann hob sie die Augen. »Und anschließend auch eines von dir, Daniel, und eines mit dir, Sky? Meine Güte, ihr alle hier? Das ist wie Weihnachten für mich!«

Cooper und Sky stimmten gut gelaunt sofort zu, nur Daniel motzte: »Dann bin ich also die zweite Selfie-Wahl nach Cooper Preston?«

Sky grinste. »Nimms wie ein Mann, du bist immerhin vor mir.«

Der Frau war das so peinlich, dass sie sich ohne Foto davonstehlen wollte, aber Cooper hielt sie zurück. »Nicht türmen! Daniel ist immer so, aber sags nicht weiter. Wie heißt du denn?«

»Ann«, lautete die schüchterne Antwort. Ohne weitere Absprache kümmerten sich alle drei rührend um Ann, damit sie an ihre Fotos kam, denn in dem Punkt waren sie sich einig: Fans waren das Wichtigste überhaupt. Sie bezahlten die Tickets, egal ob an der Kinokasse oder für ein Konzert. Sie berichteten über ihre hautnahen Erlebnisse mit ihren Lieblingsstars in Social Media, und sie hatten die Macht, dich in den Himmel zu heben oder aber in den Untergrund zu versenken. Für Daniel traf Letzteres am wenigsten zu, da ihn nicht kümmerte, was über ihn geschrieben wurde, aber über den ersten Aspekt, den, dass sie nur eine von vielen war, die über den Erfolg seiner Filme mitentschied, darüber war er sich im Klaren. Und sie könnte im Handumdrehen daran beteiligt sein, dass man ihn cancelte. Das war selbst Daniel klar.

Nach der sympathischen Einheimischen fassten sich noch weitere Gäste und sogar ein paar Angestellte ein Herz und reihten sich neben ihrem Tisch ein, um die drei prominenten Männer um Selfies und Autogramme zu bitten. Sofort übernahm Li die Organisation, damit die Fans bekamen, was sie wollten, und die Störung nicht zu lange dauerte. Außerdem holte Kirima den Chefkoch und das Küchenpersonal für ein Foto mit allen dreien. Auch sie wusste, wie der Hase lief.

Als alle glücklich waren, kehrte wieder Ruhe im Lokal

ein. Keiner von ihnen wollte eine Nachspeise, da sie übersatt waren, aber sie tranken noch gemütlich Wein und plauderten.

Hannah und Marina erzählten einander gegenseitig Geschichten, die in den letzten Jahren passiert waren, und erwähnten auch jeweils ihre Eltern. Da beide durchaus daran interessiert waren, wie es dem verlorenen Teil der Familie ging, war das Gespräch sehr harmonisch und zuweilen, so wie im Moment, sehr lustig. Da Cooper und Sky sprachlich dabei abgemeldet waren, unterhielten sie sich mit den anderen.

»Was?«, rief Marina lachend auf. »Dein Vater spielt Golf? Der hatte doch mit Sport nie was vor! Ich kann mir gar nicht vorstellen, wie Onkel Klaus auch nur einen Ball trifft.« Ihr Vater Kurt hatte bei jeder Gelegenheit die beiden ›linken Hände‹ seines jüngeren Bruders erwähnt.

Hannah kringelte sich. »Tut er doch nicht! Aber seit ich mit Cooper zusammen bin, ist er der irren Meinung, er müsse golfen, weil er nicht wüsste, was er sonst tun könnte, sollte er jemals nach Kalifornien oder zu Cooper in die Karibik eingeladen werden.«

»Und? Habt ihr vor, deine Eltern einzuladen?«

»Klar habe ich. Aber dieses Jahr ging es sich terminlich einfach nicht aus. Wir planen, dass wir uns alle im März auf St. Barths treffen«, mischte sich Cooper in das Gespräch ein, da er ohnehin mit einem Ohr mitgehört hatte. Und ›St. Barths‹, ›Kalifornien‹ und ›Eltern‹ hatte er verstanden.

Er küsste Hannah auf den Handrücken. »Und danke, dass ihr ab jetzt wieder Englisch sprecht. So erfahre auch ich ein paar Familiengeheimnisse.«

»Oh! Keine Sorge, Darling. Die Hardcore-Themen

besprechen wir dann wieder in Deutsch«, erwiderte Hannah lachend.

Doch aus Rücksicht auf die anderen am Tisch unterließen sie es und quatschten munter über die beiden Familien in Englisch weiter mit der wachsenden Erkenntnis, dass diese Familienfehde völlig sinnlos war und sie daran nach dem Urlaub etwas ändern mussten. Und wenn sie die Oldies zu einem Treffen zwangen.

Sky unterhielt sich eine Weile mit Jack und vereinbarte gleich nach Weihnachten eine Hundeschlittentour mit ihm und Cole, der ihm das, Jacks Ansicht nach, ohnehin angeboten hätte. »Das wollte ich immer schon einmal machen! Ich freue mich sehr darauf, Jack.«

»Wenn nicht jetzt, wann dann, Sky? Im Moment ist die Gelegenheit dazu geradezu perfekt und vor allem die Wettervorhersagen.«

Sky schaute auf Marina und überlegte, ob sie Interesse hätte, ihn zu begleiten. Aber das konnte er in den nächsten Tagen ausloten. Er würde gerne mit ihr dieses Erlebnis teilen. Das war sicher etwas Besonderes. Wie sie. Neben ihr zu sitzen fühlte sich gut an. So vertraut. Und so überraschend selbstverständlich. Wie diese dankbaren Blicke, die sie ihm schickte, wenn er ihr nachgoss. Mit jeder Minute, die er mit ihr verbrachte, wuchs sein Interesse an ihr.

Auf der anderen Seite der Tafel lief Daniel zu einer großartigen Form auf, da ihm Karen wirklich informierte Fragen über sein aktuelles Filmprojekt stellte, was er sehr schätzte. Bislang war nur wenig davon an die Medien gelangt, und das sollte so bleiben, aber er liebte es, über sein neuestes Baby zu sprechen. Dass sie nun bereits zum dritten Mal aufstand, sich entschuldigte und aufs Klo lief, fiel ihm gar nicht auf. Hätte es jedoch sollen, denn am WC tippte Karen emsig die paar Krümel an für sie neuen und wichtigen Informationen, die sie von Daniel freiwillig zugespielt bekam, in ihr Handy, um nur ja nichts zu vergessen. So hatte sie für Tilmann etwas in der Hinterhand, falls ihm die Fotos nicht genügen sollten.

Wohl fühlte sie sich nicht dabei, aber sie hatte keine Wahl. Später in der Pension würde sie mit Marina über Tilmanns Erpressung reden. Sie saß auf der geschlossenen Klobrille und fächelte sich Luft zu. Immer, wenn sie daran dachte, was sie hier tat, wurde Karen heiß.

Kurz darauf stand sie auf, spülte hinunter, für den Fall, dass noch jemand in der Toilettenanlage war, und trat nach draußen, um sich die Hände zu waschen.

Jetzt bist du dran, Sky, dachte sie. In seinem Fall ging es für Karen nicht um weitere Fragen, deren Antworten sie Tilmann heimlich stecken konnte, sondern um diese Schmetterlinge im Bauch, die bei jedem seiner Blicke aufflatterten. Es musste doch einen Weg geben, zumindest entspannt, so wie Marina, neben ihm sitzen und mit ihm quatschen zu können. Sie wollte ihn wenigstens besser kennenlernen. Dass er Angst vor Beziehungen hatte, wusste sie ja seit ihrem Geplänkel in der Bar. Doch das bedeutete nicht, dass man nicht wie normale Menschen miteinander sprechen konnte. Oder? Selbst einer gemeinsamen Nacht stünde nichts im Weg. Sie waren beide erwachsen und Single. Wo also war sein Problem?

Doch daraus wurde nichts. Als sie zurück ins Restaurant kam, waren alle bereits aufgestanden und abfahrbereit.

»Nicht euer Ernst jetzt, oder? Es ist noch nicht einmal Mitternacht!«, motzte Karen enttäuscht.

»Stimmt genau. Ich will euch auch morgen noch als Prinzessinnen im Kopf haben und die Verwandlung in Frösche oder Aschenputtel nicht miterleben müssen«, meinte Daniel grinsend, der entgegen seiner sonstigen Gewohnheiten wirklich müde war. Das lag daran, dass er heute bereits am frühen Vormittag aufgestanden war. Sonst schlief er immer bis mittags, denn er liebte es, nachts zu arbeiten und zu feiern, wenn es sich ergab.

Hannah tätschelte seinen Arm. »Gute Idee, Daniel. Aber daran siehst du, wie mutig Cooper ist. Er hält auch meine Aschenputtelseite aus. Speziell in der Früh, wenn ich wie Quasimodo aussehe.«

Da musste Cooper, der Hannah ihren Anorak hinhielt, den ihm ein Angestellter gebracht hatte, ernsthaft widersprechen.

»Was redest du da? Speziell morgens siehst du wie ein Engel aus.« *Und verdammt sexy.*

Er liebte es, wenn ihr langes blondes Haar zerzaust in ihr Gesicht fiel und sie ihn als Allererstes anlächelte und ihm mit einem Kuss guten Morgen wünschte. Was beinahe immer dazu führte, dass sie Sex hatten. Und genau den liebte er mit Hannah ebenfalls. Je länger sie zusammen waren, desto mehr.

Sky konnte an Coopers Gesicht ablesen, woran er dachte. »Bro! Erspare uns die Details, sonst werden Daniel und ich neidisch.«

Jack hatte ja Angel.

»Und ich?«, wollte Li, der bereits seinen Mantel angezogen hatte, wissen. »Wieso vergisst jeder, dass ich auch nur ein Mann bin?«

»Das besprechen wir im Wagen.« Daniel schmunzelte und klopfte ihm freundschaftlich auf die Schulter.

Karen folgte ihnen seufzend. »Bitte, dann gehen wir eben nach Hause. Mein Bett wird sich freuen, wenn es nicht so allein ist.«

Marina legte den Arm um ihre Freundin. »Ein paar

Stunden mehr Schlaf schaden dir auch nicht. Dann bist du nicht so hyper.«

»Bin ich nie.«

Marina grinste. »Bist du doch! Niemand hat mehr Energie als du, Karen. Und das weißt du.«

Sie gab sich geschlagen und ging nach draußen in die eiskalte Nacht. »Okay. Aber morgen gehen wir nicht vor Mitternacht ins Bett.«

»Nein, bestimmt nicht. Morgen ist doch Weihnachten, Karen. Daher schwöre ich es dir.«

Sie grinste. »Dann bin ich ja beruhigt.«

Kirima, die zwar jung und bei Daniel angestellt war, setzte sich durch, was die Organisation der Heimfahrt betraf: Daher mussten Karen, Marina und Jack bei ihr einsteigen, denn sie merkte an, wie sinnlos es wäre, würden Li und sie selbst die gleichen Stationen anfahren.

Cooper, Hannah, Daniel und Sky verabschiedeten sich direkt vor dem Restaurant von den anderen, und Sky nutzte die Gelegenheit, um Marina zuzuflüstern: »Morgen um zwölf Uhr vor dem Weihnachtsbaum am Rathaus.«

»Äh? Was meinst du damit?«

»Da treffen wir uns, aber nur du und ich, schließlich haben wir doch eine Challenge mit dem Moose am Laufen.«

»Ach das!« Marina lachte. »Du denkst, es kommt pünktlich um zwölf Uhr vorbei?«

Zu ihrer Überraschung nickte Sky heftig. »Wir werden ja sehen!« Dann umarmte er sie kurz, aber innig, und flüsterte ihr ins Ohr, bevor er sie zum Abschied küsste: »Träum etwas Schönes.«

»Du auch!«, erwiderte Marina verblüfft.

Kopfschüttelnd über das Date wie auch über Skys Beinahe-Gefühlsausbruch stieg sie in den großen SUV ein.

Karens Laune war jedoch in der Sekunde gekippt, denn sie hatte sehr wohl mitbekommen, dass Sky sich von ihr nur halb so herzlich wie von Marina verabschiedet hatte. Daher sah sie schweigend zum Fenster hinaus. Mangels ausreichender Straßenbeleuchtung war jedoch nicht viel zu erkennen, was egal war. Es musste doch einen Weg geben, um Skys unsichtbare Mauer zum Einstürzen zu bringen. Sie wusste genau, dass sich dahinter ein weiches Herz verbarg. Er spielte den Ruppigen aus Selbstschutz. Das kannte sie von sich. Vielleicht ergab sich morgen ja etwas?

Während sie mit den beiden Autos in Richtung Moose Creek fuhren, waren alle zu müde, um groß zu quatschen. Außer den beiden Fahrern war auch keiner mehr wirklich nüchtern, aber auch niemand schwer betrunken, denn jede und jeder von ihnen wollte den morgigen Tag in vollen Zügen und ohne schwere Kopfschmerzen auskosten. Doch der Wein war wie Blei in ihre Glieder gefahren.

Später, zurück im *Golden Moose Inn*, lag Marina noch lange wach, denn sie hatte so einiges zu verarbeiten. Tilmanns und Daniels Angebote, die Tatsache, dass Hannahs Eltern im Grunde ihren nicht unähnlich waren, und – auch wenn sie es gar nicht wollte – Sky.

Wieso verhielt er sich so merkwürdig? Aber noch seltsamer war Karen plötzlich drauf gewesen. Gerade so, als wollte sie überhaupt nichts mehr mit ihr zu tun haben. Sie hatte ihr angeboten, sich noch für ein Stündchen mit ihr unten ins Wohnzimmer zu setzen und über den Tag zu plaudern, aber Karen hatte das brüsk abgelehnt.

Mit dem Gedanken ›Ich muss morgen früh mit ihr reden‹ schlief Marina erschöpft ein. Dass sie kurz darauf mitten im Schnee unter dem grün funkelnden Polarlicht Sky in die Arme fiel und sie einander leidenschaftlich küssten, hatte Marina am nächsten Morgen wieder vergessen. Vielleicht war ja noch viel mehr als ein Abschiedskuss und ein Date zwischen ihnen passiert?

KAPITEL 9

*W*eihnachtsdate mit einem Elch

Samstag, mittags am Heiligen Abend

Wie machen wir das mit den Geschenken? Soll es die heute Abend wie in Österreich oder erst morgen früh wie in den Vereinigten Staaten geben? Feiern wir heute Abend überhaupt irgendetwas oder schaue ich bloß Karen dabei zu, wie sie Sky entweder anhimmelt oder anstänkert?

Mit diesen und weiteren Gedanken war Marina gegen neun Uhr aufgewacht, und sie waren um elf Uhr vormittags noch immer nicht zur Gänze verschwunden, geschweige denn beantwortet. Doch etwas konnte sie dagegen unternehmen: shoppen. Sie brauchte ja noch ein paar Kleinigkeiten für Daniel und die anderen.

Das Frühstück heute war ein Traum gewesen. Dana hatte es sich nicht nehmen lassen und Karen und ihr von Lachs bis gefüllten harten Eiern und Pancakes mit Zimt und Ahornsirup alles Mögliche aufgetischt. Gut, dass sie sich ein wenig die Beine vertrat, denn Marina fühlte sich pappsatt. Komisch war nur, dass Karen sich gleich anschließend wieder mit den Worten »Ich habe Kopfweh und leg mich noch mal ins Bett. Ich melde mich bei dir am Handy, wenn ich wieder fit bin« in ihr Zimmer verzogen hatte. Das war deshalb seltsam, weil Marina keineswegs den Eindruck hatte, dass sie unter Schmerzen litt. Zumindest nicht während des Frühstücks. Karen hatte mehr als sie gegessen und mit Dana gescherzt.

Von Hannah hatte sie bislang nur eine WhatsApp erhalten, dass sie am frühen Nachmittag in die Bar kommen wollte. Auch sie würde sich noch bei ihr melden.

Wie es aussieht, bin ich die Einzige, die keine Lust aufs Bett hat, dachte Marina und sah sich bei den Hütten nach kleinen Geschenken um. Dick in ihre pink-rote Daunenjacke mit der Fellkapuze eingemummt. Natürlich war der Fellbesatz ebenfalls in Pink und unecht, genau deshalb liebte sie diese Jacke. Gut, dass sie das Daunending mitgenommen hatte. Heute fühlte sie sich nach Farbe. Weihnachten sollte schließlich und endlich fröhlich sein.

Sie war schon eine Stunde früher losgegangen, um vor dem geheimnisvollen Date mit Sky ein wenig Zeit zum Einkaufen zu haben.

Und wie immer, wenn sie vor handgemachten Kunstwerken stand, wurde sie sofort schwach. Daher kaufte sie kleine Püppchen für Dana, Sarah und Angel und dann noch Köpfe, ebenfalls von Einheimischen aus einem dunklen Holz geschnitzt und kunstvoll verziert. Marina zahlte, und die junge Verkäuferin wünschte ihr: »Viel Freude damit. Und fröhliche Weihnachten.«

»Danke. Und ebenfalls fröhliche Weihnachten.« Mit dem Papiersack in der Hand stakste Marina zielstrebig an den nächsten Stand.

»Sind die putzig«, entfuhr es ihr.

Kein Wunder. Sie liebte ausgefallenen Christbaumschmuck und besaß bereits eine kleine Sammlung davon. Die beinhaltete Mäuse, die in Cupcakes sprangen oder aus ihnen auftauchten, Weihnachtsnixen und Elfen im Glitzerlook wie auch eine Jukebox in Pink. Daher riss Marina die Augen auf, denn diesen einen Elch, der auf Holzbrettern durch den Schnee ritt, musste sie sofort erstehen. Er erinnerte sie mit seinem leicht dümmlichen, aber verschmitzten Blick an Sky, wenn er Karen ansah. Oder wenn er etwas auszuhecken schien. Sie nahm die Figur von dem Ständer mit silbernen Armen und betrachtete den Anhänger von allen Seiten. Das Tierchen wirkte etwas crazy, wie es da über den Schnee surfte.

»Perfekt. Den nehme ich auf jeden Fall, aber ich muss mich noch ein wenig umsehen.«

Während die Verkäuferin die Glasfigur in Zeitungspapier packte, fand Marina einen zweiten Anhänger für Daniel. Einen Weihnachtsmann, der auf einer Weltkugel ritt. Sie musste lachen, und die Verkäuferin meinte: »Der ist richtig cool.«

»Stimmt! Und er passt perfekt.« Speziell für jemanden, der zwei Häuser besaß, die wie UFOs aussahen. Perfekt war auch das Husky-Gespann für Cole, das Marina nun auf dem anderen dicht bepackten Ständer entdeckte, wie auch einen weiteren Elch für Jack, der wie er eine dicke Mütze samt Schal trug.

Überglücklich, zumindest eine Kleinigkeit für jeden, inklusive Angel, Li und Kirima gefunden zu haben, bummelte Marina mit ihren Geschenken weiter in Richtung Rathaus mit dem nun in bunten Farben erleuchteten Weihnachtsbaum.

Es war ziemlich düster, denn eine dicke Wolkenschicht verhängte den Himmel, aber laut Wettervorhersage sollte die

Nacht sternenklar werden. Das hatte zumindest Dana behauptet.

Als Marina nach vorne blickte, durchzuckte sie ein Blitz. Sie würde es nie zugeben, aber mit ihm ein Date zu haben, machte sie schon den ganzen Vormittag über nervös.

Sky stand vor dem beleuchteten Weihnachtsbaum und sah einfach umwerfend aus. Er trug dicke, hohe Stiefel zu seinen Jeans und dazu einen langen, schwarzen Daunenmantel zu seiner gleichfarbigen Beanie und lachte ihr entgegen. Der breite, gemusterte Schal gefiel Marina auch unheimlich gut. Noch besser jedoch der verschmitzte Blick aus seinen Augen, die er auf sie richtete.

Sie ging auf ihn zu, und er kam ihr entgegen. Doch zu ihrem Erstaunen lief er an ihr vorbei.

Was sollte das jetzt?

»Sky?«, rief sie ihm nach.

Langsam, beinahe in Zeitlupe, drehte er sich um und grinste sie verschmitzt an.

»Nein, du bist nicht mein Date«, erklärte er, während er langsam auf sie zukam. »Ich treffe mich zwar auch mit einer verdammt hübschen Frau, aber die liebt Dunkelgrün und gedeckte Farben. Pink und Rot? Nein. Kann ich mir nicht vorstellen.«

Marina musste laut lachen. Daher wehte also der Wind. Er hatte sie auf den Arm genommen.

»Stimmt. An Tagen, an denen es mir nicht so gut geht, will ich nicht gesehen werden. Da passt Dunkelgrün.«

Er hob die Brauen. »Dann ist das heute also ein guter Tag für dich? Liegt das an mir?«

Lachend schüttelte sie erst den Kopf, gab dann aber zu: »Vielleicht ein bisschen?« So wie ihr Herz klopfte, log sie ihn gerade an. »Aber mehr liegt es wohl daran, dass ich endlich mal ausgeschlafen bin.«

»Es liegt also doch an mir«, konstatierte er. »Pink steht dir übrigens verdammt gut. Ich liebe das Muster.« Dass ihm auch ihr Make-up und die von der Kälte rosigen Wangen gefielen, behielt Sky für sich.

Die ist auch sauteuer gewesen, dachte Marina über seinen Kommentar zu ihrer Jacke, freute sich aber über das Kompliment.

Kaum war Sky direkt vor ihr angelangt, trat er zur Seite und zeigte ihr die Schaufel, die er hinter seinem Rücken versteckt hielt. »Nun lassen wir die Friedensbekundungen, denn ich muss dich leider darüber informieren, dass ich für meinen Sieg gerüstet bin.«

Im ersten Moment wusste Marina weder, was er damit meinte, noch, wozu er eine Schaufel mithatte. Doch es fiel ihr wieder ein. Ihr wurde heiß, und sie grinste. Die Wette!

Aber er wollte sie doch sicher nicht hier verscharren! »Du bist ja lustig. Du hast keinen Elch und glaubst, gewonnen zu haben?«

»Ich *habe* einen Elch. Warts ab.«

»Oh, jetzt verstehe ich«, meinte Marina fröhlich. »Du lässt mich hier einfach so lange warten, bis einer von selbst vorbeikommt. Da das natürlich nie passiert, erfriere ich, und dann hast du leichtes Spiel und buddelst mich ein. So gegen Frühling, wenn der Boden aufgetaut ist.«

Sky liebte das Geplänkel mit ihr. »Da wäre ich ziemlich dämlich, aber andererseits: gute Idee. Nur leider ziemlich unrealistisch. Sieh mal zur Hauptstraße rüber.«

Marina drehte sich um, und tatsächlich kam ein nicht allzu großer Elch auf sie zu.

»Nicht wahr!«, schrie sie auf und klatschte sich selbst die Hände an die Wangen.

Das Moose trug ein mit rot-grünen Wollbällchen geschmücktes Geschirr und zog einen Schlitten, der an einen

tiefergelegten, silbernen Thron erinnerte, auf dem Cole saß.
»Na klar! Du hast Cole angeheuert. So kann ja jeder seine
Wette gewinnen.«

Sie musste sich zusammenreißen, um nicht nur von einem
Ohr zum anderen zu strahlen, denn sie freute sich wie ein
Kind, endlich mal einen echten Elch zu sehen. Und er sah so
süß aus mit seinen langen, dünnen Beinen, dem dunkelgrauen
Fell und den samtigen Hörnern, oder wie immer man das
nannte. Dazu die großen schwarzen Augen. Und das weihnachtliche Geschirr erst!

Marina konnte sich gar nicht an dem Tier sattsehen. Doch
zu nahe kommen wollte sie ihm auch nicht. Sie hatte ja keine
Ahnung, wie zahm oder nicht so ein Moose war.

»Was hältst du davon: Du erkennst meinen Sieg an, ich
verzichte auf die Sache mit der Schaufel, aber dafür drehen
wir eine Runde mit dem Schlitten?«

Genau das wollte sie!

»Überredet. Aber nur wegen Cole, weil der sich die Mühe
gemacht hat und weil ich ja sonst nichts zu tun habe.«

»Du wirst lachen. Ich habe hier auch nichts zu tun, außer
darauf zu achten, dass weder meine Finger noch meine
Stimme einfrieren.« *Und dich endlich ins Bett zu bekommen.*
Daran dachte Sky schon, seit er aufgewacht war. Aber es war
nicht nur der Sex mit ihr, den er sich andauernd und immer
wieder unterschiedlich vorstellte. Er hatte das Verlangen, sie
glücklich zu machen. Ihr ein unvergessliches Weihnachtsfest
zu bescheren und sie lachen zu sehen. Dafür war er bereit,
seine Triebe sogar hintanzustellen, was ihn verwunderte.
Aber er hinterfragte es nicht, denn sie zu sehen, hier mit ihr
zu sein, etwas Ausgefallenes zu unternehmen, all das war für
den Moment berauschend genug. Und er fühlte sich so
entspannt und locker wie schon lange nicht mehr.

. . .

Marina legte den Kopf schief, da das Moose näherkam. Dann brachte Cole es zum Stehen. Er stieg aus dem Schlitten und begrüßte Marina, die sofort wissen wollte: »Darf ich ihn streicheln? Oder ist er eine sie?«

Cole grinste. »Er ist ein Bulle. Und was das Streicheln betrifft: Kommt darauf an, wie sehr du an deinen Händen hängst?«

Sofort zuckte Marina zusammen und trat einen Schritt vom Elch weg.

»Hey! Das war nur Spaß. Klar kannst du. Amak ist bei mir aufgewachsen, weil irgendein Idiot wohl seine Mutter erschossen hat.«

»Wie traurig!« Schon stand sie neben dem gewaltigen Kopf und fuhr dem Tier sanft über die schwarze Schnauze. Erst schien das Moose es zu genießen, dann schüttelte es seinen Kopf, was Marina so erschreckte, dass sie nach hinten hopste.

»Das macht er immer«, erklärte Cole ungerührt und tätschelte ihn am Nasenrücken.

»Okay. Verstehe.« Marina kam wieder näher, und Sky bot ihr die Hand an.

»Wollen wir?«

»Absolut!« Das würde so was von abgefahren werden! Eine Runde mit einem Elch! Nicht zu fassen, dass Sky das für sie organisiert hatte.

Dankbar strahlte sie ihn an, bevor er ihr galant in den Schlitten half. Marina nahm sofort die dicke Felldecke, die Cole ihr reichte, und dann setzte sich Sky direkt hinter sie. Allerdings drückte er zuvor noch Cole seine Schaufel in die Hand. »Ich denke, die verwahrst in der Zwischenzeit besser du. Aber wirf sie nicht weg, möglicherweise brauche ich sie noch.«

»Oder ich«, ergänzte Marina kichernd.

Sky zwängte sich hinter sie, daher musste Marina wohl oder übel zwischen seinen Beinen sitzen und sich an ihm anlehnen, denn das Ding war ziemlich eng. *Schmäler hätten sie den Schlitten ja wohl nicht bauen können!*

»Mach ich. Gut, dann überlass ich dir mal Amak. Aber sei vorsichtig, Sky. Amak bedeutet ›verspielt‹, und genau das ist er. Wenn du die Zügel nicht straff hältst, macht er, was er will.« Damit übergab er Sky die Riemen. »Habt Spaß und fahrt nicht zu weit raus.«

Sky grinste. »Keine Sorge.«

»Moment! *Du* willst uns kutschieren? Also, da steige ich wohl besser wieder aus. Schließlich will ich Weihnachten heute Abend noch erleben.«

Marina stand auf, fiel aber sofort wieder nach hinten, denn Sky schnalzte einmal kurz die Zügel und rief: »Amak! Go!«

Und schon trabte der dunkelgraue Elch folgsam los, und Marina richtete ihre Kapuze, da sie völlig verrutscht war und ihr Gesicht bedeckte.

Dann drehte sie sich zu ihm um.

»Na, super. Das ist ja Kidnapping«, erklärte sie Sky und blickte ihm dabei tief in die Augen, was den völlig falschen Effekt hatte. Aus irgendeinem Grund lief es ihr heiß über den Rücken, und ihr Bauch kribbelte. Außerdem musste sie kurz wegsehen, weil sie das Gefühl hatte, er schaute ihr mitten ins Herz. Vielleicht noch tiefer.

»Ja, da könntest du recht haben. Vielleicht hoffe ich auf das Stockholm-Syndrom?« Sky neigte den Kopf ein wenig zur Seite, als er sie musterte, was bei Marina den nächsten heißen Schauer auslöste. *Aber besser als zu frieren,* dachte sie, denn es war mehr als saukalt. Dann grübelte sie darüber, wie er das gemeint hatte. *Will er denn, dass ich mich in meinen Entführer verliebe? Hat er sich in mich verliebt?*

Kann nicht sein, sagte sie sich selbst. *Das war sicher bloß wieder ein Scherz.*

»Dann hoff mal weiter. Aber wenn wir schon durch den Schnee fahren, könnten wir doch auch bei dem Eislaufplatz vorbeischauen, oder? Der soll am Ende der Hauptstraße liegen.«

»Aber sicher.«

Eine Weile trabte Amak gemütlich vor sich hin, und die beiden genossen schweigend die Umgebung, die langsam an ihnen vorbeizog. Marina versuchte zu ignorieren, dass sie an seine Brust gelehnt dasaß, seine Hände rechts und links neben ihr die Zügel hielten und sie jeden seiner Atemzüge in ihrem Nacken spüren konnte. Oder noch schwieriger zu übergehen: an ihrem Ohr.

Sie konzentrierte sich darauf, den Elch und die Häuser zu betrachten.

Nur vereinzelt sahen sie jemanden aus dem Ort, und wenn, hoben sie grüßend die Hand. Sky schaffte es, mit dem Gespann eine Runde um den Eislaufplatz zu fahren, der nichts anderes als ein zugefrorener Teich war. Da heute Weihnachten war, herrschte dort reger Betrieb, und Kinder, wie auch einige Erwachsene, drehten zu lauter Weihnachtsmusik ihre Runden am spiegelglatten Eis. Für die Einheimischen schien so ein Elch-Schlitten nichts Außergewöhnliches zu sein, nur die allerkleinsten Kinder liefen auf sie zu, sodass Sky dreimal anhielt, damit sie das Tier bestaunen konnten.

»Das ist aber sehr idyllisch«, bemerkte Marina. »Nicht wie bei uns, wo jeder super gestresst ist und keine Zeit für gar nichts hat.«

»Stimmt. Warte mal.«

Sky brachte Amak ein weiteres Mal zum Stehen und erhob sich hinter ihr.

»Was hast du denn jetzt wieder vor?« Ungeschickt stand

auch sie auf, und er schob sich an ihr vorbei, hielt aber die Riemen fest in der Hand.

»Ich hole uns da drüben am Stand einen Punsch. Das wärmt auch die Finger.«

»Oh, gerne! Soll ich Amak in der Zwischenzeit halten?«

»Wenn du dir das zutraust?«

Das tat sie nicht, sagte jedoch: »Aber klar!«

Marina wollte ihm beweisen, dass auch sie den Mut hatte, es mit einem zahmen Elch mit großen schwarzen Augen aufzunehmen. Vielleicht auch mit einem weniger zahmen Rockstar mit bernsteinfarbenen Augen?

Eindeutig. Sky brachte sie durcheinander.

Forsch nahm sie ihm die Zügel ab und redete auf das Tier ein.

»Sehr gut. Ich bin gleich zurück.«

Sky stapfte durch den Schnee zu einer mit Zweigen, roten Kugeln sowie bunten Lichtern dekorierten Holzhütte, aus der ihm warme, herrlich nach Weihnachten duftende Luft entgegenströmte. Tief sog er den Geruch von Zimt und Beeren ein und bestellte zwei alkoholfreie Punsch.

Mit den Bechern in der Hand kehrte er zu Amak zurück, der etwas unruhig hin und her tänzelte.

»Hier! Eine kleine Stärkung für meine Lady in Pink«, meinte er grinsend und hielt ihr das Getränk in den Schlitten.

Doch ein plötzlicher Knall ließ nicht nur ihn zusammenzucken, sondern auch das Moose.

»Nein!«, schrie Marina auf, die nach hinten gefallen war, während Amak bereits lostrabte.

Irgendwie schaffte sie es, ihre Kapuze aus dem Gesicht zu schieben, ohne dabei die Zügel loszulassen, denn das musste sie um jeden Preis verhindern.

Sky, der im ersten Schock wie gelähmt einfach nur dagestanden war, warf die Becher auf den Boden und rannte den beiden rufend nach: »Amak! Stop! – Amak! Bleib stehen! Sofort!«

Doch das war dem Elch so was von egal. Ihm gefiel es, durch den weichen Schnee zu laufen.

»Ruhig, Großer!«, hörte er Marina so gestresst rufen, dass Amak bloß das Gegenteil davon verstehen konnte, wie Sky fand.

»Stop! Bleib stehen«, schrie Sky wieder laut und sehr energisch von hinten.

Marina stand im Schlitten auf, um besser auf Amak einreden zu können, doch er lief just in diesem Augenblick eine Kurve um den Teich, sodass sie seitlich hinauskippte. Zwar ließ sie einen gellenden Schrei los, aber geistesgegenwärtig nicht die Leinen. Unglücklicherweise zog Amak sie daran nun durch den frischen Schnee.

»Marina!« Sky sprintete auf sie zu.

Ein fremder Mann, der auf einer Bank gesessen war, stürzte auf Marina zu und riss ihr die Zügel aus der Hand. Im nächsten Moment brachte er Amak zum Stehen.

»Das war aber ein Stunt«, bemerkte er, während Marina sich aufrappelte und sich den Schnee aus Gesicht, Jacke und Jeans klopfte.

»So fühle ich mich auch! Aber ist zum Glück gut ausgegangen. Danke, dass Sie mich gerettet haben«, erwiderte sie noch etwas atemlos dem alten Mann, der oben bloß einen Schneidezahn übrig hatte, wie sie sah, weil er sie anlachte.

»Kein Ding. Ich bin übrigens Wilson. Aber ja, das war knapp. Amak ist recht ängstlich, wenn geschossen wird.« Der alte Mann mit der Bärenfellmütze streichelte Amak am Hals. »Guter Junge«, sagte er immer wieder, was den Elch zu beruhigen schien.

»Hab ich bemerkt«, grummelte Marina zurück, als Sky auf sie zustürzte und sie fest an sich drückte.

»So ein Glück! Wenn Sie nicht gewesen wären, Wilson! Vielen Dank! Nicht auszudenken, du wärst ja beinahe unter den Schlitten gekommen, Marina.« Er strich noch einige Male über ihre Jacke und die Mütze unter der Kapuze, um sie von den Schneeresten zu befreien. Kein Wunder, dass sie leicht geschockt wirkte. Doch zu seinem Erstaunen grinste Marina plötzlich breit.

»Schon okay. Ist ja nichts passiert. Aber jetzt könnte ich einen Schluck heißen Punsch vertragen.«

Sky deutete nach hinten. »Der liegt dahinten im Schnee. Aber ich hole noch welchen. Könnten Sie bitte Amak noch kurz halten, Wilson?«

»Klar«, erwiderte der alte Mann. »Ihr dürft vor ihm keine Angst haben, denn wie ihr gesehen habt, ist er selbst ein wenig ängstlich.«

»Leichter gesagt als getan«, meinte Marina. »Immerhin ist er ja nicht gerade klein.«

»Ach! Es gibt weit größere Elche. Amak ist noch nicht so alt.«

»Woher wussten Sie, dass das Amak ist?«, wollte Sky wissen.

»Den kennt jeder. Ein paar Jäger haben ihn im Frühjahr vor zwei Jahren verletzt gefunden und wollten ihn erschießen, aber da Cole mit auf der Jagd war, hat er einen Riesenaufstand gemacht, und sie mussten ihn bei ihm abladen. Die Mutter hat ein Wilderer erschossen, daher hat Cole Amak gesund gepflegt, und seitdem lebt er bei ihm.« Der alte Mann neigte seinen Kopf zur Seite. »Das ist das Problem mit Cole. Ihn auf die Jagd mitzunehmen, bringt Unglück.«

Marina schüttelte den Kopf. »Das verstehe ich nicht. Es ist doch schön, wenn er sich um verletzte Tiere kümmert?«

»Ja, ist es. Aber er ist ein Nachfahre der Kaigani Haida, da sollte er wohl fischen und jagen können. Seine Vorfahren drehen sich im Grab um! Wo gibt es denn so etwas? Rettet ständig die Tiere, statt sie zu erlegen. In alten Zeiten wäre der Junge verhungert.« Wilson verstand hin und wieder die Welt nicht mehr. Cole entstammte doch einem der ältesten Stämme Alaskas mit einer langen Tradition als versierte Fischer, Seefahrer und Jäger. Die Haida waren in ihrer gesamten über zwölftausend Jahre andauernden Geschichte nie zimperlich gewesen, aber auch nicht bösartig zu den Tieren. Sie mussten jagen, um zu überleben. Heute war natürlich alles anders. Da holte man sich das Essen aus dem Supermarkt.

Er schüttelte den Kopf. *Ja, die Zeiten haben sich geändert.* Vermutlich war es gut so.

Nun … Dazu konnten weder Marina noch Sky etwas Sinniges sagen, und sie wollten es auch nicht weiter ausdiskutieren, denn beide waren der Ansicht, dass das ein wundervoller Charakterzug von Cole war.

Daher wechselte Sky das Thema: »Ich hole mal schnell frischen Punsch. Darf ich Ihnen auch einen bringen, Mister Wilson?«

»Nicht Mister Wilson, nur Wilson. Du bist Sky, der Musiker, nicht?«

Sky schüttelte ihm die Hand. »Der bin ich. Okay, freut mich, Wilson. Also: Wie wäre es mit einem Punsch?«

»Gerne. Aber nicht das süße Beerengesöff, sondern bitte einen für Männer.«

»Klar.«

»Für mich auch einen für Männer«, schloss sich Marina an, was ihr eine hochgezogene Augenbraue von Sky einbrachte.

»Wenn du darauf bestehst?«

Wilson grinste. »So gehört sich das, junge Lady.«

Sky lief durch den Schnee zurück zur Punschhütte und hob am Weg die Becher auf. Der Schnee ringsum war rot gefärbt, was nicht wirklich schön aussah. Daher schob er mit seinen Stiefeln frischen weißen Schnee darüber, der das meiste der Bescherung nun bedeckte.

Diesmal schaffte er es unfallfrei mit den drei Bechern zurück zum Schlitten. Er ging aber auch langsam, um nichts zu verschütten. Die Weihnachtsmusik, die aus zwei Lautsprechern erklang, die auf Holzpfosten aufgehängt waren und links und rechts am Teich standen, war sehr stimmungsvoll. Er hätte lieber jazzige Versionen gehört, aber was sollte es. Trotz des kleinen Missgeschicks war Sky heute in so guter Stimmung wie schon lange nicht mehr. Ihm genügte der Umstand, dass er bester Laune und Marina nichts passiert war.

»Mmmh! Ist der aber gut. Das habe ich jetzt gebraucht«, schwärmte Marina nach dem ersten Schluck von dem Punsch aus Beeren, Wein und einem Schuss Rum, gewürzt mit Nelken, Zimt und Mandelsplittern sowie einem Hauch von Orange. Auch Wilson kam das heiße Getränk sehr gelegen, denn er hatte den Kaffee in der Thermoskanne bereits ausgetrunken. Schließlich saß er schon seit Stunden in oder vor der Hütte und betreute den Schlittschuhverleih.

»Freut mich«, erwiderte Sky, der für sich selbst einen Kinderpunsch erstanden hatte. Er trank nicht mehr viel Alkohol und hatte es zum Glück im Griff. »Dann würde ich vorschlagen, wir starten einen zweiten Versuch.«

»Gerne.« Marina lächelte und fühlte sich nun wohlig warm. »Ich möchte aber steuern.«

»Du denkst, ich lege mein Schicksal einfach so in deine Hände, nach dem, was dir gerade mit Amak passiert ist?«

»Ja, denke ich. Es sei denn, du willst allein eine Runde drehen?«

»Okay. Überredet, aber nur, weil heute Weihnachten ist.«

Sie bedankten sich noch einmal bei Wilson und setzten sich wieder in den Schlitten. Erst als sie sich in die Decke gepackt hatten, übergab er ihr die Zügel. Dann klopfte der alte Mann Amak noch auf den Rücken. »Guter Junge! Und jetzt zeig, dass du ein Gentleman bist, denn die kleine Lady kennt sich hier nicht so aus.«

Sky grinste. »Danke, Wilson! Also, wir sehen uns!«

»Ja! Bis bald!« Dann lupfte Marina die Zügel, wie sie es zuvor bei Sky gesehen hatte, und Amak setzte sich in Bewegung. »Super! Du bist ja ein Braver«, lobte sie ihn. Aus Übungsgründen drehte sie eine Runde um den Eislaufplatz.

»Äh, wollen wir nicht hinaus in die Natur?«

»Das hier ist doch Natur, und außerdem spielen sie gerade mein neues Lieblingsweihnachtslied.«

Sky, der sie unter der Decke umarmt hielt, denn anders ging es gar nicht, drückte sie ein wenig an sich heran. »Bist du sicher? Das ist doch mein Song?«

Marina sah lächelnd nach hinten. »Ich weiß. Aber heute ist Weihnachten, wie du bereits erwähnt hast.«

»Verstehe. Danke, aber du musst mir nicht schmeicheln, ich halte ohnehin nichts von Weihnachten.«

»Ich weiß, aber *ich* halte etwas von Weihnachten. Ich liebe dieses Fest, und genau das drückt dein Song aus.« Sie konnte ihn nicht ansehen, weil sie sich konzentrieren musste, fuhr aber fort. »Und genau deshalb mag ich ihn. Ich kann mir allerdings nicht vorstellen, wie ein Weihnachtsmuffel wie du so etwas hinbekommt.«

»Tja, in mir steckt mehr, als man äußerlich erahnen mag.«

Das ließ sie erst einmal unkommentiert, denn sie musste sich auf die Manöver konzentrieren. Und auf ihr Herz. Das knisterte, polterte und hüpfte nämlich, was dazu führte, dass auch ihr restlicher Körper annahm, er wäre in der Karibik. So heiß war ihr geworden.

Marina schaffte es, Amak hinaus auf die Straße zu lenken, und kurz danach bog sie in einen Waldweg ab. Sie wollte mehr von ihm erfahren, und das hier war die perfekte Gelegenheit dafür.

»Und was genau hast du vorhin damit gemeint? Was steckt in dir, was man nicht gleich auf den ersten Blick sieht?«

Sky beugte sich nach vorne und sprach in ihr Ohr. »Mein Talent, Menschen zu beobachten. Darin bin ich genau so gut wie beim Liederschreiben. Und dann ist da natürlich noch meine unheimliche Gabe, Frauen in die Flucht zu schlagen.«

»Und darauf bist du stolz?«, krächzte Marina nicht nur, weil die Luft kühl war, sondern weil sie seine Stimme und seinen Atem am Ohr quasi auch ganz südlich an ihrem Körper spüren konnte.

Sky grinste aus gänzlich anderen Gründen, was Marina nicht sehen konnte. »Dass ich nicht auf Goldgräberinnen hereingefallen bin wie viele andere? Ja, darauf bin ich stolz. Sehr sogar.«

Zwar wehrte sich alles in Marina, und dafür gab es vielerlei Gründe, aber sie musste diese Chance für ihre beste Freundin nutzen. Es war egal, welches Kribbeln er in ihr auslöste, darum ging es hier nicht. Darum durfte es nicht gehen.

»Glaub mir, Karen ist bestimmt keine Goldgräberin. Im Gegenteil. Sie arbeitet hart für ihren Erfolg, und sie ist super-intelligent. Also ganz sicher keine Tussi.« Und dann drehte sie sich zu ihm um, weil es ohnehin bloß geradeaus ging, und schlug ihm vor: »Wir könnten zum *Golden Moose* fahren, und du drehst noch eine Runde mit ihr! Karen würde das sicher auch gefallen.«

. . .

In Sky zog sich alles zusammen. Karen interessierte ihn nicht die Bohne, und er verstand überhaupt nicht, warum Marina diesen an sich ziemlich perfekten Moment durch diese Diskussion zunichtemachen wollte. Konnte sie nicht einfach die schneeverhangenen Bäume und Dächer genießen, die bunten Lichter und Kränze an den Türen bestaunen, an denen sie in diesem Waldstück vorbeifuhren, oder einfach den Hintern von Amak anstarren, wie er gelassen vor sich hertrottete, so wie er es tat? »Okay, ich denke, wir müssen da etwas klären.«

Marina drehte sich erstaunt nach hinten. »Was willst du denn klären?«

Er sah sie ernst an und hob eine Braue.

»Deine Freundin ist sexy, sicher intelligent und nett. Aber ich bin nicht an ihr interessiert.« Ihm lag auf der Zunge ›wie auch an keiner anderen außer dir‹, er verkniff sich aber den Satz. Doch er wusste, dass er stimmte. Vielleicht noch mehr als ein paar Sekunden zuvor, gerade weil sie ihre beste Freundin anpries, obwohl er das Gefühl hatte, dass auch sie durchaus an ihm interessiert war. Für ihn stand auf jeden Fall fest: Marina oder keine.

Im Grunde sind wir Männer primitive Jäger und haben uns in all den Jahrtausenden nicht weiterentwickelt, konstatierte er innerlich, musste aber schmunzeln. *Auch gut. Es ist, wie es ist. Und ich will sie.*

Außerdem verzauberte ihn ihr Lächeln, denn sie hatte einen beinahe perfekt geschwungenen Mund, und das ohne Schönheitsoperationen, denn die erkannte Sky sofort. Außerdem fand er es amüsant, dass Marina ständig mit irgendeiner Haarsträhne kämpfte, die ins Gesicht fiel, und die Art, wie sie sprach. Es war nicht das superhysterische

Gackern und übertrieben hohe und laute Gequatsche, das ihn üblicherweise in die Flucht trieb. Ihre Stimme war relativ tief und kraftvoll. Für einen musischen Menschen wie ihn geradezu eine Wohltat. Eine Frequenz, die in seinem Herzen mehr als angenehm resonierte. Wie auch das, was sie sagte. Sie hatte Humor, war nicht zickig, aber auch nicht prüde. Marina schien sich in ihrer Haut wohlzufühlen, speziell heute, was ihm gefiel.

Junge, du musst dich in Acht nehmen, ermahnte er sich. Doch das sollte kein Problem sein, ihm war ja bewusst, dass sie eine gewisse Anziehung auf ihn ausübte.

Mitten in die durch seinen Kopf jagenden Gedanken meinte Marina: »Okay, okay. Ich hatte nicht vor, euch zu verkuppeln. Also keine Sorge, wenn du der einsame Cowboy bleiben willst, dann tu es einfach.«

»Oh, das bereitet mir keine Kopfschmerzen, denn das werde ich! Aber was ist mit dir? Mir scheint, du bist auch nicht an einer Beziehung interessiert?«

Schmunzelnd schüttelte Marina den Kopf. »Nein, bin ich nicht. Ich habe die Nase gestrichen voll von Männern, glaub mir.«

Wenn es einen Satz gab, den eine hübsche Frau sagen konnte, um das Interesse beim anderen Geschlecht zu maximieren, dann war es dieser. Und er wirkte. Dabei war er schlicht und ergreifend gelogen. Das wusste Marina. Aber für die Wahrheit war sie nicht bereit. Weder vor sich selbst, noch vor ihm.

Sky erwiderte zwar: »Schade für die Männerwelt, aber ich verstehe dich. Männer sind mühsam.«

Insgeheim jedoch dachte er: *Das werden wir ja sehen.*

· · ·

»Mühsam? Alle, die ich kenne, sind egoistisch und uncharmant. Von romantisch ganz zu schweigen. Darauf habe ich echt keine Lust mehr.«

Inwieweit das auch auf Sky zutraf, da war Marina sich nicht so sicher. In manchen Momenten benahm er sich wie ein selbstverliebter Superstar, so wie gestern, als er die Autogramme geschrieben und für die Fotos posiert hatte, in anderen wie der attraktive Nachbar von nebenan. So wie vorhin mit Wilson. Im besten Fall war er Letzteres, im schlimmsten gleichzeitig Dr. Jekyll und Mr. Hyde.

»Nachvollziehbar. Wäre ich eine Frau, würde ich auch lieber Single bleiben.«

»Klar, du würdest dich als jedes Geschlecht für das Alleinsein entscheiden. Sollen wir da vorne nach rechts oder nach links?«

Die Reste von Moose Creek hatten sie hinter sich gelassen, und vor ihnen erschien eine Kreuzung. Keiner der beiden verschneiten Wege an der Gabelung wirkte attraktiver als der andere. Sicher war nur, beide führten tiefer in den Wald.

»Rechts«, entschied Sky.

»Ach. Und wieso?«

»Gut, dann links.«

»Siehst du, das ist typisch Mann. Die entscheiden ohne Kriterien als Grundlage. Aber wenigstens bleibst du flexibel.«

»Wow! Dann habe ich ja zumindest eine gute Eigenschaft?«

»Sieht so aus. Wir nehmen links«, wählte Marina und lenkte Amak durch den Hohlweg, der richtig romantisch aussah. an einigen der dick mit Schnee verhangenen Äste hingen sogar Eiszapfen. Amak streifte einen, und es schneite auf die beiden herab.

»Links war eine gute Entscheidung, mir war schon heiß geworden«, ätzte Sky.

»Sorry, aber umdrehen kann ich hier nicht.«

»Auch sorry, aber mir ist kalt. Betrachte es nicht als Annäherungsversuch, sondern als Überlebensmaßnahme, wenn ich dich noch näher an mich ziehen muss.«

»Geht in Ordnung«, meinte Marina, denn auch ihr war ziemlich kühl geworden. »An der nächsten Lichtung wenden wir und machen uns auf den Weg nach Hause.«

»Guter Plan.«

Er zog sie eng an sich und legte seinen Kopf an ihre Schulter. Marina blickte nach hinten, sah aber nur sein Haar. Nie im Leben würde sie zugeben, wie sehr sie es genoss, seinen Körper an ihrem zu spüren. *Das ist bloß, weil er wärmt,* redete sie sich ein.

»Übrigens, danke noch einmal für die Überraschung mit dem Elch. Ich wusste gar nicht, wie cool so eine Schlittenfahrt sein kann.« Sie hatte vor, über nichts Wichtiges zu quatschen, um zu übergehen, dass er ihr ständig ins Ohr hauchte.

»Gern geschehen. Aber tu nicht so, als wäre es so einfach, dich glücklich zu machen«, raunte Sky in einem Tonfall, der verdammt sexy klang.

»Du würdest dich wundern, wie einfach das ist«, erwiderte Marina ehrlicher als beabsichtigt und meinte damit, ihn an ihren Körper gepresst zu spüren. Dann schoss ihr durch den Kopf: *Und solange mir keiner vor seiner Mama einen unromantischen Antrag macht!*

Sky wunderte sich keineswegs über ihre Aussage, sondern darüber, wie gut es sich anfühlte, sie eng in seinen Armen zu halten und die Wärme ihres Körpers an seiner Brust und rechten Gesichtshälfte zu spüren. Eine Weile lauschte er seinem eigenen Herzschlag, dann widmete er seine Aufmerksamkeit wieder der vorbeiziehenden Landschaft. Auch wenn er kein Freund dieser Kälte war, so verzauberte ihn doch die absolute Stille. Nichts war zu hören, außer dem Knirschen, das Amaks Hufe auf dem frischen Schnee erzeugten. Faszinierend.

Gut eine Viertelstunde später durchbrach er selbst die Melodie des Schweigens, die er so genoss. Das war das Problem und gleichzeitig Inspirierende an Städten. Sie waren laut. Wie Musik. Das hier war anders, aber nicht weniger magisch. Dennoch … Er wollte etwas von Marina wissen, das ihm durch den Kopf gegangen war: »Bist du gerne Single?«

Marina zuckte zusammen, denn sie hatte ebenfalls bedächtig dem Wald gelauscht. »Äh, ja.«

»Okay, und was magst du daran am meisten?«

»Ich denke, dass niemand mich herumkommandiert und an mir ständig etwas auszusetzen hat. Ich komme ganz gut allein zurecht und brauche keinen Mann, der meint, die Intelligenz und Weisheit mit Löffeln gefuttert zu haben.«

»Spannend«, murmelte er hinter ihr. »Ich habe dich danach gefragt, was du magst, und du hast mir gesagt, dass du die Abwesenheit von etwas Negativem gut findest. Gibt es auch etwas Positives am Alleinsein?«

Kurz musste Marina schlucken. Sky hatte völlig recht. Im Grunde liebte sie am Singlesein das Nichtzusammensein mit Tilmann. Das war mit Abstand das Beste daran. »Du hast recht, aber es gibt auch etwas Positives: Ich kann so spontan sein, wie ich es eigentlich immer gerne war und bin. Und deshalb bin ich hier.« Sie fühlte, wie seine Hände fester ihren Bauch drückten. Um davon abzulenken, stellte sie die Gegenfrage: »Und du? Warum bist du so gerne allein?«

»›Allein‹ ist der falsche Begriff, denn das bin ich so gut wie nie. Meistens sind zehn oder mehr Leute um mich herum.

Aber ich denke, ich sehe das ähnlich wie du: Ich kann meine eigenen Entscheidungen treffen und muss nicht auf jemanden Rücksicht nehmen, der lieber mit mir bei einem Event angibt, als hier mit dem Schlitten durch den Wald zu fahren, wo uns niemand sieht.« Für einen Moment schloss Marina die Augen. Der Tonfall. Seine Stimme. Die Art, wie er den letzten Teil ausgesprochen hatte, fühlten sich wie eine Liebeserklärung an.

Dann öffnete sie ihre Augen wieder. *Das war natürlich keine,* schalt sie sich. Mit fester Stimme meinte sie: »Wenn alle deine Ex-Freundinnen so waren, dann spricht das in deinem Fall dafür, dass du ein Händchen für Tussis hast.« Sie seufzte. »Und ich anscheinend eines für Machos. So gesehen ist es für uns beide besser, Single zu sein.«

Statt sofort zu widersprechen oder einen Scherz zu machen, was Marina erwartet hatte, beugte er sich zu ihrem Ohr. »Aber du bist keine Tussi und ich hoffentlich kein Macho. So gesehen hätten wir uns beide doch etwas Besseres verdient, denkst du nicht?«

Der Moment war Marina ganz eindeutig zu steil, denn sie erhob sich und gab Amak den völlig sinnbefreiten Befehl: »Gerade aus, Großer! Und nicht so schnell.«

Sky hinter ihr schmunzelte. So langsam und gemütlich, wie der Elch gerade dahinlief, war er überhaupt noch nicht gelaufen. Also konnte es nur an dem gelegen haben, was er ihr gesagt hatte.

»Du magst es also lieber langsam?«, stellte er für Marina eindeutig zweideutig fest.

»Kommt darauf an«, erwiderte sie nicht ohne Absicht. »Für die Schlittenfahrt finde ich es auf jeden Fall besser so.«

Sollte er daraus entnehmen, was er wollte.

Und das tat Sky.

Indem er den Satz einfach stehenließ und weiter seinen Gedanken nachhing.

Aber natürlich kam auch er zum Schluss, dass es an Weihnachten, an der Schlittenfahrt und daran liegen musste, dass er schon länger keine Affäre mehr gehabt hatte. Es konnte ja nicht sein, dass er sich ausgerechnet mitten in Alaska in eine Österreicherin verliebte. Noch dazu in eine, die fürs Fernsehen arbeitete. Er hasste Journalisten, auch wenn er wusste, wie sehr er sie brauchte. Aber sie ihn ebenso. Daher war es eine Art Hassliebe, die sie verband, und mit einigen Musikredakteuren hatte er in der Vergangenheit schon mal einen ganz amüsanten Abend in einer Bar verbracht. Aber das war bei Marina natürlich nicht das Thema.

Irgendetwas in seinem Kopf, oder aber weiter südlich, wollte sie definitiv nicht in einer Bar, sondern im Bett. Mit ihm. Doch das wäre ein Fehler. Wegen Daniel und seiner Freundschaft mit Hannah und Cooper. Sky brauchte keine Verstrickungen. Sein Leben mit sich selbst und seinen Gedanken war anstrengend genug.

Daher löste er seine Arme von ihr und verschränkte sie über der Brust.

Da Marina nicht reagierte, war es wohl das Richtige.

Ein paar Minuten später erreichten sie eine kleine Lichtung, und Marina konnte Amak mit gutem Zureden und offensichtlich dem richtigen Zug an einem der Zügel dazu bewegen, in einem sanften Kreis umzudrehen.

Das Moose schaute nach rechts und links, wusste jedoch sofort, dass es wieder nach Hause ging, und beschloss, einen Zahn zuzulegen.

»Du meine Güte! Nicht so schnell«, rief Marina, doch das

war dem jungen Elch völlig egal. Zwischendurch musste sie sogar aufstehen, und Sky hielt sie an der Hüfte fest, damit sie nicht nach vorne aus dem Schlitten geschleudert wurde.

Beinahe ausgelassen jagte Amak zwischen den Bäumen dahin, was dazu führte, dass sie immer wieder mal eine Ladung Schnee abbekamen, die Sky dann wegzuputzen versuchte. Eine Sisyphus-Tätigkeit, denn kaum waren die braune Felldecke und Marinas Wollmütze von den Flocken befreit, schneite es schon wieder auf die beiden. Doch zum Glück nahmen sie es mit einer Portion Humor.

»Ich nenne dich ab sofort Frau Holle!«

»Ach?« Marina lachte auf, ihre Backen waren mittlerweile rot vor Kälte. »Und wer bist dann du?«

»Das fragst du noch? Apollo natürlich, Gott der Musik und des Lichts.«

Hätte Marina eine Hand freigehabt, würde sie ihm jetzt einen Klaps auf seinen Arm geben, der um ihren Bauch geschlungen war. Aber sie musste ja die Zügel halten. »Ich kann mich nicht erinnern, dass Apollo bei Frau Holle vorkam.«

»Das habe ich auch nicht behauptet. Aber sie war quasi Mutter Natur, da passt ein Gott wie Apollo ganz gut dazu, meinst du nicht? Irgendeiner muss schließlich dafür sorgen, dass es auch ein wenig lustig« – *oder romantisch* – »wird.«

Marina bog aus dem Waldstück hinaus auf die Hauptstraße. Oder Amak tat es von sich aus. Der Beweis war schwer zu erbringen.

»So gesehen kannst du dich gerne wie Apollo fühlen. Sieh mal, wir sind schon fast wieder beim Rathaus.« Und darüber war sie erleichtert. So unglaublich toll es war, mit einem Elch durch den Wald zu fegen, die Achterbahn an Gefühlen, die Sky in ihr auslöste, reichte ihr. Es war gut, wenn sie den Rest des Tages getrennt verbrachten. Also zumindest einen Meter Abstand zwischen ihren Körpern hatten.

Als sie den belebten Teil der Hauptstraße erreichten, jubelten ihnen jede Menge Kinder und auch Erwachsene zu. Gerade so, als wären sie eine Weihnachts-Showeinlage. Das Glück war, dass Amak Menschen anscheinend mochte und nun stolz, aber gemächlich dahintrabte. Gerade so, als ob er von allen bewundert werden wollte.

»Wohin sollen wir Amak bringen?«

»Bringen? So wie ich das sehe, weiß er, wo sein Stall ist.«

»Egal, aber ich weiß es nicht. Also? Wo ist er?«

»Da vorne links. Das dritte Haus rechts ist die Scheune, wo er und die Rentiere stehen.«

»Rentiere hat Cole auch?«

»Hat er. Und die kommen heute ebenfalls zum Einsatz.«

Geschickt lenkte Marina Amak die Straße entlang und bog dann in den kleinen Weg ein. Zumindest freute sie sich darüber, dass er tat, was sie wollte, und lachte übers ganze Gesicht.

»Da seid ihr ja!«, rief ihnen Cole zu, der gerade aus der großen Holzhütte kam.

»Brrrhhh, bleib stehen, Großer! Wir sind zu Hause.« Marina zog an den Zügeln. Sofort blieb Amak stehen, aber nicht wegen ihrer wirren Befehle, sondern weil Cole die Hand hob.

Er nahm ihr die Zügel ab und half Marina aus dem Schlitten. Ihr fiel erst jetzt auf, wie steif sie war. Nach ihr sprang Sky aus dem Gespann, aber auch er spürte, dass seine Gliedmaßen klamm von der Kälte waren.

»Mann, ihr schaut ja halb erfroren aus. Geht mal schnell rein und wärmt euch auf.«

»Danke«, meinte Marina, die sich die Hände rieb, ohne die Handschuhe abzunehmen, um warm zu werden. Sky sah es und tat das Gleiche. Dann öffnete er die Scheunentür, und Cole ging nach ihnen mit Amak und dem Schlitten hinein.

»Auf dem Tisch steht eine Thermoskanne mit heißem Tee. Den solltet ihr trinken«, riet er ihnen und nahm Amak das Geschirr ab. Damit erlöste er ihn auch vom Schlitten und führte das Moose in den Teil, der mit Holzbrettern vom Rest der Scheune abgetrennt war und in dem auch die Rentiere standen.

Drinnen in der Hütte war es tatsächlich lauschig warm. Oder es kam ihnen nur so vor. Fest stand, nach einer Weile zogen sie die Handschuhe aus, und Marina strich ihre Kapuze nach hinten. Natürlich musste Cole ihr erst die Rentiere zeigen.

Etwas später sah sie Cole dabei zu, wie er am Schlitten hantierte und ihn wieder nach draußen schleifte.

»Und wo bringst du den hin?«, wollte Marina wissen.

»In den anderen Schuppen. Da steht auch der Weihnachtsschlitten. Bin gleich wieder bei euch«, erwiderte Cole.

»Ist gut!« Marina sah sich um. Irgendwie wirkte alles recht gemütlich hier.

Sky fragte Cole zwar, ob er Hilfe bräuchte, aber der lehnte ab. Daher blieb er vor Marina stehen und fühlte sich unwohl.

»Ich muss zu Daniel und heiß duschen. So kann ich nicht mit Dana und dem Chor durch die Gassen ziehen und singen«, erklärte er ihr.

»Verstehe ich. Ich werde das auch machen.« Aus heiterem Himmel begann Marina am ganzen Körper zu zittern, obwohl ihr vorher kälter gewesen war, weshalb Sky sofort einen Schritt auf sie zumachte und sie in die Arme nahm.

Er hielt sie fest an sich gepresst und rubbelte an ihrem Rücken. »Besser?«

»Ja«, flüsterte sie nickend.

Wieso fühlte sich das so normal an? Als hätte sie sich

schon unzählige Male in dieser Weise an ihn gelehnt und sein Parfum gerochen, das sich ganz wunderbar unter den Duft von Heu mischte.

Als sie sich von dem Anfall erholt hatte, erwachte Marina wieder aus ihrer Trance und trat energisch einen Schritt nach hinten. »Ich lauf mal rüber ins *Golden Moose*. Wir sehen uns dann so gegen fünf Uhr vor dem Weihnachtsbaum?«

Und in dem Moment betrachtete Sky Marina, wie er es noch nie getan hatte. Daher ließ er sie auch nicht gehen. *Zum Teufel mit allem,* dachte er. *Wir sind zwei Erwachsene, die selbst entscheiden können.*

Dann zog er sie einfach an der Hand zu sich zurück und küsste sie aus heiterem Himmel mitten auf den Mund. Im ersten Schock rief Marina »Nein«, sah ihm kurz, aber intensiv in die Augen, nur um ihre Arme um seinen Hals zu schlingen und ihn dann ebenfalls stürmisch zu küssen.

Plötzlich ließ er von ihr ab. »Was wir hier machen, ist vermutlich falsch.«

Heftig nickte Marina. »Total falsch.«

Und schon wieder schmusten sie miteinander. So lange, bis sie sich loseiste.

»Das geht nicht. Schon wegen Karen.«

Er schüttelte den Kopf und hielt sie an der Hand fest. »Wer ist Karen?«

Das reichte für den nächsten Kuss.

Sein »Außerdem ist es Weihnachten« war nicht mehr ganz zu verstehen, da die beiden einander an die Wäsche gingen.

Sie checkten nicht einmal, dass Cole wieder zurückgekommen war und ein »Du meine Güte« ausrief, denn zu diesem Zeitpunkt waren sie auf den Heuballen gelandet, über denen ein dicker Quilt lag. Hin und wieder, wenn ihm danach war, schlief Cole hier. Manchmal auch nur eine Stunde lang am Nachmittag.

Als ihn Marinas Jacke erwischte und er gleich danach beinahe von Skys Stiefeln getroffen wurde, wusste Cole, dass er sich trollen sollte. Und zwar schleunigst.

Draußen vor der Tür rief er sofort Hannah an und erzählte ihr brühwarm, was gerade in der Scheune abging.

»Das ist nicht dein Ernst, Cole! Du nimmst mich auf den Arm«, meinte Marinas Cousine, die gerade mit Cooper bei Angel in der Bar saß. »Soll ich kommen?«

»Was willst du tun?«, mischte sich Cooper ins Gespräch ein, da er beinahe jedes Wort mitbekommen hatte. »Willst du es ihnen verbieten?« Er grinste seine Freundin an, denn er fand die ganze Sache sehr erheiternd. Sky und Marina! Wer hätte das gedacht? Er hätte darauf gesetzt, dass Karen bekam, was sie wollte. Und alles verwettet.

»Natürlich! Was sollte denn dabei herauskommen? Marina hat mir doch ganz eindeutig zu verstehen gegeben, dass sie derzeit weder an Sky noch an irgendeinem anderen Mann interessiert ist.«

Unglücklicherweise kam Karen gerade von der Toilette zurück und hatte den letzten Halbsatz aufgeschnappt. »Was ist mit Sky?«

»Gar nichts.« Hannah winkte geistesgegenwärtig ab.

»Nicht gar nichts«, tönte Cole aus dem Telefon. »Sie besetzen mein Heubett! Nicht einmal ich hatte jemals Sex auf dem Quilt, den mir Sarah mal geschenkt hat.«

Karens innere Alarmglocken heulten auf, und sie sah rot. »Moment mal! Heißt das, die beiden treiben es gerade irgendwo im *Heu*?«

Das konnte nur ein dummer Scherz von Cole sein. Es war der vierundzwanzigste Dezember, in Gottes Namen!

Außerdem hatte sie sich Sky bereits nackt auf einem riesigen Bett mit schwarzen Seidenlaken vorgestellt. Ja, Seidenlaken, die nach Cerruti- oder Armani-Parfum dufteten. So stellte sie sich Sky in Aktion vor. Sicher nicht im Heu! Und wieso waren die beiden zusammen? *Das kann sie mir doch nicht antun! Sie weiß, dass ich auf ihn stehe!*

Außerdem hatte Marina ihr doch erklärt, sie wolle allein noch ein paar Weihnachtsgeschenke besorgen. Karen sah auf die Uhr. Das war vor über drei Stunden gewesen! Ihr war gar nicht aufgefallen, dass sie schon so lange in der Bar war. *Tilmann! Du Idiot! Bloß, weil ich dir oder deinen Lakaien andauernd heimlich etwas schicken muss,* dachte sie sauer.

Allen war aufgefallen, wie oft sie aufs Klo rannte. Aber dass die anderen bereits annahmen, sie hatte sich ein Blasenleiden wegen der Kälte und ihrer Lederstiefel zugezogen, das wusste Karen nicht und wäre ihr in diesem Moment auch mehr als egal gewesen. Sie sah nicht nur rot, ihr Herz zersprang gleich aus Wut und Eifersucht, und sie wusste nicht, wohin mit all der negativen Energie. Am liebsten hätte sie einen Barhocker umgeworfen. Aber das ging ja wohl nicht.

Vielleicht bestand die klitzekleine Möglichkeit, dass das alles ein Missverständnis war. Daher, und weil ihr keiner geantwortet hatte, wiederholte sie diese grausame Vorstellung: »Sag bitte einer was? Vögeln sie im Heu, ja oder nein?«

Karen hatte keine Nerven, sich um die Ästhetik ihrer Sprache zu kümmern.

»Tun sie nicht«, antwortete Hannah energisch, doch Cole bestand auf dem Gegenteil und rief durchs Telefon: »Tun sie doch.«

»Cole«, begann Cooper, dem die Sache zu viel wurde und

der Hannah das Handy aus der Hand genommen hatte, »komm einfach hierher. Wir sind bei Angel in der Bar.«

»Mach ich. Ich sehe nur noch einmal nach dem Schlitten, damit später alles passt.«

»Okay, dann bis gleich.« Hannah war ein wenig verwirrt. Waren die beiden nicht dort, wo auch die Schlitten lagerten? Aber nachfragen wollte sie vor Karen nicht.

Cooper grinste, als er auflegte, doch das Lachen verging ihm augenblicklich, denn Karen hatte ihn angesehen, als wollte sie ihn ermorden. Zu allem Überfluss drehte sie sich um und hastete zur Tür. Im Laufen zog sie sich ihre Jacke an, stülpte sich die Haube irgendwie über den Kopf, und dann war sie weg.

Geistesgegenwärtig meinte Hannah: »Soll ich die beiden vorwarnen?«

»Wäre gut«, erklärte ihr Cooper.

Zwar versuchte Hannah es bei Marina am Handy, doch die hob nicht ab.

»So ein Mist.«

»Nein, Heu!« Im Gegensatz zu ihr fand Cooper die Sache mehr als belustigend, was ihm eine Diskussion mit seiner Freundin bescherte, die er nicht führen wollte, der er aber nicht auskam. Zu allem Überfluss mischte sich auch noch Angel ein.

Karen dagegen lief blind durch den Ort. Vorbei an Menschen, die sie nicht sah, und Hütten, denen sie völlig automatisch auswich. Sie hörte auch nichts von der Weihnachtsmusik, denn ihr Herz pochte lauter. *Ich hasse dich, Marina!* So etwas machte man nicht! Auf halbem Weg zur Hütte, die gleich neben der lag, die Karen schon kannte, begegnete sie Cole.

»Wo willst du denn hin?«, fragte er sie, da er einen Verdacht hatte.

»Zur Scheune natürlich!« Sie war fest der Überzeugung, das konnte nur die sein, in der Cole den Schlitten gestrichen hatte.

Es ging Cole gegen den Strich, Karen anzulügen, aber irgendetwas musste ihm einfallen, damit sie keine Szene machte. Denn so sah sie aus. Wie eine Frau, die drauf und dran war, seine Hütte auseinanderzunehmen. Jetzt war ihm auch klar, was Hannah ihm zwischen den Zeilen hatte sagen wollen.

»Oh, ich bin schon fertig. Die Rentiere stehen bereit, und ich brauche sie später nur mehr vor den Schlitten zu spannen. Dabei musst du mir nicht helfen, das sind bloß ein paar Handgriffe.«

Nun war Karen verwirrt. Was redete er denn da? Sie zeigte auf das kleine mit Holz verkleidete Gebäude, das sie kannte. »Da drinnen sind doch Sky und Marina?«

In dem Moment wurde Cole klar, dass sie vom anderen Schuppen nichts wusste, und ein breites Grinsen überzog sein Gesicht. »Nein, sind sie nicht. Aber wenn du willst, begleite ich dich zum *Loose Moose*.«

Den Vorschlag ignorierte Karen. »Was soll das heißen? Du hast doch im Gespräch mit Hannah klar gesagt, sie seien in der Scheune?«

»Das war ein Missverständnis«, meinte Cole und ging los in Richtung Bar. Karen lief ihm nach.

»Bleib stehen! Ich glaube dir das nicht, Cole. Du deckst die beiden!«

»Dann sieh nach!« Unbeirrt ging er weiter.

»Gut! Genau das mache ich jetzt!« Karen drehte wieder um und riss wenig später die Holztür auf.

Tatsächlich.

Da standen auf der rechten Seite der große Weihnachtsschlitten, an dem die beiden gestern gearbeitet hatten, und auf der linken zwei kleinere vor einem riesigen, platt getretenen Heuballen. Die Farben und Pinsel lagen noch auf dem Tisch neben einer Kommode, bei der der Lack abblätterte, und Werkzeug hing an der Wand. Sonst war hier nichts. Das Sofa war leer.

Das konnte doch nicht sein! Sie hatte eindeutig gehört, die beiden lägen im Heu!

Ziemlich zornig machte Karen kehrt und lief Cole nach, den sie noch auf der Hauptstraße vermutete, aber zwischen den Menschen vor den Hütten nicht ausmachen konnte.

Während sie ihn noch durch Moose Creek jagte, kam Cole genervt im *Loose Moose* an und erzählte Hannah und Cooper schnell die Kurzfassung.

»Gott sei Dank! So ein Glück, dass sie nur die eine Scheune kennt«, erwiderte Hannah erleichtert. »Aber was denken die beiden sich dabei?«

Cooper grinste. »Also, ich finde Sex im Heu am Weihnachtstag geradezu poetisch.«

Egal, wie sehr ihn Hannah und Angel auch für seine Meinung schalten, er blieb dabei. Die beiden waren erwachsen und konnten tun und lassen, was sie wollten. Und für ihn stand zudem fest, dass Sky ganz sicher nichts mit Karen vorhatte. Das war ja gestern beim Abendessen mehr als offensichtlich gewesen.

. . .

»Wie poetisch? Was soll daran toll sein? Das Heu sticht, und da sind sicher Flöhe oder anderes Ungeziefer drinnen.« Sex am Strand war für Hannah wunderbar. Auch Sex auf einer Picknickdecke. Im Grunde fast überall, außer im Heu. Sie war auf Gräser allergisch. Allein bei der Vorstellung juckte ihr gesamter Körper, und ihre Nase begann zu rinnen.

»In meinem Heu? Erstens lagen sie auf der Decke, und zweitens ist da kein Ungeziefer«, erklärte ihr Cole energisch.

»Okay, ist ja gut. Aber soll Sky nicht in einer Stunde bei Dana sein, um mit ihr und dem Chor von Haus zu Haus zu ziehen und Weihnachtslieder zu singen?« Hannah ließ nicht locker. Zur Scheune laufen wie Karen wollte sie jedoch nicht. Aber sie wollte ihrer Cousine das Drama mit Karen ersparen, wenn sie die beiden doch noch aufstöberte.

»Jap. Das sollte er besser, denn sonst macht ihm Dana sicher die Hölle heiß, und *sie* wird ihn finden«, war Cole überzeugt und bestellte bei Angels Kellnerin einen Kodiak Coffee. Den brauchte er jetzt.

»Bist du wirklich sicher, dass Karen die beiden *nicht* findet?«

Er nickte heftig, denn die zweite Scheune stand versteckt hinter hohen Bäumen. Da musste man schon wissen, wo man suchte.

»Ja. Ganz sicher.« Cole lachte, da Karen außerdem gerade zur Tür hereinkam. Sein Glück war, dass sein Handy läutete. So musste er sich nicht mit ihr abgeben. Er hatte beinahe ein wenig Angst vor ihr, denn ihre Augen funkelten böse, und sie stürzte auf die Bar zu. Das mit dem Sex mit ihr konnte er wohl vergessen. Cole nahm den Anruf entgegen: »Hi Jack!«

Er musste sich ein Ohr zuhalten, da Karen über Hannah und Cooper herfiel, und bedeutete ihr, leiser zu sein.

»Was hast du gesagt, Jack?«

»Cole! Tyler und die Kids sind verschwunden! Ich wollte ihr eben ein paar Kartons Kleidung und Essen vorbeibringen. Alles Spenden vom Ort. Aber sie und die Kinder waren nicht zu Hause. Wir müssen sie suchen.«

In der Sekunde sprang Cole vom Barhocker auf und rief laut: »Packt euch zusammen. Wir müssen nach Tyler und den Kindern suchen.« Und ins Telefon sagte er: »Ist gut. Ich bin mit Cooper und Hannah im *Loose Moose*. Wir kommen sofort raus zu ihrem Haus.«

»Okay. Ich fahre gerade den Weg nach hinten zum See ab und bin in circa zehn Minuten bei euch«, erklärte ihm Jack am anderen Ende.

Als Cole auflegte, redeten alle aufgeregt durcheinander. Selbst Karen vergaß ein paar Augenblicke lang, was sie noch sagen wollte, da alle um eine junge Witwe namens Tyler besorgt waren. Das jedoch fand sie erst nach einer Minute heraus, in der sie nur Wortfetzen verstanden hatte.

»Kommt. Mein Auto steht vor der Tür«, schlug Cole vor, und Hannah, Cooper und Karen folgten ihm. Zwar hatte sie noch protestiert, aber der Ernst in den Gesichtern hatte sie zum Schweigen gebracht. In einem Ort wie diesem würde sie es nicht überleben, wenn sie jetzt von ihnen verlangte, sie zu Sky und Marina zu bringen. Dafür waren alle viel zu aufgebracht.

Speziell Angel war extrem außer sich, denn sie war mit Tyler befreundet. Ihr war aufgefallen, dass sie in letzter Zeit immer dünner geworden war, aber Tyler hatte das stets abgetan, wenn sie einander im Ort getroffen hatten. Ihr gegenüber hatte sie dann behauptet, dass sie langsam über den Tod von Brody hinwegkam, auch wenn es schwer war.

Angel hatte wirklich ein schlechtes Gefühl dabei. Sie konnte nur beten, dass der Familie nichts zugestoßen war. Wer weiß? Vielleicht bummelte sie mit den Kids bloß durch den Ort? Sie würde ihre Mutter anrufen, die konnte ja alle an den Ständen alarmieren.

»Findet sie! Bitte!«, gab sie ihnen noch an der Tür mit auf den Weg.

»Wir finden sie«, erwiderte Cole voller Zuversicht.

Wenige Sekunden später saßen alle in seinem alten Truck, und er gab Gas, wenn auch vorsichtig, denn die Straße war voller Schnee. Angel alarmierte ihre Mom, und Dana versicherte ihr, sofort höchstpersönlich alle zu informieren und die Straße nach Tyler abzusuchen.

In Momenten wie diesen hasste Angel ihre Bar, die sie sonst so liebte. Aber sie konnte nicht einfach alle Gäste hinauswerfen, also setzte sie ein Lächeln auf, ging zur Schank und zapfte drei Bier für die Bestellung, die ihr am Weg zur Bar von drei Männern zugerufen worden war.

enn alles schiefläuft …

Eine Viertelstunde davor …

In Marinas Ohren surrte ein heller Ton, ihre Haut fühlte sich heiß an und ihr Körper, als würden Ameisen ihn erstürmen. Ihr Denken war ausgeschaltet, und sie ließ sich von der Leidenschaft hinwegtragen an einen Punkt, an dem sie nur noch jeden Zentimeter von Skys wundervollem Körper erforschen wollte.

Sie verlor sich in seinem Geruch, schmeckte seine Lippen auf den ihren, und jede seiner Berührungen fühlte sich wie der Höhepunkt eines Feuerwerks an. Doch schon einen Wimpernschlag später wusste sie: Es ging noch intensiver. Noch bunter. Noch unbeschreiblicher.

Die Wirklichkeit schlug ihre Vorstellungskraft. Er war sanft. Weich. An manchen Stellen hart, maskulin und muskulös. Sky roch nach einem Winterwald. Er war die Sonne auf ihrer Haut. Verheißungsvoll schien der Mond in seinen Augen. Kurz fragte Marina sich, wonach er genau schmeckte. Aber auch das war nicht mit Worten zu beschreiben. Es war auch nicht wichtig, denn sie konnte ihre Lippen nicht von seinen lösen, und ein elektrischer Schlag jagte durch ihren Körper, als er mit ihr intensiv und fordernd zu schmusen begann.

Beide verloren sich im Augenblick. In ihrer Begierde. In einem Ozean des Verlangens.

Plötzlich hörte Marina sich selbst stöhnen und erschrak. Noch nie hatte sie bei einem Mann aufgehört zu denken. Noch nie eine Achterbahn der Lust erlebt wie hier mit Sky. Und noch nie hatte sie dermaßen die Kontrolle verloren.

Alles in ihr fiel zusammen. Das Feuerwerk war zu Ende. Selbst die Ameisen in ihrem Unterleib hatten das Weite gesucht.

Was tun wir hier, schoss es ihr durch den Kopf. *Sind wir völlig verrückt?*

Was sie allerdings nicht wusste, war, dass Sky im gleichen Moment ähnliche Gedanken hatte. Daher ließ er sie abrupt los und sah Marina verstört an. Solche Gefühle, ja, so einen Rausch hatte er noch nie erlebt. Und das verängstigte ihn. *Wohin soll das führen,* fragte er sich und wusste darauf im Moment keine Antwort. Daher wollte er von ihr wissen, wie sie es sah: »Bist du sicher, dass du das willst?«

Jäh ernüchtert, setzte Marina sich auf und überkreuzte die Arme vor ihrem nackten Busen. Er meinte wohl ein einziges Mal. Einen One-Night-Stand mit ihm. »Nein. Und deshalb ist es ein Fehler.«

Ohne ihn anzusehen, sprang sie auf, sammelte ihre am Boden der Hütte verstreuten Kleidungsstücke auf und zog sie an. Ohne ihn eines Blickes zu würdigen, und so schnell, als hinge ihr Leben davon ab. In ihrem Kopf tobte ein Sturm aus tausend Gefühlen und Fragen. Doch eines war sicher: *Ich muss weg!*

Damit, dass sie sich Hals über Kopf anziehen würde, hatte Sky allerdings nicht gerechnet. Deshalb blieb er liegen, stützte seinen Kopf in die Hand und beobachtete sie bei ihrem hektischen Gehopse, so schnell wie möglich in die Hose zu schlüpfen.

Alles in ihm hatte sich zusammengezogen, als sie abrupt hochgesprungen war. Aber es war besser so. Marina war nicht das Mädchen für einen One-Night-Stand. Dafür war sie zu kostbar. Was hatte er sich nur dabei gedacht, sich so überwältigen zu lassen? Und wieso wünschte er sie augenblicklich in seine Arme zurück, um zu vollenden, was sie auf so zärtliche und vertraute Weise begonnen hatten? Er war verwirrt, was ihn innerlich noch mehr aus der Fassung brachte. Nein, er hatte sich nicht Hals über Kopf verliebt. Darüber sang er. Hielt es für eine Fantasie. Ein wunderschönes Bild. Vielleicht eine Ode an die Liebe selbst. Aber in Wirklichkeit?

Daher gab auch er sich einen Ruck, sprang auf und suchte seine Sachen zusammen.

Marina war mittlerweile fertig und erklärte ihm hastig: »Ich gehe dann mal zurück ins *Golden Moose Inn*. Schätze, wir sehen uns später, wenn ihr singend durchs Dorf zieht.«

Oder auch nicht, wenn ich es verhindern kann.

Die Traurigkeit in ihrem Blick, vielleicht war es auch

Enttäuschung, stach ihm mitten ins Herz. So wollte er sie nicht gehen lassen. Daher sprintete er auf sie zu und zog sie an sich. Einen kurzen Moment lang fühlte sie sich steif an, dann relaxte sie und schmiegte sich an ihn.

Verdammt! Dieser Mann ist wie Schokolade! Wenn du mal angefangen hast, kannst du nicht aufhören.

Und schon war das Kribbeln zurück.

Doch sie hatte das Gefühl, etwas sagen zu müssen, da er es nicht tat.

»Wir haben uns wohl zum falschen Zeitpunkt am falschen Ort getroffen.« Marina seufzte, und er strich mit seinen Fingern durch ihr blondes Haar.

Sky hörte sich wie aus der Ferne »Ja, vermutlich« antworten.

Was er fühlte, war allerdings genau das Gegenteil. Seit zwei Jahren war er beinahe ununterbrochen auf Tour gewesen und daher ausgelaugt und erschöpft. Doch seit er hier bei Daniel angekommen war, hatte er neue Energie getankt. Es waren die Menschen, Menschen wie Cole, Jack oder Angel, die ihn in kürzester Zeit geerdet hatten, und selbst Cooper fand er unheimlich sympathisch, obwohl er ihn immer für ziemlich arrogant gehalten hatte. Ihn mit dieser Österreicherin zu sehen, hatte Sky erstaunt. Neben dieser Frau war Cooper geradezu normal. Durchschnittlich. Nicht einmal Bodyguards hatte er mitgenommen, dabei hieß es, in Los Angeles mache er keinen Schritt ohne sie. Aber da er seine eigene Entourage auf Daniels Empfehlung hin auch nicht hierhergeflogen hatte, verstand er es. Hier konnten sie frei sein. Sowohl Daniel wie auch Cooper und er selbst. Was sollte in diesem Kaff auch schon passieren?

Nach so langer Zeit wieder einmal er selbst zu sein, tat ihm gut. Sky genoss diese Freiheit.

Und Marina war Hannah sehr ähnlich. Man sah, dass die beiden Frauen miteinander verwandt waren, auch wenn Hannah grüne und Marina hellblaue Augen hatte. Sie hatten beide dieses faszinierende Lächeln. Kein bisschen gekünstelt, sondern tief aus dem Herzen kommend. Jetzt, da Marina ihn trotz allem einen Moment lang damit anstrahlte, wusste er, dass sie irgendeine dunkle Ecke seines Herzens damit erhellte. Aber er war außerstande, es zuzulassen. Zu viel sprach dagegen, und nichts davon hatte mit ihr zu tun.

»Weißt du, ich bin so etwas wie dieser herumstreunende Kojote, der nachts den Mond anheult, weil er sich einsam fühlt, aber bei Tageslicht glücklich ist, ohne Verpflichtungen zusammengerollt auf die nächste Nacht warten zu können.«

»Ich weiß«, murmelte Marina und sah ihm dabei tief in die Augen. »Ich kenne diese Angst auch, und deshalb ist es besser, wir bleiben Freunde.«

Auch wenn er diesen Satz erwartet, ja, sich geradezu von ihr gewünscht hatte, schmerzte er. Sky fühlte diesen Stich in der Brust. »Vielleicht höre ich eines Tages damit auf, nachts herumzustreunen, und heule dann statt dem Mond die aufgehende Sonne an?«

Wieder umspielte Marinas Mund und Augen ein sanftes Lächeln. »Vielleicht?«

Es zerriss ihr das Herz, aber sie musste hart bleiben. Das mit ihm hatte keine Zukunft, und zudem fühlte sie sich Karen gegenüber schuldig. Was in aller Welt hatte sie sich dabei gedacht?

Plötzlich küsste sie ihn jedoch mitten auf den Mund. »So, und jetzt gehe ich. Du musst doch auch noch deine Gitarre bei Daniel holen, oder?«

Sky nickte. »Noch einen von diesen Freundschaftsküssen?«

Auf eine Antwort wartete er nicht, sondern zog Marina in seine Arme und schmuste leidenschaftlich mit ihr.

Völlig außer Atem gab sie ihm einen leichten Klaps auf den Arm. »Hör auf! Das habe ich nicht unter Freundschaft gemeint.«

»Aber es gefällt dir«, stellte er trocken fest.

»Ach? Nur mir? Du hast mich gerade geküsst.«

»Und du mich davor.«

»Willst du das jetzt ernsthaft weiter ausdiskutieren?« Sie nicht, daher drehte sie sich um, setzte ihre dicke Wollmütze auf, zog die Handschuhe über und ging zur Tür hinaus. Das Einzige, das jetzt helfen konnte, war, so schnell von ihm wegzulaufen, wie sie nur konnte. Sonst würde sie umdrehen, ihre Sachen auf den Boden werfen und sich selbst auf ihn.

»Shoot«, schimpfte Sky laut, als sie weg war.

Er hatte hier bloß ein paar Tage ausspannen wollen, und jetzt? Stand er knietief in einem Problem, das er selbst geschaffen hatte.

Wütend auf seine außer Kontrolle geratenen Gefühle schlüpfte auch er in seine Jacke, suchte eine Weile nach dem Autoschlüssel, den er schlussendlich in der Innentasche fand, und ging dann zum schwarzen SUV, den er sich von Daniel geborgt und hinter der Hütte geparkt hatte.

Als Marina nach wenigen Minuten im *Golden Moose Inn* ankam, strahlte das gesamte Haus zwar wunderschön im warmen Licht der Weihnachtsbeleuchtung, aber innerlich fühlte sie sich leer. Kein Funken von Weihnachtsstimmung.

Im Gegenteil. Ihr ging es hundsmiserabel. Als hätte sie die Liebe ihres Lebens verloren.

Blödsinn, schimpfte sie sich selbst. *Wir kennen uns seit vorgestern! Ich muss einfach vergessen, was passiert ist. Genau. Es ist nämlich gar nicht passiert.*

Um sich abzulenken, hätte sie nur zu gerne noch einmal ihre Eltern auf Mauritius angerufen, aber bei ihnen war es jetzt kurz nach fünf Uhr morgens. Wecken wollte sie sie auch nicht, denn ihre Mutter würde sofort annehmen, dass etwas passiert war, und diesen Schock wollte Marina ihr ersparen.

Gut, dann gehe ich rüber ins Loose Moose, *und später hören wir den Sternsingern zu. Was soll ich sonst tun?*

Lieber hätte sie sich ins Bett gelegt und den Weihnachtsabend einfach verschlafen, aber das konnte sie Hannah nicht antun. Dank Tilmann war Marina es gewohnt, ihre Emotionen wegzusperren und trotzdem lächelnd zu arbeiten, daher drehte sie noch vor der Pension um und stapfte durch den Schnee zum *Loose Moose* zurück. Vielleicht waren Hannah und Cooper ja ohnehin in der Bar? Ihr war mulmig zumute, denn Karen würde sicher auch dort sein und Fragen stellen. Aber da musste sie jetzt durch.

Knapp vor dem *Loose Moose* setzte Marina ihr professionelles Lächeln auf. Allerdings erstarb es gleich wieder, als Angel ihr kurz darauf erzählte, was passiert war.

»Wie kann ich helfen?«, wollte Marina wissen.

»Im Moment gar nicht, schätze ich.« Angel ließ zwei Glas Bier herunter und brachte sie schnell an einen der Tische.

In der Zwischenzeit hatte Marina Gelegenheit, sich zu sammeln. Als Angel zurückkam, sagte sie: »Ich gehe mal rüber zum Rathaus und begleite die Sternsinger.«

»Gute Idee. Meine Mom ist sicher froh, wenn sie Unterstützung beim Geldeinsammeln hat.« Dann sah Angel Marina traurig in die Augen. »Ich hoffe, sie finden Tyler und ihre

Kinder. Heute ist doch Weihnachten! Da darf ihnen einfach nichts zugestoßen sein.«

Marina legte ihre Hand kurz auf die von Angel. »Wir hoffen ganz fest, dass es gut ausgeht und alles vielleicht nur ein Missverständnis ist.«

Angel nickte dem Gast zu, der die Hand hob. »Sorry, ich muss weitermachen. Aber ja, dafür bete ich.«

»Das ist gut. Ich mach mich mal auf den Weg«, erwiderte Marina, stand auf und war wenige Minuten später vor dem Rathaus. Hier warteten schon einige Menschen auf das Sternsingen, das traditionell vor dem beleuchteten Baum begann, wie sie mittlerweile wusste.

Sie hatte zwar ein ungutes Gefühl, Sky nach der Sache zu begegnen, aber es war besser, sie tat es jetzt. Auskommen würde sie ihm in diesem Nest ohnehin nicht, und das, was ihr Angel in aller Kürze über diese arme Mutter mit den beiden kleinen Kindern erzählt hatte, saß tief. Was waren ihre Probleme schon angesichts dessen? Außerdem war sie froh, dass sie hier zumindest irgendetwas tun konnte, und wenn es nur die Spendenbox halten war.

Der Chor hatte sich vor der Veranda des Holzhauses aufgestellt, und ein etwa zwölfjähriges Mädchen trug eine Stange, auf deren Ende ein großer Stern mit Schweif fixiert war. Der Stern von Bethlehem. In größeren Orten trug ein Priester den Stern, da es aber in Moose Creek keinen gab, wurde diese Ehre abwechselnd einer Familie mit etwa zwölf- oder dreizehnjährigen Kindern zuteil. Dieses Jahr war es Alison Fuller, was Marina natürlich nicht wusste, aber sie sah dem Mädchen mit den dunklen Haaren, die unter der Mütze hervorquollen, an, wie aufgeregt sie war. Daher lächelte sie ihr zu.

Als Dana sie erblickte, lief sie sofort zu Marina. »Haben sie Tyler schon gefunden? Hast du etwas gehört?«

Marina schüttelte den Kopf. »Nein, leider. Ich komme gerade von Angel, aber die wusste auch nichts.«

»Okay, dann müssen wir umso fester beten und für Tyler singen. Weißt du, ob Sky kommen wird?«

Marina fuhr zusammen. *Wieso fragt sie mich das?* So beiläufig wie möglich zuckte sie mit den Schultern. »Keine Ahnung, aber ich nehme es an.«

»Ich hoffe es für ihn! Sonst hol ich ihn bei Daniel höchstpersönlich ab«, schimpfte ihre Vermieterin.

Dana war aufgebracht und verunsichert, weil er schon seit fünfzehn Minuten hier sein sollte. Sie hasste so etwas. Speziell Unpünktlichkeit. Und noch dazu heute und wo Tyler verschwunden war.

Es war ausgemacht gewesen, dass er sie begleitete, und basta. Also sollte Sky hier sein. Sie sah sich um und wusste nicht, wie lange sie auf ihn warten sollte. Ein paar Minuten? Vielleicht sollte sie den Start noch um eine Viertelstunde hinauszögern?

Doch dann sah sie einen von Daniels Wägen, der neben dem Rathaus stehenblieb, und Sky, der nun zum Glück mit der Gitarre in der Hand aus dem SUV ausstieg. Sie lief ihm mit offenen Armen entgegen: »Da bist du ja endlich!«

»Entschuldige, Dana. Ich weiß: nicht ganz pünktlich, aber umso motivierter.« Sky grinste sie an, und Marinas Herz schlug wieder unregelmäßig.

Irgendetwas an diesem Mann brachte sie ständig aus der Fassung. Sky sah phänomenal aus, denn der lange, sandfarbene Ledermantel, sicher innen mit Fell gefüttert, stand ihm wirklich gut, aber das war es nicht, was sie verunsicherte. Vielmehr waren es sein schelmischer Blick und die Kusshand, die er ihr zugeworfen hatte. Betreten sah sie zu Boden, während die beiden auf sie zukamen.

Dana fragte Sky, ob er wusste, dass Tyler verschwunden war.

»Ja, Dana. Daniel hat es mir gesagt. Also komm, lass uns für sie und die Kinder singen.« Mehr konnte er nicht beitragen, denn es machte wenig Sinn, wenn sie mit den Kindern den Wald absuchten. Das war etwas für die Erwachsenen. Wer konnte schon ahnen, was sie im schlimmsten Fall zu sehen bekommen würden!

»Gut.«

»Marina? Würdest du die Spenden einsammeln?«

»Natürlich. Sehr gerne, Dana. Ich wollte dir das ohnehin vorschlagen, damit ich irgendetwas tun kann.« Auch wenn sie es sich selbst nur ungern eingestand, sie wollte in seiner Nähe sein. Die Wahrheit war: In den letzten nicht einmal zwanzig Minuten hatte sie Sky vermisst. Sie war irre. Und verliebt! Wohin das führen sollte, hinterfragte Marina nicht. Sie war hier. Er war hier. Und sie würden jetzt für diese arme Frau etwas tun können.

»Wunderbar. Bitte.« Und schon drückte Dana ihr eine Spendenbox in die Hand. Dann stellte sie sich mit dem Rücken zum Chor auf und erklärte dem Publikum laut: »Schön, dass ihr da seid! Wie jedes Jahr werden wir von Haus zu Haus ziehen und ein wenig Weihnachtsstimmung verbreiten.« Sie atmete tief durch. »Aber dieses Jahr bitte ich euch alle, nicht nur eure Geldbörsen zu öffnen und für Tyler und die Kinder zu spenden, sondern sie auch in eure Gebete mit einzuschließen, dass sie schnell gefunden werden.« Dana ging davon aus, dass die meisten hier Bescheid wussten, denn sie sah hauptsächlich alte Leute oder Frauen mit ihren Kindern. Jeder Mann, der aus dem Ort stammte, hatte sich an der Suche beteiligt.

»Amen!«, riefen zwei der älteren einheimischen Frauen sofort.

»Amen! Dann lasst uns beginnen, und begrüßt bitte Sky Crater und unseren *Moose Creek Choir* mit mir!«

In den Applaus hinein spielte Sky die ersten Akkorde von *Joy to the World*. Die hellen Stimmen des Chors glitten mühelos über den kleinen Platz hinweg und zauberten ein Lächeln auf die Gesichter von Jung und Alt. Die Heilige Nacht hatte begonnen, und die Erwachsenen hofften auf ein Wunder für Tyler und ihre Kinder. Sie würden später alle bei der Messe für sie ganz besonders beten.

Nach dem ersten Lied spielte Sky noch seinen Weihnachtshit und blickte dabei auf unzählige in die Höhe gehaltene Handys und Lichter. Doch das war okay für ihn. Mehr als das. Er fühlte sich inspiriert. Alle schunkelten mit und genossen die Musik. Und der Chor sang den Refrain einfach toll. Und: *Sie* war hier. Zickte nicht, sondern half mit. Deshalb schickte er Marina immer wieder ein Lächeln, die sich gerade durch die Menge wühlte, bis er sie aus dem Blick verlor.

Marina hatte nämlich beschlossen, sich schnell einen Becher Glühwein zu holen, um die Kälte besser zu ertragen. Oder seine Anwesenheit. Auf jeden Fall fühlte sie sich ein wenig verloren. Viel lieber hätte sie sich an der Suche beteiligt, aber die anderen hatten sicher keine Zeit, sie hier abzuholen, was okay war. Viel wichtiger war das Ergebnis. Sie mussten Tyler einfach finden. Und sie das mit Sky vergessen. Dafür war der starke Punsch genau richtig.

Dann kaufte sie auch einen für Dana und Sky, bekam die drei Becher auf einem kleinen Tablett mit und trank einen Schluck. Da Sky und der Chor noch sangen, stellte sie das

Tablett auf dem Holzgeländer des Rathauses ab, um mit der Box eine Runde durch die Zuschauer zu drehen. Jeder gab etwas, was sie zum Lächeln brachte.

Ernste Mienen hatten dagegen alle von der Suchmannschaft.

Ergebnislos war Jack einige der Wege abgefahren, die von Tylers Haus wegführten. Immer wieder telefonierte er mit Cole und den anderen Männern, um zu koordinieren, wer welche der Straßen absuchen sollte.

Außerdem hatte Cole in der Zwischenzeit Karen im *Golden Moose Inn* abgesetzt, weil er es nicht verantworten konnte, dass sie in ihren dünnen Lederstiefeln mit ihnen durch den Schnee stapfte. Für eine Fahrt ins Krankenhaus nach Almonds wegen abgefrorener Zehen hatte er keine Zeit. Karen hatte sich zwar beschwert, war aber bei Cole auf taube Ohren gestoßen.

Hannah, die am Rücksitz bei Cole im Wagen saß, drückte ihre Nase auf die Fensterscheibe, um besser sehen zu können. Das einzige Glück waren der Mond, der gerade aufging, und der Umstand, dass die Wolken sich verzogen hatten. Sonst hätten sie rein gar nichts erkennen können.

Und tatsächlich fiel ihr plötzlich etwas Rotes am Wegrand auf, das ihr seltsam vorkam. Sofort schrie Hannah: »Stopp! Cole, da war etwas!«

Er trat so hart auf die Bremse, dass der schwere Wagen trotz der geringen Geschwindigkeit noch ein paar Meter dahinschlitterte, bevor er zum Stehen kam. Hannah sprang aus dem Auto und lief nach hinten. Gerade als Cooper zu ihr aufschloss, hob sie ein Spielzeugauto auf, das gut sichtbar auf einem kleinen Schneehaufen lag. Auch Cole war ihr gefolgt.

»Das gehört sicher Noah!« Er tippte sofort auf Jacks Kontakt und berichtete ihm von dem Fund.

»Ich bin in fünf Minuten bei euch«, erwiderte Jack. »Sucht schon mal die Umgebung ab, Cole, ich informiere die anderen.«

»Machen wir.«

»Sie müssen hier irgendwo sein«, meinte Hannah hoffnungsvoll.

»Das hoffe ich«, erwiderte Cooper.

Hannah sah sich um und fragte sich, welchen Weg Tyler und die Kinder genommen haben könnten. Die Antwort war einfacher als vermutet, denn direkt neben dem kleinen Hügel erkannte sie im Schein ihrer Handy-Taschenlampe Spuren von Stiefeln.

»Hier entlang«, rief sie aufgeregt.

»Aus dir wird noch eine Spurenleserin«, lobte Cole Hannah. Gleichzeitig schalt er sich innerlich, wieso er so unachtsam gewesen war. Ihm hätte das Plastikding doch auffallen müssen.

»Wenn es dazu führt, dass wir Tyler finden, dann wäre das ja schon mal was.«

»Absolut.«

Cooper strich ihr über den Rücken. »Heute ist Weihnachten. Wir werden sie finden.«

Daran glaubte er fest, denn alles andere wäre eine Katastrophe.

Sie folgten den Spuren durch eine Art engen Hohlweg, der zwischen den verschneiten Bäumen tiefer in den Wald führte. Cole wusste, was sie am Ende des Pfades erwartete, deshalb schlug sein Herz vor Aufregung schneller.

»Mit ein wenig Glück sind sie da vorne in der Hütte am See.« Er hoffte es inbrünstig.

»Hier ist ein See?« Hannah war erstaunt darüber, denn von Wasser war nichts zu sehen.

»Ja, links von uns.«

Nach ein paar Minuten erreichten die drei eine Lichtung, auf der gut sichtbar eine kleine, halb verfallene Holzhütte stand. Allerdings schien kein Licht aus dem Häuschen.

Nicht nur Hannahs Herzschlag beschleunigte. Diesmal jedoch vor Angst. Alles Mögliche ging ihnen durch den Kopf, und es waren keine optimistischen Bilder.

Alle drei hielten den Atem an, als Cole die Tür nach innen aufstieß. Sie machten sich auf das Schlimmste gefasst.

KAPITEL 11

$\mathcal{M}$anchmal braucht es ein Weihnachtswunder

Währenddessen genoss Sky zu seiner eigenen Überraschung das Sternsingen immer mehr, auch wenn sich seine Finger bereits klamm anfühlten. Die Kälte hier war aber auch wirklich unfassbar. Doch tief in seinem Herzen war ihm mehr als warm. Das hier machte Sinn. Und fühlte sich richtig und gut an. Es war eine besondere Nacht, aus vielerlei Gründen, und er wünschte sich nichts mehr, als dass sie in einem Wunder enden würde.

Es waren vor allem die Gesichter der Kinder, die ihm nahegingen. Diese Kinder hier waren anders als jene, die er in den letzten Jahren in seinem Freundeskreis beobachtet hatte. Sie trugen weder Designerklamotten, noch waren ihre Wünsche groß. Allein ihn zu sehen, bereitete ihnen sichtlich Freude, und sie waren zu bescheiden, ihn nach einem Autogramm zu fragen, obwohl er sicher war, die größeren unter ihnen hätten gerne eines gehabt.

Daher fragte er bei jedem Haus, ob sie eventuell ein Selfie mit ihm machen wollten. Jedes der Kinder und auch die Erwachsenen nahmen mit strahlenden Augen und roten Backen das Angebot an, und Dana erklärte ihnen, dass sie etwas aus dem Haus holen sollten, das er für sie unterschreiben würde. Für einen kleinen Moment waren all die Sorgen um Tyler und deren Kinder vergessen. Einen Wimpernschlag lang war es wieder Weihnachten.

Auch für Marina, denn sie beobachtete jeden Schritt, den er tat. Jede Bewegung seiner Hände, wenn er eines der Kinder an sich drückte, in die Kamera lächelte und ihnen dann ein frohes Fest wünschte. Doch bei jedem Haus erinnerte sie sich jäh an das, was ihre Mission war: Tyler.

Auch jetzt streckte sie sich durch und ging mit der kleinen Holzschatulle, die Dana ihr in die Hand gedrückt hatte, eine Runde und bat die umstehenden Familien um eine Spende für Tyler. Die Szenen, die sich abspielten, würden weder die Mitglieder des Chors noch Dana, Sky oder Marina jemals wieder vergessen.

So wie diese eben.

Ein etwa fünfjähriger, etwas dicklicher dunkelhaariger Bub mit süßen Knopfaugen zog an Marinas Jacke.

»Warte auf mich«, sagte er zu ihr und verschwand im Haus.

Marina kam nicht einmal mehr dazu, ihm zu antworten, dass sie natürlich auf ihn warten würde. Dana schaltete schnell und stimmte ein weiteres Weihnachtslied vor der roten Haustüre der Familie an. Etwas Leichtes. *Jingle Bells.*

Mitten während des Refrains stürmte Liam mit einem kleinen blauen Auto und einer bunten Blechdose in den Händen auf Marina zu.

»Für Noah. Nur falls Santa nicht weiß, wo er jetzt ist.«
Dann drückte er Marina das Auto und die gelb-rot bemalte
Dose in die Hand. »Jack und Cole finden ihn sicher.«

Sky spielte zwar auf der Gitarre weiter und sang dazu, aber er
sah auch die Tränen, die sich langsam aus Marinas Augenwinkel lösten und über ihre Wangen rannen. »Danke«, raunte
sie ergriffen. »Die gebe ich ihm.«

Dann strich sie ihm über den Kopf und drückte ihm einen
Kuss auf die Mütze.

Da Marina nicht in die Dose schaute, zog Liam noch
einmal an ihrer Jacke. »Du musst sie öffnen. Da ist mein
Erspartes drinnen.«

Sie konnte nicht anders und beugte sich zu dem süßen, so
unglaublich großherzigen Jungen und drückte ihn fest an sich.
Nach einem tiefen Seufzer sagte sie zu ihm: »Liam! Dass du
Santa aushilfst, das wird er bestimmt nie vergessen. Und
Noah auch nicht. Du bist ein unglaublich toller Junge, und
deine Eltern können stolz auf dich sein.«

Peinlich berührt von all der Aufmerksamkeit versteckte
Liam sich in den Armen seiner Mutter und hörte dem Chor
zu, der nun zum Ende kam.

Sky schoss noch ein Selfie mit den dreien, für das er den
Buben auf seine Schultern setzte. Wenn dieses Fest für ihn
irgendeinen Sinn ergab, dann genau den. Moose Creek war
nicht einfach nur ein Dorf am Ende der Welt. Es war eine
zusammengeschweißte Gemeinschaft, die nicht nur den
Gewalten der Natur trotzte, sondern füreinander einstand.
Und das bewegte ihn zutiefst. *In New York gibt es das nicht,*
dachte er mit einem Hauch an Wehmut.

Bevor sie weiterzogen, wechselten die Erwachsenen noch ein paar Worte. Dana bedankte sich für die Spenden, und dann stapften sie bei hellem Mondschein zum nächsten Haus.

Als sie nebeneinander durch den unter ihren Stiefeln knirschenden Schnee gingen, sagte Sky zu Marina: »Diese Community hier ist etwas Besonderes. Ich möchte ihnen helfen, aber bist du der Meinung, es reicht aus, einfach eine große Summe Geld für Tyler zu spenden?«

»Ich weiß nicht, Sky. Ich denke auch schon die ganze Zeit darüber nach, was ich tun kann, denn mich berührt dieser Abend genau so sehr wie dich. Wenn Weihnachten etwas bedeutet, dann ist es das, was ich hier gerade erlebe.«

Sky betrachtete sie nachdenklich. »Ich sehe das wie du. Vielleicht hat jemand wie ich das gebraucht? Ich habe schon vieles erlebt, aber dieser Ort, diese aufrichtige Anteilnahme … All das fühlt sich an wie aus einem dieser Märchenbücher.«

»Unwirklich! Da hast du recht. Und schön, obwohl der Anlass furchtbar traurig ist.«

Sky nickte und dachte nach. »Ist es nicht seltsam, dass wir das, was im Grunde normal sein sollte, als unwirklich bezeichnen, weil die Belanglosigkeit vieler Weihnachtsfeste in Familien rund um die Welt quasi die Norm geworden ist? Wie crazy sind wir alle?«

Marina kaute an ihrer Unterlippe. »Stimmt. Wir sind alle verrückt und bemerken es nicht einmal. Dabei scheint alles so einfach zu sein.«

Er sah ihr tief in die Augen. »Ja, wenn man auf sein Herz hört.«

Marina wusste nicht, ob er noch etwas anderes damit sagen wollte, daher nahm sie den Satz so, wie er offensichtlich zu verstehen war. »Und genau das tun sie. Hoffentlich hören wir bald gute Nachrichten.«

»Ja, das wünsche ich mir auch.« Und dann beschloss Sky für sich, ebenfalls auf sein Herz zu hören. Es schrie ihn ja seit drei Tagen quasi an, doch er hatte es aus dummer Angst heraus ignorieren wollen. Wie dämlich war er? Um Tyler und deren Kinder mussten sie Angst haben. Das war real. Aber *seine* Ängste? Die waren reine Einbildung. Eine Frau wie Marina war doch nicht zum Fürchten. Im Gegenteil. Sie war bezaubernd. Aufrichtig. Mitfühlend. Konnte mit jedem.

Spontan legte er den Arm um sie, und Marina ließ es geschehen. Es fühlte sich gut an. Beschützend. Sicher. Sicherheitshalber sah sie ihn nicht an, sondern marschierte einfach wortlos den schneebedeckten Weg zum nächsten Haus entlang.

Erst als sie vor der kleinen Veranda angekommen waren, nahm Sky den Arm von ihr, und Marina raunte ihm zu: »Ich bete normal nicht, aber jetzt bete ich drum, sie finden Tyler und die Kinder ganz schnell. Das wäre das schönste Weihnachtswunder überhaupt.«

Sky nickte. *Das, und sie!* »Absolut, und dafür singen wir jetzt.«

Und für Marina. Was immer er fühlte, am besten konnte er es in Musik ausdrücken. Im Moment hatte er nicht einmal eine Wahl. Er wollte und musste ihr auf diesem Weg sagen, was in ihm vorging.

Er trat ganz nach vorn an die Stufen der Veranda, wo schon Dana stand. Zu ihr geneigt, murmelte er: »Wenn es für euch okay ist, würde ich gerne das Lied *Hallelujah* von Leonard Cohen singen.«

Wie immer verstand Dana sofort. Dieses Lied passte perfekt. Zur Nacht, zur Hoffnung, die sie alle in sich trugen, und den stillen Gebeten, die sie in den mondhellen Nachthimmel sandten. Aber vor allem auch zu dem, was sie zwischen Sky und Marina schon die ganze Zeit über beobachtet hatte: Liebe. »Wir stimmen einfach mit ein, ja?«

»Natürlich! Sehr gerne.« Sky schmunzelte und ging die vier Holzstufen hinauf. Dann drehte er sich um und sah nach unten. Marina blickte ihm entgegen.

Alison, die Sternträgerin, klopfte hinter Sky an die Tür, und nur wenige Sekunden später erschien eine vierköpfige Familie in dicken Jacken und kam zu ihnen ins Freie. »Wie schön, dass ihr da seid! Wir warten schon auf euch und haben uns nur noch schnell die Jacken überziehen müssen«, begrüßte sie die asiatisch aussehende dunkelhaarige Frau mit einem Grinsen. Dann flüsterte sie ihrem Mann zu: »Ich glaub, ich dreh durch. Er ist es wirklich!«

Sky hatte es gehört und nickte ihr lächelnd zu. »Falls du nicht Santa gemeint hast, kann ich es bestätigen: Ja, ich bin es.«

Mehr sagte er nicht, denn er begann, ohne Gitarre die ersten Zeilen von *Hallelujah* zu singen. Dana dirigierte ihren Chor, der mit einem Summen einsetzte. Skys Stimme wurde lauter. Kraftvoller. Magischer.

Das Lied singt er? Marinas Körper kribbelte, und ihr Herz schlug höher. Sie liebte es.

Eine geradezu unwirkliche Stimmung legte sich über den kleinen Vorgarten, in dem sie standen. Umgeben von mit Lichtern geschmückten Bäumen mit großen roten Maschen an den Wipfeln, setzte sich Skys tiefer, kraftvoller Gesang bis weit zu den nächsten Häusern fort. Rollte mühelos über die weiße Schneedecke hinweg und stieg erhebend zum Mond hinauf.

Marina hatte Gänsehaut. Sie hing an seinen Lippen, verinnerlichte jedes Wort, das er sang, ohne den Blick auch nur ein einziges Mal von ihr zu nehmen. So genau hatte sie noch nie auf den Text geachtet, aber nun tat sie es und verstand. Er erzählte von seiner Angst. Angst, nicht mehr der einsame Wolf sein zu können. Angst, dass sie seine Musik, vielleicht seine Touren oder was auch immer dazugehörte, nicht nachvollziehen konnte. Aber er erzählte auch von einem zerbrechlichen Gefühl der Liebe, das tief in ihm schlummerte.

Für sie?

Als Marina bemerkte, dass ihr Tränen über die Wangen kullerten, wischte sie diese schmunzelnd mit dem Rücken ihrer Fäustlinge weg. Irgendetwas hatte sich zwischen ihnen verändert, aber sie hinterfragte es nicht. Konnte das gar nicht, denn sie war im Augenblick gefangen. Gefesselt von seiner gesungenen Liebeserklärung, die in jeder Faser ihres Körpers widerhallte. Sie fühlte, was er sagen wollte, und ließ sich einfach verzaubern. Sich erheben. Entrückte in eine andere Dimension. In eine, in der sie beide zusammengehörten.

Es mochte an diesem Lied gelegen haben, an seiner Interpretation von *Hallelujah*, vielleicht auch an seiner gefühlvollen und gleichzeitig mächtigen Stimme, möglicherweise an der Mischung aus allem, auf jeden Fall strömten plötzlich Menschen aus den umliegenden Häusern herbei und versammelten sich vor dem dunkelrot bemalten Bungalow aus Holz. Auch Liam und seine Eltern stapften dick eingepackt daher.

Marina war erstaunt, denn immer wieder tippte ihr jemand auf die Schulter und warf noch ein paar Dollarscheine in ihre Spendenbox. Manche bereits das zweite oder dritte Mal. Sie konnte immer wieder nur »Danke! Danke vielmals« und »Fröhliche Weihnachten für Ihre Familie« sagen.

Nicht nur sie, auch andere Frauen waren von Skys Version des Liedes tief bewegt. Manche zu Tränen gerührt, die sie sich verstohlen aus den Augen wischten. Als auch der helle Kinderchor in sein »Hallelujah« einstimmte, entzündeten ein paar der Zuschauer Feuerzeuge, ein paar ihre Handytaschenlampen, und alle schunkelten wie in Zeitlupe mit. Marinas Tränen funkelten im Licht, denn sie konnte sich kaum mehr halten. Doch als der letzte Ton verklang, ging Sky beinahe nahtlos zu *Little Drummer Boy* über und deutete seinem Publikum, zu singen. Marina wäre am liebsten auf ihn zugestürzt und hätte ihn in ihre Arme genommen, aber sie blieb stehen, wo sie war. *Ich liebe dich,* dachte sie, und ein heißer Schauer jagte durch ihren Körper.

Sky sang »Peace on earth« über den Chor. Dana dirigierte und fühlte sich entrückt. Wenn das nicht magisch war, dann wusste sie auch nicht. Innerlich flehte sie Gott um Erbarmen an und darum, dass Tyler bald gefunden und mit ihren Kindern in Sicherheit war.

Als das Lied verklang und Sky ihnen allen ein frohes Weihnachtsfest wünschte, läutete Marinas Handy. Sie entfernte sich ein paar Meter von der Gruppe und stellte sich vor einen der hohen, schneeverhangenen Nadelbäume.

»Hannah? Habt ihr Tyler gefunden?«, rief sie voller Aufregung.

»Ja! Haben wir«, hörte sie ihre Cousine am anderen Ende sagen. Aber es klang nicht so befreiend und glücklich, wie es sollte.

Sofort spürte sie einen Knoten in ihrem Bauch. »Was ist? Geht es ihnen gut?«

»Ja, geht es, aber sie sind recht schwach.«

Sky, der Marina ständig im Auge hatte, checkte zwar, dass sie eventuell gerade Informationen über Tyler erhielt, konnte aber nicht zu ihr gehen, da er gerade Autogramme gab. Er schrieb ›Merry Christmas for Juniper‹ mit einem dicken, weißen Stift auf eine Vinyl-Ausgabe seines letzten Albums, bevor er die Schallplatte mit seinem Namen signierte.

»Darf ich dich noch küssen?«, fragte ihn die etwa vierzigjährige Frau mit dem rot gefärbten Haar. »Ich bin so ein Fan von dir, Sky!«

»Klar doch.« Dann drehte er sich zu Dana. »Wärst du so nett und schießt ein Foto von uns mit Junipers Handy?«

»Sicher.«

Unter anderen Umständen hätte Dana gesagt, dass dieser Rummel um Sky alles Besinnliche an Weihnachten zerstöre. Aber erstaunlicherweise war dem nicht so. Die Handyaufnahmen gingen zwischen den kurzen, aber herzlichen Gesprächen und innigen Umarmungen völlig unter. Alle sprachen von Tyler und drückten ihre Besorgnis aus. Einige erzählten kurze Geschichten von Brody. Und was für ein außergewöhnlicher Mann er gewesen war.

Viele Frauen waren allein mit den Kindern hergekommen, weil ihre Männer nach Tyler suchten, und auch Sarah war bei *Hallelujah* nachgekommen. Dieser Heilige Abend war anders als jeder andere bis jetzt in Moose Creek.

Juniper war mehr als glücklich mit ihrem Autogramm und dem Foto. Sie zeigte es Dana und sagte: »Wenn wir es schaffen, dass ein Sky Crater in Moose Creek von Haus zu Haus zieht und Weihnachtslieder singt, dann schaffen wir auch das Wunder, dass Tyler und die Kinder gefunden werden.«

Dana nickte und meinte darauf: »Dein Wort in Gottes Ohr.«

Doch dann sah sie, wie Marina an ihr vorbeilief, auf die hölzerne Veranda der Samsons sprang und laut ausrief: »Bitte hört mir mal kurz zu.« Alle drehten sich ihr erstaunt zu, und es zog eine geradezu gespenstische Stille ein. »Danke! Also: Sie haben Tyler und die Kinder gefunden!«

Zu mehr kam sie nicht, denn ein fremder Mann, der neben ihr stand, fiel ihr in der Sekunde um den Hals. Wie es auch alle anderen taten. Egal, wer neben wem stand, der Nächstbeste wurde gedrückt, die Nächstbeste erhielt einen Kuss auf die Wange. Die Kinder im Chor lachten und redeten gleichzeitig. Und der kleine Liam schrie laut: »Jaaa! Sie haben Noah gefunden! Jetzt bekommt er doch noch mein Auto.«

Dana, die Sky an ihren großen Busen gepresst hatte, dass ihm ganz anders geworden war, ließ ihn los und erklärte ihm: »Und jetzt singen wir. Es ist Zeit für *Stille Nacht, heilige Nacht.*«

»Das ist es«, erwiderte Sky und begann mit der Gitarre. Marina kam von der Veranda nach unten zu ihm. Er lächelte sie an und deutete ihr, neben ihm zu bleiben.

Die Sternträgerin ging auf Danas Zeichen voran, Sky und der Chor folgten ihr samt dem Publikum zurück zum Baum vor dem Rathaus, der nur etwa vierhundert Meter entfernt stand.

Weihnachtlicher kann es nicht sein, dachte Marina glücklich, die neben Sky mit der Spendenbox, dem Auto und der Blechdose in den Händen durch den Schnee lief.

Vom Rathaus kam ihnen nicht nur Angel entgegen, sondern auch noch ein paar andere Einheimische, die von Cole oder Jack erfahren hatten, dass Tyler und die Kinder gefunden worden waren. Auch sie stimmten in das Weihnachtslied ein, welches achtzehnhundertachtzehn in einer kleinen Kirche in Österreich das erste Mal von Franz Xaver Gruber gespielt worden war. Seine Melodie, die er zum Text von Joseph Mohr geschrieben hatte, hatte den Heiligen

Abend auf der ganzen Welt für immer verändert. Vielleicht passte das Lied deshalb so perfekt zu dieser Nacht in Moose Creek, weil diese Gemeinde nicht viel größer war als Oberdorf, wo das berühmteste Weihnachtslied der Welt geboren worden war.

Tyler bekam von all dem nichts mit, doch für sie war ein Wunder geschehen, als sie Cole, Cooper und Hannah durch ihre müden Augen erblickt hatte.

*H*alleluja!

Kurz davor ...

Tyler saß auf dem morschen Holzbett und hielt ihre beiden Kinder eng umschlungen, dicht an ihren Körper gepresst. Draußen vor der Tür hatte sie Noah endlich gefunden, nachdem Charlotte ihr gestanden hatte, dass er ein paar Sachen in einen Rucksack gepackt und sich aufgemacht hatte, Santa im Wald zu suchen. Er hatte unbedingt mit ihm sprechen wollen, was allein ihr Fehler gewesen war, wie Tyler sofort klar geworden war.

Dabei hatte sie den Kindern nur schonend vermitteln wollen, dass Santa in diesem Jahr keine großen Geschenke für sie bringen werde. Ihr Geld reichte gerade mal für Essen und Heizung. Tyler hatte einen Baum von Sarah geschenkt bekommen, den sie auch geschmückt hatte, aber dabei hatte sie die ganze Zeit weinen müssen. Weihnachten ohne Brody riss ihr das Herz aus dem Leib. Natürlich hatte sie zwei Kleinigkeiten für die Kinder, aber es war eben nicht so, wie es vor Brodys Tod gewesen war. *Nichts* war so wie vor seinem Tod. Ginge es nach ihr, hätte sie Weihnachten erst gar nicht gefeiert.

Dass Noah sich das so zu Herzen nahm, hatte Tyler nicht ahnen können. Ihres war stillgestanden, als sie in ihrem kleinen Haus nach ihm gesucht und ihn nirgendwo hatte finden können. Tyler hatte Charlotte geradezu anschreien müssen, bis ihre Tochter mit der Wahrheit herausgerückt war. Dann hatte sie ihre Tochter genommen und war nach draußen gelaufen, um ihn zu suchen.

Doch in dem Moment, als sie Noah kurz vor der Hütte entdeckt hatte, war sie selbst über einen kleinen Felsbrocken gestolpert und hatte sich ihren Fuß so schwer verletzt, dass sie es mit den Kindern gerade noch ins Innere geschafft hatte. Vor lauter Schmerzen konnte Tyler keinen weiteren Schritt mehr gehen und war nun dagesessen. Hatte still um ein Wunder gebetet, denn hier gab es kein Handynetz. Hilfe konnte sie also keine holen. Sie hatte den Kindern gesagt, sie sollten allein zum Haus zurückgehen, doch die beiden wollten partout nicht von ihrer Seite weichen.

Irgendwann hatte sie sich innerlich ihrem Schicksal übergeben. Entweder würden sie bald alle bei Brody landen oder es durch ein Wunder überleben. Beides war für sie in Ordnung, denn ihre Kräfte waren am Ende. Das Einzige, das sie tun konnte, war Noah und Charlotte zu wiegen. Von irgendwoher nahm sie die Kraft, ihnen ihr Lieblingsschlaflied zu summen. Mit geschlossenen Augen.

Als sie plötzlich Stimmen hörte und kurz darauf Cole erblickte, der »Tyler!« rief, dachte sie im ersten Moment, sie halluzinierte bereits. Wer würde denn am Weihnachtsabend zu dieser verlassenen Hütte kommen. Ein Bär vielleicht. Aber ein Mensch? Und noch dazu Cole? Der sollte doch mit den anderen im Dorf Weihnachten feiern. Im Rathaus. Das war Tradition am Weihnachtsabend.

Doch er kam auf sie zu und umarmte sie. Auch die Kinder erwachten aus ihrer Trance und schrien: »Cole!«

»Meine Güte, habt ihr uns eine Angst eingejagt! Was macht ihr denn hier? Tyler! Ihr hättet erfrieren können.«

Ja. Hätten wir. Sie sammelte sich und sah ihn aus kleinen, erschöpften Augen an. »Wieso bist du hier?«

Dann erblickte sie hinter Cole auch noch Cooper und Hannah, die sie nur von Erzählungen kannte. Aber das mussten sie sein.

»Jack wollte euch etwas vorbeibringen, und da niemand zu Hause war, haben wir euch gesucht.« Cole deutete auf ihr Bein. »Du hast dich verletzt?«

Langsam kam Leben in die frierenden Kinder zurück. Noah murmelte schuldbewusst: »Ich wollte doch nur zu Santa.«

Hannah hob den verängstigten Buben hoch. »Hey du. Ich bin Hannah, und du wirst sehen, alles wird gut. Cole kümmert sich um deine Mommy, und ich werde dich zum Auto bringen, da ist es dann warm. In Ordnung?«

Noah schaute fragend seine Mutter an. Da diese nickte, meinte er: »Okay.«

Cooper sah die zierliche, extrem schlanke Frau an und überlegte kurz. Cole würde sie allein tragen können, denn selbst gehen konnte sie ganz offensichtlich nicht. Er streckte seine Hand aus und gab sie Charlotte. »Und ich bin Cooper. Sag mal, Charlotte, nicht? Kommst du mit zu unserem Wagen?«

»Glaub schon«, antwortete die Kleine tapfer, auch wenn sie unendlich müde war.

»Sehr gut, dann starten wir mal, und Cole trägt eure

Mommy, ja?«, schlug Cooper vor und hob auch schon Charlotte hoch.

»Alles wird gut, Tyler!« Cole lächelte sie an und versuchte ihr damit Mut zuzusprechen.

»Ich schaff das mit dem Gehen schon irgendwie«, jammerte sie. Tyler hasste es, so hilflos dazusitzen. Und ihr war das alles furchtbar peinlich.

»Blödsinn, Tyler«, erwiderte Cole sofort. »Wir müssen euch so schnell wie möglich ins Warme bringen.«

»Ich weiß«, antwortete sie ihm kraftlos, und er packte sie mit zwei Armen und hob sie mühelos auf.

Kaum waren sie vor der Tür, kam ihnen Jack mit einem zweiten Mann entgegen. Greg, groß und kräftig gebaut, nahm Hannah Noah ab, öffnete seine Jacke, wickelte sie um den kleinen Jungen und trug ihn dicht an seinen Körper gepresst bis zur Straße. Cooper hatte das mit Charlotte ebenso gemacht, nur Hannahs Jacke war zu eng, um Noah darin einzupacken.

Sie marschierten zügig durch den unter ihren Stiefeln knirschenden Schnee und kamen nach wenigen Minuten beim Weg an.

Sofort setzten sie die beiden Kleinen in Jacks noch warmes Auto. Hannah stieg ebenfalls ein und nahm Noah auf den Schoß. Charlotte kuschelte sich an sie, und Jack, der immer ein paar Decken im Kofferraum seines SUVs hatte, legte zwei über Hannah und die Kinder.

Tyler hievten sie auf seinen Beifahrersitz, und auch sie hüllten sie in eine flauschig graue Decke. Dankbar lächelte sie Jack an.

Der stieg noch einmal aus und meinte: »Ihr fahrt mir nach. Wir müssen zu Doc, ich rufe ihn sofort an. Und wenn der nicht zu erreichen ist, dann fahre ich weiter nach Almonds.«

Dieser Ort war um einiges größer als Moose Creek, dort gab es ein Krankenhaus.

»Ist gut. Ich folge dir«, erklärte ihm Cole, der mit Cooper und Greg in seinem Truck Platz nahm. Er ließ den Motor an und fuhr Jack nach.

Wenig später erreichten sie den einzigen Arzt in Moose Creek, dessen Praxis sich im dritten Haus neben der Bar an der Hauptstraße befand. Jack hatte ihn angerufen und den Doc mit seiner Frau irgendwo, ebenfalls nach Tyler suchend, aufgestöbert.

»Ihr habt sie? Gott sei Dank, Jack. Wir sind in fünf Minuten zurück.«

Und das waren sie, denn beide standen an der Tür bereit, um sich sofort um Tyler und die Kids zu kümmern.

Jack trug Tyler in die Praxis im Erdgeschoss und setzte sie direkt auf dem Behandlungstisch ab. Hannah wollte mit den Kindern im Warteraum bleiben, doch die Frau des Docs lotste sie in die Küche.

Der hagere, beinahe siebzigjährige, weißhaarige Mann tätschelte Tylers Hand.

»Tyler! Hast du einen Elch getreten?«, fragte er sie schmunzelnd.

Mühsam versuchte die junge Frau zu lächeln. »Schön wäre es, Doc.«

»Nun, dann wollten wir mal sehen.« Jim Harrison nahm sich sofort ihrer Verletzung an. Vorsichtig zog er ihr den dicken Stiefel aus. »Sorry, ich weiß, dass es schmerzt. Aber es muss sein.«

»Ist schon okay.«

Tyler biss die Zähne zusammen, bis er endlich den Fuß in seinen Händen hielt und eingehend untersuchte. Jack stand neben ihnen und hoffte, dass er nicht gebrochen war, denn dann müsste er sie ins Krankenhaus bringen, was für die Kinder am Weihnachtsabend sicher schlimm wäre. Und für Tyler erst.

»Wird Mommy wieder okay?«, fragte Charlotte zögerlich draußen in der Küche der Praxis, wo Jims Frau Emma den beiden Kindern eine heiße Schokolade gebrüht und sie in ihren Decken an den Tisch gesetzt hatte.

»Ganz bestimmt, Kleines. Und? Wie ist die Schokolade?«

Hannah stand in der Küche neben Cooper, der mit Cole nachgekommen war. Greg hatte sich vor der Tür verabschiedet und war direkt in die Bar auf ein Bier gegangen. Das brauchte er jetzt nach all der Aufregung.

»Was hältst du davon, wenn wir sie anschließend zu Daniel bringen?«, fragte Hannah Cooper leise.

»Gute Idee, denn Li hat ohnehin in unserem Auftrag eine Überraschung für sie organisiert«, erwiderte Cooper.

»Echt? Das hast du mir gar nicht erzählt.«

»Tja, Babe. Ich habe eben noch Geheimnisse, auch wenn es nur mehr wenige sind.«

Hannah lächelte ihn selig an. Sie liebte ihn. Heute noch mehr als jemals zuvor. Sie war einfach nur dankbar, dass sie die Familie gefunden hatten. Nicht auszudenken, wenn sie das rote Auto nicht gesehen hätte.

»Emma, dürften wir die Kleinen zu Daniel mitnehmen? Cole kann uns fahren, und Jack könnte Tyler dann später nachbringen?«

»Ja, kann ich. Und wisst ihr was? Ich gehe schon mal

nach draußen und starte den Wagen, damit er nachher warm ist.«

»Mach das. Und fröhlich Weihnachten, Cole«, meinte Emma. Zu Hannah und Cooper sagte sie: »Aber gebt mir eine Minute, ja? Ich frage mal Jim, ob er sie noch schnell durchchecken möchte.«

Die schmale Frau mit dem schulterlangen grauen Haar lief aus der Küche hinüber in den Behandlungsraum und war schnell wieder zurück. »Wie ich vermutet hatte. Er kommt gleich. Wenn alles okay ist, könnt ihr danach fahren.« Dann wandte sie sich den Kindern zu. »Und? Noah, Charlotte? Was haltet ihr von einem ganz tollen Weihnachtsbaum?«

Charlotte rief sofort: »Jaaa! Aber nur, wenn Mommy mitkommt.«

Allerdings senkte Noah zum Erstaunen aller Anwesenden sein Kinn und sah sie böse an. Dann schüttelte er energisch seinen Kopf. »Nein! Da kann Santa uns nicht finden!«

Der Doc stürmte zur Tür herein und meinte gut gelaunt zu Noah: »Wen höre ich denn da? Noah, mein Junge! Und Charlotte!«

Dann erklärte er dem Buben schmunzelnd, dass Santa immer wisse, wo sich die guten Kinder befänden, dafür habe er ja seine Elfen. Noahs Hirn ratterte sichtlich, er zog die Stirn in Falten und dachte nach. Nach einer Weile schien er dem Doc zu glauben, denn nun nickte er. »Okay.«

So ganz nebenbei zwischen ein paar Späßen über die Elfen und wie sie aussahen, untersuchte der Arzt die Kinder. Sie waren bereits stark unterkühlt gewesen, aber die Körpertemperatur war wieder halbwegs okay. Zwar im unteren Bereich, aber gut, und sie wirkten aufgeweckt und munter mit ihren rosigen Wangen.

Nach ein paar Minuten war er fertig, und mit seinem Stethoskop um den Hals meinte er: »Alles in Ordnung, ihr zwei. Aber bevor ich euch entlasse, schwört ihr mir, vor allem du, Noah, dass ihr nie wieder allein loszieht, ohne vorher eurer Mutter Bescheid zu geben.«

Jetzt, da ihnen wieder warm im Bauch und auch sonst war, riefen beide laut, aber mit sichtbar schlechtem Gewissen: »Ich schwöre!«

»Wunderbar. Dann wünsche ich euch fröhliche Weihnachten mit eurer Mommy.« Damit entließ er die kleinen Patienten in die Obhut von Hannah und Cooper, denen er und seine Frau Emma ebenfalls noch ein wundervolles Weihnachten wünschten.

Cooper hielt Hannah, die den Kleinen hochgenommen hatte, die weiß gestrichene Eingangstür der Praxis auf, und ein Lächeln huschte über sein Gesicht, als sich die Hand von Charlotte in seine schob. »Na, dann wollen wir mal. Jack bringt dann eure Mommy zu uns nach.«

Cole saß im Truck und hatte die Heizung voll aufgedreht, als sie die Tür öffneten.

»Perfektes Timing«, rief er Cooper zu. »Jetzt ist der Wagen wieder warm.«

»Absolut!« Denn als er die Wagentür geöffnet hatte, war ihm heiße Luft entgegengeweht. Das war gut.

Cooper half Charlotte ins Auto. *Ich hoffe, sie werden ein schönes Fest mit uns haben,* dachte Hannah, die Noah an Cooper übergab, der ihn neben seine Schwester auf den Rücksitz setzte. Bevor Hannah neben den Kindern Platz nahm, raunte ihr Cooper zu: »Hättest du gedacht, dass unser Weihnachtsgeschenk zwei Kinder sind?«

»Nein.« Hannah grinste. »Aber ich könnte die ganze Welt umarmen, so froh bin ich, dass alles gut ausgegangen ist.«

»Ich auch. Ich rufe mal schnell Marina an.«

Und das tat sie, während Cole Weihnachtsmusik aufdrehte

und Cooper, der neben ihm Platz genommen hatte, fragte: »Was ist denn nun mit Tyler?«

»Der Doc muss noch ihren Fuß versorgen. Hoffentlich muss sie nicht ins Krankenhaus«, erklärte ihm Cooper flüsternd, denn er wollte die Kinder nicht beunruhigen.

»Okay, verstehe.«

Während die fünf zu Daniel fuhren, kümmerten sich Jim und Emma nun gemeinsam um Tyler, die nur langsam den Tee trank, den Emma ihr zubereitet hatte. Jack hatten sie rüber zu Angel geschickt, da sie allein mit ihr sprechen wollten.

Emma sah der jungen Frau an, wie erschöpft sie war. Auch der Doc war besorgt, denn ihre Körpertemperatur war noch zu niedrig, und der Fuß musste durchleuchtet und danach ruhiggestellt werden, aber in seiner Praxis hatte er weder Krücken noch die entsprechenden Bandagen. So wie er das sah, war vermutlich nichts gebrochen. Aber da sie nicht auftreten konnte und der Fuß ziemlich angeschwollen war, würde sie wohl für eine Weile Krücken brauchen.

»Und das alles am Weihnachtsabend.« Seufzend legte Emma zur Beruhigung eine Hand auf Tylers Schulter. »Doch so wie ich das sehe, habt ihr drei heute einen Schutzengel gehabt. Ihr hättet erfrieren können.«

»Ich weiß«, murmelte Tyler. »Brody hat wohl auf uns aufgepasst.«

»Ja, das hat er. Und ich sage dir, Tyler, er wäre ziemlich sauer geworden, wenn euch mehr passiert wäre«, ergänzte der Doc. Dann überbrachte er ihr die teils gute, teils schlechte Nachricht: »Also, gut ist, dass das meiner Ansicht nach nur eine verdammt heftige Prellung ist, doch das sehen wir erst im Röntgen endgültig.«

Tyler musterte ihn mit ihren rehbraunen Augen besorgt. »Und was ist die schlechte Nachricht?«

»Dass du ein Röntgen und vermutlich Krücken brauchst. Aber keine Sorge, Emma und ich fahren dich jetzt rüber ins Krankenhaus nach Almonds.«

Sofort schüttelte sie den Kopf. »Nein, nein. Das wird schon wieder, Doc. Ich brauche kein Spital.«

Das konnte sie sich nicht leisten.

»Papperlapapp«, erwiderte der Arzt energisch, denn er hatte da so eine Ahnung, warum sie nicht ins Krankenhaus wollte. »Wir fahren dich nach Almonds. Und mach dir wegen der Kosten keine Sorgen, Tyler, die hat bereits Cooper übernommen.«

Sofort wehrte sie den Vorschlag auch deutlich mit ihren Händen ab. »Nein, kommt nicht infrage! Ich schaffe das schon. Wirklich.«

Sie wollte keine Almosen. Tyler wollte und musste das allein schaffen. Ohne das Mitleid und die Hilfe anderer. Das war sie Brody schuldig. Der würde sich im Grab umdrehen, wenn er wüsste, dass sie nicht für die Kinder sorgen konnte.

Emma und Jim kannten die junge Frau, seit er sie auf die Welt geholt hatte. Sie war stark und wollte keine Hilfe. Daher hatte auch niemand Tyler erzählt, dass Sarah als Bürgermeisterin beschlossen hatte, Spenden für sie und die Kinder zu sammeln. Sosehr er Tyler verstand und sogar bewunderte, er konnte es nicht zulassen, dass sie mit diesem Fuß ohne ärztliche Versorgung herumhumpelte.

»Wir wissen alle, dass du das kannst, Tyler. Aber hier entscheide immer noch ich als dein Arzt, was das Beste für dich ist.«

Etwas beschämt senkte sie den Kopf. »Wenn du sagst, Doc?«

»Ja, das tue ich. Aber erst trinkst du in Ruhe deinen Tee. Du brauchst Wärme von innen.«

Folgsam griff Tyler nach der Tasse, die am weißen Tisch mit den Instrumenten neben dem Behandlungsbett stand, und nahm ein paar Schlückchen.

»Mach dir keine Sorgen, Tyler. Ich denke, du hast es verdient, dass Santa sich mal etwas Gutes für dich und die Kinder einfallen lässt.«

Traurig blickte Tyler die grauhaarige Frau an. »Wenn es nur so einfach wäre, Emma. Glaub mir, wenn ich könnte, würde ich gerne an ein Weihnachtswunder glauben, aber seit Brodys Unfall scheint uns das Glück verlassen zu haben.« Und wenn Tyler ehrlich war, wäre sie jetzt am liebsten tot. Damit hatte sie in der Hütte bereits gerechnet und sich darauf eingestellt, langsam zu Brody hinüberzugleiten.

Der Gedanke, wieder als Familie vereint zu sein, war tröstlich gewesen. Doch nun, nach der ersten Freude über ihre Rettung, war sie wie jeden Tag wieder mit ihren Problemen konfrontiert und dem Gefühl, es vielleicht doch nicht schaffen zu können. Die pochenden Schmerzen in ihrem Fuß waren nicht so schlimm wie die Tatsache, dass sie sich gehandicapt mit Krücken um alles kümmern musste. Sie konnte nicht einmal Schnee schaufeln, geschweige denn das Feuerholz ins Haus tragen. *Wie soll das denn funktionieren?*

»Schluss mit dem Trübsinn, Tyler. Heute ist Weihnachten, und ich schwöre dir, du hast dir ein verdammt gutes Weihnachten verdient.« Emma seufzte. »Und wir werden dafür sorgen, dass du Hilfe bekommst, solange du die Krücken hast.«

»Aber –«

Sofort winkte Emma ab. »Kein Aber, Tyler. Lass dir

helfen! Für Noah und Charlotte. Ja? Wir sind hier eine Gemeinschaft und halten zusammen. Brody hat auch jedem geholfen. So läuft das hier bei uns, also wehr dich nicht.«

»Ja, das hat er.«

»Siehst du!«

Damit verließ Emma den Raum, um vor der Abfahrt nach Almonds noch schnell mit Sarah zu telefonieren. Tyler sank auf dem Bett nach hinten und starrte die weiß gestrichene Decke an. *Warum, Brody? Erklär mir einfach, was das alles für einen Sinn hat!*

So geht das nicht weiter! Tylers Zustand macht mir richtig Angst, schoss Emma durch den Kopf, als sie im Nebenraum ihre Jacke anzog und alles für ihren Mann zusammensammelte. Dann holte sie noch einen Polster fürs Auto, damit Tyler es bequemer haben würde.

Wie auch immer Sarah es anstellen würde, sie musste als Bürgermeisterin zusehen, dass die Kinder und Tyler morgen früh etwas Ordentliches in den Strümpfen hatten. Und Geld! Auch sie und Doc hatten bereits für die kleine Familie gespendet. Und eine Hilfe musste her. Allein würde Tyler den Haushalt und den Rest nicht bewältigen können.

Gleich nach ihrem kurzen Telefongespräch mit Sarah, die schon von Marina erfahren hatte, dass Tyler und die Kinder gefunden worden waren, und es zum Glück wie Emma sah und versprochen hatte, alles zu organisieren, packten sie und ihr Mann Tyler, in eine dicke Decke gehüllt, in Docs Wagen und machten sich auf den Weg ins Krankenhaus. Das Gute war, dass es nur eine rund fünfzehnminütige Fahrt bis zur Klinik war. Doc hatte bereits angerufen, und daher sollten sie dort schnell ein Röntgen bekommen.

. . .

Tyler blickte aus dem Fenster und beobachtete die bunt beleuchteten Häuser und kleinen Holzhütten, die an ihr vorbeizogen. Die wenigen Menschen, die noch auf der Straße waren, sahen glücklich aus. Fröhlich. Erwartungsvoll. Gefühle, die auch sie einmal gekannt hatte. Mit Brody war immer alles einfach gewesen. Er war ein Machertyp gewesen. Aber ohne ihn?

Sosehr sie es sich auch wünschte, bei ihr kam nicht ein Hauch von Weihnachtsstimmung auf. Wie auch? Sie hatte bloß diese zwei kleinen Geschenke für ihre Kinder, und das war es. Ein Plastikauto für Noah und ein Täschchen mit einer rosa Bürste und Haarspangen für Charlotte. Das Geld musste sie für Lebensmittel und die Heizkosten sparen, um sie über den langen Winter zu bringen. Nie hätte sie gedacht, dass Weihnachten so unendlich traurig sein könnte. Und die Hoffnung, dass es wieder anders würde, hatte sie längst gemeinsam mit ihrem geliebten Mann begraben. Hoffnung war etwas für Träumer. Sie aber war Realistin und wusste, was neben Brodys Foto und dem der Kinder in ihrer Geldbörse steckte. Und das war leider nicht viel.

Aber so war das Leben eben. Nie gerecht, für die meisten schwer und nur für manche so leicht, dass sie es sich selbst schwer machen mussten. Doch am schwersten wogen ihre Selbstvorwürfe. Sie hatte Noah den Schwachsinn mit Santa erzählt. Sie war es, die nicht auf ihn aufgepasst hatte, und nun, da es ihr körperlich besser ging, schämte sie sich am allermeisten für die Gedanken, mit ihren Kindern sterben zu wollen. Wie hatte sie jemals so weit kommen können? Wie hatte sie das zulassen können? Gott würde sie dafür bestrafen.

Laut seufzte Tyler, und Emma schickte ihr einen besorgten Blick von der Seite.

Es wurde eindeutig Zeit, Tyler wieder lächeln zu sehen!

KAPITEL 13

So eine Bescherung!

»Ich kann diese Stimmung noch immer nicht fassen. Einfach unglaublich. Du hättest dabei sein sollen«, schwärmte Sky selbst eine Stunde später vom Sternsingen. »Daniel, ich muss dir für diese Erfahrung danken.« Er nahm einen Schluck vom Whiskey, den Li ihm zum Aufwärmen eingeschenkt hatte, und blickte in das im offenen Kamin prasselnde Feuer.

»Aber gerne doch«, erwiderte der Regisseur, die Beine überkreuzt, lässig im anderen Avantgarde-Ohrensessel sitzend.

Die beiden Teile waren neu, von einem Künstler entworfen und Unikate. Daniel liebte die Stühle. Diese Silber-, Blau-, Türkis- und Goldtöne unterstrichen deren spacige Form. Darauf zu sitzen und durch die Glasscheiben nach draußen zu sehen, gaukelte ihm das Gefühl vor, Commander einer Raumflotte zu sein.

Sein Weihnachtsoutfit, ein hautenger Anzug in Silber mit

einem breiten Revers und Kragen in dunklem Blau, unterstrich diese Anmutung noch. Und Daniel wie auch die beiden Ohrensessel passten perfekt in sein Wohnzimmer im Obergeschoss und zum Klavier, wie Sky fand.

»Du weißt schon, dass du wie eine neue Version von Captain Picard aussiehst?« Sky schwenkte das Whiskey-Glas durch die Luft und fand Daniel einfach nur zum Brüllen.

Daniel kniff die Augen zusammen. Er war einer der letzten Großen, die nicht um des Auffallens willen schräg gekleidet waren, sondern weil Daniel einfach schräg war. Schräg dachte. Schräg lebte. Auch seine Filme waren mehr als schräg und genau deshalb einzigartig.

Und das schätzte Sky. Auch er selbst trat in den seltsamsten Outfits auf, und auch bei ihm hatte die Kleidung etwas mit dem zu tun, was er mit seiner Musik erzählen wollte. Selbst die Form der Gitarren nutzte er, um seine Geschichte zu unterstreichen. Mittlerweile wurde jede nach seinen Wünschen gebaut.

Wie viele große Stars vor ihm sah Sky eine Bühnenshow als Gesamtkunstwerk an, das mehr war, als ein paar halb nackte Tänzerinnen mit großem Busen und flachem Bauch zu zeigen. Wie Daniel betrachtete er sich als Geschichtenerzähler, vielleicht verstanden sie einander deshalb so gut?

Was sie jedoch ganz wesentlich voneinander unterschied, war, dass Sky in seiner Freizeit lieber unerkannt blieb. Schwierig genug bei seinem markanten Gesicht, dem schulterlangen schwarzen Haar und seiner auffallend großen, schlanken Gestalt. Daher trug er privat meist bloß blaue oder schwarze Jeans zu gleichfarbigen T-Shirts. Er liebte es *plain and simple*. Nicht so Daniel, der sich wieder einmal bewusst viel Zeit mit einer Antwort gelassen hatte, weil er mit Genuss einen Schluck Whiskey getrunken hatte und nun das Glas in seiner Hand schwenkte.

»Captain Picard denkst du? Sieh mich an, Sky, dann wüsstest du sofort, dass plejadisches Blut durch meine Venen fließt und ich gekommen bin, um der Welt den Frieden zu verkünden.« Er zupfte an seinem weit ausladenden Kragen, um seine Botschaft zu unterstreichen.

»Sorry! Wie konnte ich das übersehen! Klar bist du ein humano-plejadischer Hybrid, ich meine König. Aber solltest du an einem Tag wie heute nicht eher ein Abgesandter des Nordpols sein?«

Mit seinen durchdringenden Augen sah Daniel Sky schockiert an. »Meinst du? Vielleicht hast du recht, schließlich kommen Cooper und Hannah demnächst mit diesen kleinen Terroristen. Da schadet eine Portion Elfenpower sicherlich nicht.«

Marina, die von der Toilette zurückkehrte, wo sie sich ein wenig frischgemacht und geschminkt hatte, war verwirrt: »Wen meinst du mit Terroristen, Daniel, und wofür brauchst du Elfenpower?«

»Ach nichts, so bezeichnet Daniel bloß die Kinder von Tyler, und um sie auszuhalten, braucht er Superkräfte«, erklärte ihr Sky grinsend.

»Falsch. Alle. Ich bezeichne alle Kinder so. Egal, wer sie in die Welt gesetzt hat und wie entzückend sie dich ansehen! Die haben es faustdick hinter den Ohren, glaubt einem alten Mann.« Er holte tief Luft. »Ihr habt ja keine Ahnung, was ich schon alles erlebt habe. Einer dieser Bälger ist zum Beispiel immer auf seine eigene Brille getreten, wenn er sauer war.« Marina hoffte, dass Daniel das mit der Bezeichnung ›Terroristen‹ nicht wirklich ernst meinte, daher entspannte sie sich wieder.

»Wie sinnig! Dann musste er ja blind herumlaufen«, bemerkte Sky grinsend.

»Nein, denn dann hat er seine Gouvernante gegängelt, bis sie ihm heimlich beim Optiker neue Brillen geholt hat.«

»Schauspielerkind?«, fragte Marina, und natürlich nickte Daniel heftig.

»Ja. Je berühmter die Eltern, desto nervtötender die Kinder.« Grinsend fügte er »Bis auf die Ausnahmen« hinzu.

»Okay, Themenwechsel. Wir erwarten in ein paar Minuten ein paar sehr junge Gäste. Und es ist immerhin der Heilige Abend. Wie sieht denn das Programm jetzt aus, Daniel?« Marina war geradezu aufgeregt, denn seit Hannahs Anruf freute sie sich riesig auf die beiden Kleinen. Weihnachten mit Kindern war immer am schönsten.

»Wir gehen nach unten, ich verkleide mich als Santa, erschrecke sie, dann geben wir ihnen Alkohol, und ich setze den Baum in Brand, den Li dann aufgeregt löscht. Wäre das ein Plan?«

Marina schlug sich die Hand auf die Stirn. »Okay, du bist, was den Plan betrifft, draußen, Daniel! Deine Fantasie ist ja angsteinflößend!«

»Ja, das behaupten zum Teil auch meine Kritiker.« Lachend stand er auf. »Aber so schnell geht es, und man kann sich wieder entspannen.«

»Was stellst du dir denn vor?«, fragte Sky Marina und nahm ihre Hand.

Sie erhob den Zeigefinger der anderen. »Gut, dass mich einer von euch fragt.« Und dann erklärte sie ihnen ihre Vorstellung von Weihnachten. »Wir sollten die Kinder hier in den ersten Stock bringen, und ihr Männer spielt etwas mit ihnen. Sie sollten auch etwas essen. In der Zwischenzeit lege ich mit Hannah unten die Geschenke vor den Baum. Wenn wir fertig sind, läute ich die Weihnachtsglocke, und du, Sky, musst bitte noch einmal *Stille Nacht* singen.« Die beiden Männer sahen einander grinsend an. Da hatte ja jemand eine mehr als klare Idee, wie der Abend abzulaufen hatte. »Anschließend gibt es die Bescherung und erst danach das Essen für uns Erwachsene, das deine Angestellten gerade vorbereiten, Daniel.« Marina blickte von Daniel zu Sky. »Passt das für euch?«

»Klingt nach europäischen Weihnachten«, bemerkte Daniel. »Du weißt schon, dass sie das verwirren wird? Normalerweise würden sie mit ihrer Mutter ins Rathaus gehen, wo sich alle vom Dorf kleine Geschenke überreichen und gemeinsam essen.« Letztes Jahr war sogar er dabei gewesen. »Aber auf jeden Fall wissen sie, dass Santa irgendwann in der Nacht durch den Kamin schlüpft, daher erwarten sie ihre Geschenke erst morgen in den Strümpfen am Kamin.« Dann setzte er nach. »Aber natürlich auch die von der Familie vor dem Baum.«

Marina bemerkte, dass Sky zustimmend genickt hatte. *Okay, er hat recht. Die Kiddys sollen das Weihnachten bekommen, das sie sich wünschen.* Hier ging es nicht um ihre Vorstellungen.

»Gut. Dann eben so. Haben wir Strümpfe für alle?«

Daniel deutete auf die Hausgegensprechanlage. »Frag mal bei Li nach. Der weiß solche Dinge.«

Marina musste lachen. »Klar. Wer sonst?«

Doch statt Li anzurufen, erhob sie sich, drückte Sky einen Kuss auf den Mund und lief nach unten.

Die nächste Viertelstunde verbrachte sie damit, Namenskärtchen zu schreiben und die Strümpfe mit Geschenken zu füllen. Li half ihr dabei, denn er hatte in einem Zimmer alles gestapelt, was Cooper, Sky und Daniel gemeinsam noch am späten Nachmittag bestellt und er abgeholt hatte.

Nach einem Telefonat mit Dana wusste Marina auch, dass

diese die beim Sternsingen gesammelten Geschenke später vorbeibringen würde. Sie war wegen ein paar neuer Gäste kurz in der Pension. Marina wunderte sich zwar, wer so spät am Heiligen Abend hier ankam, fragte aber nicht nach.

Als es läutete, legte sie den Stift weg und drückte Li, der gerade zur Tür hereinkam, den letzten prall gefüllten Strumpf in die Hand. »Ich geh schon.«

Der sah sie allerdings groß an. »Du weißt aber, dass wir sie leer am Kamin aufhängen?«

Marina ließ sich mit einem jammernden Laut nach hinten aufs Bett fallen. »Na super! Und warum sagst du mir das nicht gleich?«

»Du hast so glücklich beim Befüllen ausgesehen«, meinte Li lakonisch und grinste sie an.

»Danke aber auch! Dann geh du zur Tür und sieh zu, dass niemand hier bei mir auftaucht, bevor ich nicht alles wieder ausgepackt habe.« Er drehte sich um, und Marina rief ihm nach: »Und bitte! Lass die Kinder nicht ins Wohnzimmer zum Baum! Das soll eine Überraschung werden.«

»Ist gut!« Li verschwand, dafür tauchte Sky auf. »Und? Fertig?«

»Mit den Nerven? Ja.« Sie deutete auf die befüllten Strümpfe. »Kannst du mir schnell helfen, alle wieder auszupacken und zurück in den Waschkorb zu legen?«

Sky sparte sich seine Bemerkung, denn er wollte sie nicht noch mehr stressen. Daher half er ihr schweigend, während sie draußen schon die aufgeregten, hellen Kinderstimmen hörten.

Als sie fertig waren, lagen die Strümpfe mit den Namensschildern auf dem Bett. Sie schlossen die Tür hinter sich und gingen gemeinsam wieder nach oben. Zu ihrer Überraschung saß Daniel in einem roten Samtanzug mit passender Weihnachtsmütze in seinem Thron und hatte ein Buch in der Hand.

Marina kicherte. »Nicht wahr jetzt, oder?«

Sky schüttelte grinsend den Kopf. Ein Anblick für Götter!

Cooper und Hannah hatten auf einem der beiden Sofas Platz genommen und winkten ihnen. Li stand neben ihnen in der offenen Tür.

Doch Daniel ermahnte sie, still zu sein. Dann beugte er sich nach vorn.

»Also, ihr wollt wirklich, dass ich euch eine Weihnachtsgeschichte vorlese, bis eure Mommy kommt?«, fragte er die Kinder.

Die Kleinen hatten sich auf den Teppich zu seinen Füßen gehockt und schrien ihn strahlend an: »Jaaa!«

Daniel hob die Hand. »Li, ich denke, wir brauchen hier heiße Schokolade, Tee, Zuckerstangen und … Na, du weißt sicher, was noch alles.«

Li nickte und wollte schon nach unten starten, doch Marina fing ihn ab. »Bring ihnen bitte auch etwas Anständiges zum Essen, ja? Wir wissen nicht, wann sie das letzte Mal gegessen haben. Und die Zuckersachen erst nachher.«

»Mache ich«, antwortete Li und verschwand nach unten.

»Sehr umsichtig«, kommentierte Sky ihre Anweisungen.

»Das ist doch ganz normal.«

Daniel sah vom Buch auf und deutete ihnen, zu gehen »Husch, husch. Geht nach unten, wir kommen nach, wenn wir fertig sind.« Dann sah er zu Cooper und Hannah. »Ihr beide auch. Ich kann mich nicht konzentrieren, wenn hier so viele Leute rumhängen.«

Die vier schickten einander erstaunte Blicke, taten aber, was er wollte.

Unten bemerkte Hannah: »Ist er jetzt völlig ausgerastet? Muss ich mir Sorgen machen?«

»Ich denke nicht«, erwiderte Sky. »Er hält Kinder zwar

für kleine Terroristen, aber sie dürften ihn in der Sekunde um den Finger gewickelt haben.«

»Sieht so aus«, stimmte Cooper zu. »Ich denke, es war Charlotte. Sie ist auf ihn zugerannt, hat die Arme um seinen Bauch geschlungen und gemeint: ›Du bist ja ein Weihnachtself!‹«

Sky konnte sich vor Lachen kaum mehr halten. »Und das unserem Daniel. Diesem Weihnachtsgrinch!«

Marina wurde bleich. Sie hatte den Grinch mit ihrer besten Freundin assoziiert, an die sie in dem ganzen Trubel überhaupt nicht mehr gedacht hatte. »Gott! Wo ist denn Karen? Sie war doch mit euch unterwegs?«

»War sie, aber wir haben Karen vor über einer Stunde in der Pension abgesetzt«, erklärte ihr Hannah. Schulterzuckend gab sie zu: »Und vergessen. Mist. Cooper, wir müssen sie holen.«

»Machen wir. Ich borge mir einen Wagen von Daniel.« Denn Cole hatte sie hier bloß abgesetzt und war wieder aufgebrochen. Er musste ja pünktlich in fünfzehn Minuten mit dem Schlitten durch den Ort fahren. Und danach traf sich ganz Moose Creek im Rathaus zur Dorfweihnachtsfeier. All das fiel Cooper in diesem Moment wieder ein. »Wollen wir nicht alle ins Dorf und mit den Kindern den Rentierschlitten sehen? Dann können wir am Weg Karen abholen?«

Beide Frauen nickten. »Das machen wir. Hannah, frag du mal bitte, ob die Kinder mitfahren wollen, und ich rufe Karen an.«

Keine zwei Minuten später war klar: Die Kinder wollten beim Elf bleiben, denn sie trauten sich nicht außer Haus, da sie ihrer Mutter ja versprochen hatten, ohne ihr Wissen nirgendwo mehr hinzugehen. Erstaunlicherweise war das für Daniel okay. Er saß nun selbst bei ihnen auf dem Teppich und aß mit ihnen kleine Burger und Würstchen mit Pommes frites.

Ihr Lieblingsessen, das Paul ihnen umgehend in der Küche zubereitet hatte.

Außerdem hatte Marina versucht, Karen anzurufen. Doch anscheinend bockte ihre beste Freundin und hob absichtlich das Telefon nicht ab. Danach hatte sie es bei Angel versucht, und diese hatte ihr erklärt, dass Karen allein an der Theke sitze und sich eine Flasche Wein bestellt hatte. Anscheinend betrank Karen sich also bei Angel in der Bar.

»Gut, dann fahren wir jetzt zu viert nach Moose Creek«, fasste Sky die Situation zusammen.

»Passt. Den Schlitten sehen wir auch vor dem *Loose Moose* vorbeifahren«, ergänzte Hannah, und sie zogen sich schnell an, denn sie mussten sich sputen.

Und tatsächlich. Gleich nachdem Cooper den Wagen gegenüber der Bar geparkt hatte und alle ausgestiegen waren, kam Cole mit dem Rentierschlitten vorbei. Er chauffierte zwei Erwachsene und zwei Kinder und fuhr langsam, denn hinter ihm liefen dem Schlitten weitere Kinder aus dem Ort nach.

Sie querten die Straße und winkten ihm vom Gehsteig zu, der immer voller wurde, da nun auch Gäste aus der Bar nach draußen strömten, um ihn zu sehen.

Wie aus dem Nichts stand Karen plötzlich neben Marina und fauchte sie an: »Danke! Du hast mir ja ganz tolle Weihnachten beschert!«

»Komm. Lass uns ein paar Schritte gehen und über alles reden.« Marina legte einen Arm auf ihren, doch Karen schob ihn weg.

Karen torkelte. »Reden? Du meinst doch nicht im Ernst, dass ich auch noch Einzelheiten darüber hören will, wie ihr im Heu ge–«

Blitzschnell hielt Marina ihr den Mund zu. »Jetzt hör aber

auf. Das ist gar nicht passiert, und außerdem bist du betrunken. Komm mit.«

Sie zog die völlig perplexe Karen ums Haus der Bar herum in den kleinen Hinterhof. Dort baute sie sich vor ihrer Freundin auf. »Okay. Es tut mir leid. Alles. Verstehst du? Ich weiß, dass du in Sky verschossen bist, und ich gestehe, dass wir uns geküsst haben.« Karen riss die Augen auf, doch bevor sie etwas sagen konnte, fuhr Marina fort, auch wenn es ihr unendlich schwerfiel und das Herz zerriss. »Was mir leidtut! Du bist meine beste Freundin, und so was darf nicht passieren. Also: Wenn du ihn noch willst, dann geh da raus und sprich mit ihm. Küss ihn. Tu irgendetwas, ja?«

»Ihr habt euch geküsst?«, wiederholte Karen wie in Trance.

Marina versuchte die Küsse kleinzureden. Es war ja nicht nur einer gewesen. Mal ganz abgesehen davon, was während des Sternsingens passiert war. Sie wusste, dass Sky nichts von Karen wollte. Aber das konnte sie für die beiden nicht klären. Wenn das, was sie und Sky verband, aufrichtig war, dann würde Karen es herausfinden und hoffentlich akzeptieren. »Ja, haben wir.«

»Ach? Und wie kam es dazu?«

Gute Frage. *Magie?* »Ich kann es dir nicht sagen. Ich weiß nur, das im Heu war ein Moment der geistigen Umnachtung. Von uns beiden.«

Marina blieb lieber bei der Heusache, als ihr von danach zu erzählen.

»Von euch beiden? Zur gleichen Zeit? Marina? Hörst du dir selbst zu?«

Ja, und genau das war ihr Problem. Es klang alles so fadenscheinig und unehrlich, denn das war es auch, und Marina schämte sich dafür. Aber verdammt! Es war Weihnachten, und das war Karen! Was sollte sie denn sagen? *Du, ich habe mich Hals über Kopf in Sky verliebt, und selbst wenn es morgen vorbei ist, ist das okay für mich?* »Karen, ich weiß! Es tut mir unendlich leid, was da alles passiert ist, und glaub mir, ich weiß, dass ich dich verraten habe, und schäme mich unendlich dafür.«

Karen atmete tief durch. Mehr als jeder Mann auf dieser Welt war ihre Freundschaft zu Marina wert. Sie hatten beide Trennungen hinter sich und wussten, auf wen sie sich in den schwersten Stunden verlassen konnten. Andererseits war sie Realistin. Sie wusste tief in ihrem Inneren längst, dass sie verloren hatte, wollte es aber irgendwie nicht wahrhaben. »Hör zu, ich gehe wieder auf die Straße und küsse ihn. Wenn ich spüre, dass da nichts kommt, kannst du ihn haben. Okay?«

Und schon stapfte sie los und ließ eine verdutzte Marina zwischen den Mülltonnen von der Bar stehen. *Sie tut das wirklich?*

Sofort als Karen ums Hauseck bog, erblickte sie Sky, der gerade mit Cooper und Hannah sprach. Sie stürmte auf ihn zu, schlang einfach ihre Arme um seinen Hals und küsste ihn. Mitten auf den Mund.

Sky riss die Augen auf und war so perplex, dass er erst nach einer Schrecksekunde ihre Arme von seinem Hals entfernte und festhielt. »Was soll denn das?«

Karen lächelte traurig. Der Kuss war kalt gewesen und hatte sich falsch angefühlt. Wie befürchtet. »Gar nichts. Ich wollte es bloß wissen.« Dann seufzte sie tief. »Wenn du irgendetwas für Marina empfindest, dann beweg deinen

Hintern zu ihr und tu etwas! Sag ihr, was du für sie empfindest.«

»Ist das dein Ernst? Erst küsst du mich, und jetzt willst du, dass ich zu Marina gehe?«

Karen fuhr ihm mit dem Zeigefinger bis knapp vor die Nase »Pass mal auf! Mir ist egal, wer du bist oder wie berühmt du bist. Aber eines weiß ich: Meine beste Freundin küsst niemanden einfach so und behauptet dann irgendetwas von einem Fehler. Das ist mein Revier. Marina ist aber das Gegenteil von mir. Die hat keine Affären oder One-Night-Stands. Haben wir uns verstanden?«

Ganz verstand er die Sache nicht, für ihn war doch längst klar, was er für Marina fühlte und umgekehrt. Sky wich zurück, denn wenn diese kleine Frau aufdrehte, hatte selbst er Angst, obwohl er sie um zwei Köpfe überragte. »Aber ich …«

»Sky Crater!«, blaffte sie ihn an. »Schau mir in die Augen und sag mir, dass du rein gar nichts für Marina empfindest.« Das konnte er nicht, denn Karen wusste seit gestern Abend, dass er sie angehimmelt hatte. Wenn auch verstohlen.

Er jedoch interpretierte die Sache anders. Es war eines, Marina mit Küssen und Gesten zu zeigen, dass er sich verliebt hatte, aber etwas gänzlich anderes, darüber zu sprechen. So weit war er noch nicht. »Natürlich empfinde ich etwas, aber –«

»Wenn ich noch ein einziges Aber aus deinem Mund höre, beginne ich hier zu schreien oder ich ziehe mich nackt aus. Keine Ahnung, ich entscheide mich dann spontan.«

Cooper und Hannah tauschten vielsagende Blicke aus. Die Kleine war eine Naturgewalt.

»Verdammt, Karen! Du kannst mich nicht in etwas hetzen, wofür ich nicht bereit bin!«

»Aha. Und was brauchst du, um bereit zu sein? Eine Einladung vom Weihnachtsmann?«

In dem Moment erkannte Sky, wie dämlich und unreif er sich anhörte. In wie vielen Songs war schon in allen Farben beschrieben worden, dass dich die Liebe immer auf dem falschen Fuß erwischt. Aber auch, dass es ein Fehler war, sie nicht zuzulassen. Nicht zu sagen, was man fühlte.

Er räusperte sich: »Nein. Die brauche ich nicht, aber ich laufe auch nicht zu Marina und tue, was du willst.«

»Na gut! Dann verpass eben die Chance deines Lebens«, keifte sie ihn an, doch in dem Moment kam Marina ums Haus herum. Sie hatte Karen und Sky ein wenig Zeit geben wollen. Als sie Karens Satz hörte, wurde ihr warm ums Herz. Er wollte sie also nicht.

Das fühlte sich gut an.

Karen stürzte auf sie zu. »Nur damit das klar ist: Du kannst ihn in die Wüste schicken oder nehmen. Ist mir völlig egal. Und jetzt komm, ich habe da drinnen noch Wein stehen, und ich glaube, wir brauchen beide einen Drink.«

Damit hakte Karen sich bei Marina unter und zog sie in die Bar mit. Sky blieb verblüfft stehen, bis Cooper zu ihm sagte: »Bro, ich glaube, wir brauchen jetzt alle einen Drink. Das erinnert mich zu sehr an Seattle.«

Hannah ebenso. Daher verbot sie sich, weiter darüber nachzudenken, und meinte: »Gute Idee. Kommt, hier wird es ohnehin zu kalt.«

· · ·

Sky hasste es, in diesem Moment nicht ohne fremde Hilfe von hier wegzukommen. Warum um alles in der Welt hatte er bloß seinen Angestellten freigegeben? Oder wäre wenigstens auf die Idee gekommen, selbst ein Auto von Daniel zu borgen? Dann wäre er jetzt unabhängig und könnte dieser unangenehmen Situation entgehen. So aber war er gefangen.

Er brauchte definitiv einen Drink! Wenn der reichte, denn die gesamte Magie, die Marina und ihn bis hierher wie in einen Kokon einspann, war zum Teufel. Wieso mussten Frauen durch ihr Gequatsche aber auch immer alles zerstören? Reichte es nicht aus, zu zeigen, was man fühlte? Ehrlicher ging es ja gar nicht.

Da er keine Wahl hatte, folgte er den anderen in die Bar nach.

Drinnen war die Theke von Männern besetzt, daher gab ihnen Angel den letzten Tisch ganz hinten neben der Jukebox und brachte Karens halb volle Flasche wie auch ihr Glas nach. »Gott sei Dank beginnt das große Dorfweihnachtsfest in einer Stunde. Dann müssen auch die letzten Männer hier rüber zu den Frauen, und ich kann Schluss machen.«

Hannah riss die Augen auf. »Davon wusste ich ja gar nichts.«

»Mom und ich wollten euch alle einladen, aber du kennst Daniel. Er wollte lieber mit euch ein intimeres Weihnachtsdinner haben.«

»Also gibt es die Geschenke bei euch doch schon am Heiligen Abend?«, wollte Marina wissen. Langsam verwirrten sie die Weihnachtsbräuche hier. »Und morgen früh wieder?«

Doch Angel schüttelte den Kopf. »Ja und nein, Marina. Heute Abend schenken wir uns im Ort gegenseitig meistens Selbstgemachtes, Kleinigkeiten eben, aber für jeden etwas. Und wir essen alle gemeinsam. Das Familienfest ist dann morgen früh. Da gibt es die Geschenke von Santa in den Strümpfen, und das, was sich die Familie gegenseitig schenkt, liegt am Morgen unter dem Baum. Am Nachmittag besuchen wir Verwandte. Und da gibts wieder Geschenke.« Angel grinste. »Wenn irgendjemand weiß, wie man aus Weihnachten eine ganze Woche mit Festlichkeiten macht, dann wir hier in Alaska.« Alle lachten laut auf. »Ach ja, Jack und ich besuchen euch morgen bei Daniel. Heute genehmige ich mir bei der Feier ein paar Drinks und lasse mich anschließend von Jack nach Hause tragen.«

»Klingt nach einem Plan!« Hannah musste kichern. Sie hatte Angel selten betrunken gesehen, und das eine Mal war ihr mehr als deutlich in Erinnerung geblieben.

»Jap. Ich freue mich schon auf das Dinner. Wir alle steuern das Essen gemeinsam bei. Ich bringe ein großes Lebkuchenhaus, das ich für alle in den letzten Tagen gemacht und verziert habe.«

»Das muss ich mir bitte anschauen«, meinte Hannah aufgeregt. »Bei uns gab es auch jedes Jahr ein Lebkuchenhaus.«

»Gerne. Begleite mich in die Küche, aber erst sagt mir bitte, was ich euch bringen darf?«

»Ich würde es auch gerne sehen«, sagte Karen, und Marina schloss sich an. Ihr jedoch war das Lebkuchenhaus egal. Sie musste mal durchatmen, denn Sky hatte sich in sein Schneckenhaus zurückgezogen, und sie wusste nicht, was sie tun sollte. Wie im Himmel war sie auf die dämliche Idee gekommen, Karen vorzuschlagen, ihn zu küssen? Jetzt war er sauer auf sie. Und zu Recht! Wäre sie doch einfach bei Daniel und den Kindern geblieben.

»Eine Flasche Champagner«, orderte Cooper. »Wir trinken jetzt auf Tyler und die Kinder.«

Angel lief rot an. »Sorry, aber ich habe keinen. Nicht

256

einmal billigeren Sekt, die Lieferung kommt erst kurz vor
Silvester, denn sonst verkaufe ich den nie.«

»Kein Problem, für mich bitte ein Bier«, meinte Sky
sofort. Ihm war nicht wohl in seiner Haut. Hier neben Marina
zu sitzen fühlte sich falsch an. Ganz zu schweigen davon,
dass Karen ihm gegenübersaß. Warum waren sie ins Dorf
gefahren? Oben bei Daniel war noch alles in Ordnung gewesen. Ihre liebevollen Blicke, die ein oder zwei Mal, die er ihre
Hand in seine genommen hatte, die kleinen Küsse auf den
Mund. All das hatte sich richtig angefühlt und war schön
gewesen.

Doch seit sie hier waren, fühlte es sich an, als stünden sie
wieder am Anfang. Und er hasste diese Mauer zwischen
ihnen.

»Für mich auch ein Bier«, orderte Cooper, und Karen
schlug vor: »Vielleicht noch zwei Gläser für die Mädels?
Wein habe ich ja noch.«

»Perfekt«, meinte Hannah und stand auf, um Angel zu
begleiten. »Nach einem Glas müssen wir ohnehin alle zurück
zu Daniel und den Kindern. Das muss ich dir noch erzählen,
Angel. Wenn du Daniel sehen könntest!«

»Das erzählst du mir, nachdem ich euch das Lebkuchenhaus gezeigt habe, Hannah.« Und zu allen gewandt sagte sie:
»Ich bringe sofort die Getränke. Dann setze ich mich für ein
paar Minuten zu euch.« Angel wollte auf keinen Fall die
Geschichte verpassen. Sobald darin Daniel vorkam, war sie
sicher gut.

Doch erst lief sie in die Küche vor und präsentierte
Hannah und den beiden Mädels ziemlich stolz ihr Lebkuchenhaus. Angel zeigte es ihnen nur zu gerne, denn dieses Jahr
war es ihr besonders gut gelungen.

Zurück am Tisch schmückten Hannah und Cooper dann
aus, wie Noah und Charlotte Daniel um den Finger gewickelt

hatten. Angel und Karen waren von der Geschichte begeistert und gaben Kommentare ab, da die Vorstellung von Daniel als Märchenerzähler, allein zu Hause mit zwei Kindern, zu amüsant war. Marina und Sky schwiegen einander an, was zwar außer Angel allen auffiel, aber keiner wollte Öl ins Feuer gießen.

Als die Geschichte in allen Details erzählt war und bevor Skys und Marinas Stimmung sich auf alle übertrug, ermahnte Hannah die kleine Runde: »So. Jetzt sollten wir uns aber schleunigst auf den Weg machen.«

»Gute Idee. Ich mach hier auch gleich Schluss«, erwiderte Angel und begann, den Tisch abzuräumen und die Gläser auf ihr Tablett zu stellen.

Sie packten sich zusammen, schlüpften in ihre Mäntel und Jacken, und in dem Moment, als Karen die Tür nach draußen öffnete, stolperte ein Mann zu ihr herein.

Das ist jetzt nicht wahr! Karen war so verdattert, dass sie gar nichts sagen konnte.

»Tilmann!«, schrie Marina als Erste auf. »Was zum Teufel tust du denn hier?«

Doch die Antwort konnte er sich ersparen. Den Mann, der Tilmann mit Kamera in die Bar folgte, kannte sie. »Tom? Seid ihr völlig verrückt?«

»Äh, nein. Hi!«

»Sag nichts, Tom!« Marina hob die Hand. »Du hilfst deinem Boss dabei, mich zu stalken? Heute?«

Karen hatte sich wieder gesammelt, die anderen standen nun im Halbkreis um sie herum und bestaunten die zwei Neuankömmlinge.

Doch statt zu antworten, zückte Marinas Ex-Kollege die Kamera und schoss Fotos.

Cooper hielt sich schnell die Hand vors Gesicht, doch Sky ging auf den gedrungenen Mann zu und riss ihm die Kamera aus den Händen. »So. Nun erklärt ihr uns mal ganz genau, wer ihr beide seid und was ihr hier in Moose Creek sucht?«

Marina baute sich neben ihm mit in die Hüften gestemmten Händen auf. »Das würde mich auch interessieren.«

Am liebsten hätte sie Tilmann eine runtergehauen.

Außerdem war er gerade für sie gestorben. Egal, wie viele WhatsApp-Nachrichten er ihr mittlerweile geschickt hatte. Ohne diesen Auftritt hätte sie es sich noch einmal überlegt, aber das hier, das ging entschieden zu weit. Er war ihr nachgeflogen! Das war ja geradezu pervers.

Tilmann funkelte Marina zornig an. »Dann frag doch deine beste Freundin! Außerdem … Wenn auch nur ein kleines bisschen Journalistenblut durch deine Venen fließen würde, Marina, dann hättest du mir gesteckt, dass Sky Crater ebenfalls hier ist. Aber so was ist dir ja egal. Zum Glück ist Karen anders.«

Und in der Sekunde stand Marina in Flammen. Sie schoss herum und blaffte Karen an: »Hast du? Steckst du dahinter, dass die zwei sind?«

Karen stotterte, was für Marina so viel hieß wie ›Ja‹. Nach ein paar Sekunden bemerkte Karen, dass ihre Sätze falsch ankamen und Marina ihr nicht wirklich zuhörte. Sie drehte sich weg und sagte zu drei Gästen am nächstgelegenen Tisch: »Sorry!«

Dann nahm sie dem Mann die Bierflasche weg und trank sie ex.

. . .

Marina dagegen hätte Karen am liebsten die Augen ausgekratzt! Sie hatten sie hintergangen. Das hielt sie gerade im Kopf nicht aus

»Karen! Bist du übergeschnappt?«, herrschte Marina sie an und marschierte aber auf Tilmann zu. »Und du! Du haust ab. Und zwar in der Sekunde und lässt dich in diesem Leben in diesem Ort nie wieder blicken. Haben wir uns verstanden?«

Tilmann begann schallend und mehr als gekünstelt zu lachen. Er bohrte den Finger in ihre Jacke. »Du Bitch! Du glaubst doch nicht im Ernst, dass du mir etwas befehlen kannst?«

Dann schob er sie zur Seite und wollte an Marina vorbei in Richtung Theke gehen. Doch in dem Moment sah Sky rot.

Zwar hatte er nicht wirklich mitbekommen, was sie in Deutsch miteinander gesprochen hatten, aber zwei Dinge wusste er: Marina hasste diesen Typen abgrundtief, und: »Niemand greift mein Mädchen an!«

Mein Mädchen? Hat er das wirklich gerade gesagt? Trotz all des Tohuwabohus schlug Marinas Herz höher. Aber im Moment konnte sie das nicht mit ihm ausdiskutieren, denn Tilmann riss die Augen auf und brüllte. »Diese Bitch? Das ist dein Mädchen?«

Er konnte es nicht fassen!

Weiter kam Tilmann nicht mit Denken, denn nun stürzte Sky sich auf ihn und packte ihn am Kragen.

Tilmann fuchtelte wie wild mit den Armen und schrie: »Lass mich los, du Irrer!«

»Nur dass das klar ist, Mann: Noch ein Wort und du landest draußen im Schnee!«

Sofort gingen Marina, Hannah und Cooper dazwischen und versuchten die beiden zu trennen. Aber Sky nahm seine Hand erst von Tilmanns Kragen, nachdem der ihm geschworen hatte, zu verschwinden und keine Fotos von ihnen zu schießen. »Dir ist klar, wenn du dich nicht daran hältst, vernichte ich dich! Und du entschuldigst dich bei Marina und auch bei Karen. Verstanden?«

Sky sah dem großen Blonden dabei tief in die Augen.

»Schon gut! Beruhige dich«, blaffte Tilmann zurück und richtete sich seine dunkelblaue Jacke.

Mit hochrotem Gesicht sah er Marina an und murmelte: »Entschuldigung.«

Rein körperlich hatte er vor Sky keine Angst, sie waren in etwa gleich groß, aber zwei Superstars, die mit Privatklagen drohten, waren kein Spaß. Er würde diesen Schlampen ins Gesicht lügen, wenn die beiden es wollten. Und Cooper setzte auch gerade wieder nach: »Nur, damit du es sicher verstehst: Wenn irgendein Bild von uns aus Moose Creek auch nur irgendwo erscheint, bist du dran!«

Er war nicht nur stinksauer auf diesen Typen, sondern auch auf Karen, denn Cooper hatte sehr wohl gecheckt, dass sie in die Sache verstrickt war.

Doch bevor er zu ihr etwas sagen konnte, mischte Angel sich ein. Erst fluchte, dann fauchte sie: »Ihr zwei! Ihr habt hier Hausverbot! Und glaubt mir, ich merke mir eure Gesichter.«

Tilmann hob beide Hände. »Meine Güte! Beruhigt euch. Ist zu euch durchgesickert, dass heute Weihnachten ist?« Dann drehte er sich zu Karen. »Und du bist gefeuert.«

»Weil heute Weihnachten ist?«, schrie sie ihn an. »Wage es ja nicht, zu gehen, Tilmann! Nicht bevor du hier nicht allen gestanden hast, dass du mich erpresst hast!« Sie drückte Marina ihr Handy in die Hand. »Hier! Lies alle seine Nachrichten. Dann weißt du, warum ich so blöd war, dich zu hinter…« Weiter kam sie nicht, denn nun versagte ihre Stimme, und Karen musste heulen.

Marina konnte nicht anders. Sie nahm ihre beste Freundin in den Arm. »Beruhige dich, Karen. Ich weiß doch, wozu er fähig ist.«

Jetzt hatte es keinen Sinn, ihr zu sagen, dass es trotzdem nicht okay gewesen war, und es hatte noch weniger Sinn, Tilmanns Textnachrichten zu lesen.

Allerdings kam Tilmann nicht mehr dazu, die Sache für Karen aufzuklären, denn Angel drängte ihn bis zur Tür und schob Tom und ihn quasi nach draußen. Hilfe lehnte sie sowohl von Cooper wie auch von Sky ab. »Das ist mein Lokal«, erklärte sie ihnen bestimmt. »Hier werfe ich Gäste raus, die sich nicht benehmen können.«

»Und das machst du erstaunlich gut«, meinte Cooper grinsend, der mehr als Sky über die Situation wusste, da Hannah ihm zwischendurch hektisch übersetzt hatte. Aber bei dem Lärm und der Musik hatte Sky es nicht gehört.

Er wandte sich nun den beiden Frauen zu. »Geht es wieder, Marina?«

Sie nickte.

Theatralisch fächelte Karen sich mit beiden Händen Luft zu. »Mir gehts auch wieder so halbwegs. Nun geh schon, Marina. Du solltest mit Sky reden.«

Und das wollte Sky tatsächlich. Er musste einfach wissen, was es mit diesen zwei Typen auf sich hatte. Doch Marina kam ihm zuvor. Sie drehte sich zu ihm um und schmunzelte ihn an. »Seit wann genau bin ich *dein Mädchen?*«

Sky legte die Hände auf ihre Schulter. »Das erkläre ich dir. Aber nicht hier.«

»Okay. Wo dann?«

»Bei Daniel. In irgendeinem Raum, wo uns niemand stört, denn ich habe da noch ein paar Fragen.«

»Ich auch.« Marina lächelte und sagte laut in die Runde: »Gehen wir jetzt?«

Schmunzelnd hakte sich ihre Cousine bei ihr unter. »Und ob. Ich habe nämlich die Schnauze voll von dem Ganzen. Heute ist Weihnachten, und das sollte verdammt noch mal friedlich sein!«

»Wie recht du hast.«

»Der Weihnachtscrasher war also dein Ex-Boss?«

»Leider ja.«

Als sie draußen am Gehsteig waren, fragte Hannah nach: »Habe ich mich verhört oder hat Sky da sein Mädchen beschützt?«

Marina kicherte. Musste daran liegen, dass der Stress nachließ und von Tilmann nichts zu sehen war. »Kann sein. Aber das klären wir noch.«

»Verstehe«, meinte Hannah. »Zwischen Karen und dir ist auch wieder alles okay?«

»Ja. Aber morgen lese ich ihr die Leviten. So einfach kommt sie mir nicht davon! Das macht mich gleich wieder stocksauer, wenn ich daran denke, dass sie ihm heimlich Fotos und alles Mögliche zugesteckt hat.«

Hannah nickte. »Tu das. Aber nur eines noch: Dieser Typ ist auch dein Ex-Freund, oder?«

»Jap. Und glaub mir: ein riesengroßer Fehler!«

Hannah kniff die Augen zusammen. »Solange du ihn nicht wiederholst und etwas daraus gelernt hast, ist doch alles gut.«

»Glaube mir, das habe ich.«

Da Sky und Karen bereits im Wagen saßen und Cooper

sie drängte, endlich auch einzusteigen, vertagten sie ihr Gespräch auf ein anderes Mal.

Marina setzte sich nach hinten. Da Karen die Kleinste von ihnen war, saß sie in der Mitte, und Sky sah beim Fenster hinaus.

»Ich weiß, dass du stinksauer auf mich bist«, murmelte Karen.

»Ja. Bin ich. Aber das ändert nichts an unserer Freundschaft.«

Weil sie ein wenig beschwipst war, oder vielleicht auch etwas mehr, lehnte Karen sich an Marina. »Du bist die beste *beste Freundin*, die ich je hatte.«

»Und du meine«, erwiderte Marina, doch das hörte Karen nicht, denn sie war einfach eingeschlafen.

Sky sah zu ihr herüber und grinste. »Schläft sie?«

»Jap.«

»Das kann heute ja noch ein spannender Weihnachtsabend werden.«

»Ehrlich? Gänzlich unspannend, ein paar schöne Lieder und die Lichter am Baum samt etwas zu essen würden für mich völlig ausreichen.«

Plötzlich drehte sich Hannah zu ihr um. »Genau das habe ich eben zu Cooper gesagt.«

»Dann haben wir ja einen Plan«, meinte der, und Sky nickte. »Von mir aus. Aber danach bekomme ich meine zehn Minuten allein mit dir, Marina. Versprochen?«

»Versprochen«, erwiderte Marina und schloss für einen Moment die Augen. Wie konnte an einem einzigen Tag so viel passieren? Und dass Tilmann ihr nachgereist war, verstand sie überhaupt nicht. Wozu, wenn er ohnehin Infos von Karen gesteckt bekommen hatte? Dafür gab es nur einen einzigen logischen Grund: Er hatte Karen nicht vertraut. Aber dass er noch einen Flug ergattert hatte und eine Unterkunft, grenzte an ein Wunder. Ein entbehrliches, aber dennoch.

Dann riss sie die Augen auf. »Shit! Die beiden wohnen bei Dana! Das sind die Gäste, die heute angereist sind.«

»Du meine Güte«, rief Hannah. »Das müssen wir ihr sagen.«

»Am besten wird sein, Karen und du übernachtet bei Daniel. Den Rest klären wir morgen«, entschied Cooper. Langsam reichte ihm der ganze Wahnsinn.

»Ja. Gute Idee. Ich will ihm sicher nicht noch einmal zufällig über den Weg laufen.«

Sky sah sie an. »Bestimmt nicht, denn das werde ich zu verhindern wissen.«

»Tut mir leid, dass ihr alle wegen mir so großen Stress hattet«, meinte Marina kleinlaut.

»Hör auf, das ist nicht deine Schuld. Und jetzt konzentrieren wir uns darauf, dass wir für Tyler und die Kinder ein friedliches Fest zustande bringen.« Cooper und Hannah pflichteten Sky bei.

Marina lehnte sich zurück. »Ihr habt recht. Wir freuen uns jetzt auf Daniels Haus. Dort duftete es nach Zimt, Orangen und Vanille und mit etwas Glück nach etwas richtig Deftigem.«

Ihr Magen knurrte wie zur Bestätigung.

Sky schmunzelte. »Ich sag ja: mein Mädchen.«

er Heilige Abend

Als sie bei Daniel ankamen, verabschiedeten sich gerade der Doc und dessen Frau Emma von Li, die Tyler zur Tür gebracht hatten.

Sie stürmten nach drinnen, um mit eigenen Augen zu sehen, dass es ihr gutging. Selbst Karen, die Marina hatte wecken müssen, lief eilig ins Haus.

Zur Freude aller wirkte Tyler durchaus okay. Zwar noch etwas blass um die Nase, und ihr Fuß war geschient, aber Hannah und Cooper hatten das Gefühl, dass es ihr jetzt sehr viel besser als vorhin in der Arztpraxis ging.

Li führte sie nach oben, wo die Kinder Tyler mit Freudengeschrei um den Hals fielen.

Cooper, Sky und Daniel zogen sich in einen Nebenraum zurück, und daher blieben die Frauen mit den Kindern eine Weile unter sich. Tyler konnte nicht aufhören, sich bei ihnen allen für die Suche und Rettung zu bedanken, bis es Hannah zu viel wurde.

»So. Jetzt ist Schluss damit, Tyler. Sieh uns alle an: Keiner ist bei sich zu Hause, wir sind so etwas wie ein vom Schicksal zusammengewürfelter Haufen und Daniel so was wie der Herbergenbesitzer, der uns aufgenommen hat. Daher gibt es keinen Grund, sich dauernd zu entschuldigen oder uns zu danken. Außer Daniel gehört niemand hierher, und stell dir ihn allein an diesem Abend vor! Das wäre doch auch ziemlich traurig.«

»Das stimmt.« Tyler lächelte verschmitzt.

Und Marina meinte: »Also: Heute ist Weihnachten, und das genießen wir. Was hältst du davon?«

»Ich bin dabei.«

»Perfekt. Ich frage mal Li. Hat außer mir noch jemand einen Mordshunger?«

Den hatten sie alle. Bis auf die Kids. Die konnten nicht mal mehr papp sagen.

»Dürfen wir einen Weihnachtsfilm ansehen?«, fragte Charlotte ihre Mutter.

»Ich weiß nicht? Da musst du Daniel fragen.«

»Wo ist der?«

»Klopf mal an die Tür da drüben«, meinte Hannah und deutete zur Seite.

»Mach ich!« Charlotte lief los, Noah folgte ihr, und kurz darauf kamen sie mit Daniel an der Hand zurück.

»Ich habe vernommen, dass wir drei eine Verabredung mit einem Weihnachtsfilm haben.« Dann blickte er fragend zu Tyler. »Ist es okay, wenn mich meine beiden Nachwuchselfen nach unten ins Kino begleiten?«

»Geht nur.« Tyler lächelte glücklich, während die Kinder sie umarmten. Noah und Charlotte so glücklich zu sehen, schnürte ihr zwar die Brust zu, weil sie heute den größten

Fehler ihres Lebens begangen hatte, der nach wie vor in ihr nagte, aber nichts anderes hatte sie sich für ihre kleinen Engel gewünscht. Sie sah hoch: »Danke, Daniel!«

»Es ist mir ein Vergnügen«, meinte er und las in ihren Augen weit mehr als das. Genau deshalb wollte er, dass hier Leichtigkeit einzog, und wenn er sich selbst dafür zum Affen machte. Das war ihm egal. Auf jeden Fall waren die Kleinen schwer von seinem Heimkino beeindruckt und saßen wenig später in den großen, gemütlichen mit schwarzem Samt bezogenen Fauteuils vor dem riesigen Bildschirm bei einem Disney-Film.

Daniel erschien plötzlich wieder oben im zweiten Wohnzimmer, allerdings nur für einen kurzen Moment, und meinte: »Das festliche Dinner mit fixen Sitzplätzen fällt heute aus. Noah und Charlotte haben mich wieder daran erinnert, wie viel Spaß ein Picknick im eigenen Haus machen kann. Ich hoffe, das ist euch recht?« Dann schob er grinsend nach: »Und wenn nicht, Pech gehabt, denn ich habe die Crew gebeten, alles in der Küche aufzubauen. Wir essen unten vor dem Weihnachtsbaum. Jeder holt sich, was er mag, und ihr dürft auch gerne am Teppich sitzen.« Er deutete nach unten. »Für die Empfindlichen unter uns: Alle Fußböden im Earthship sind geheizt.«

»Danke! Aber lässt du uns allein, oder wieso klingt das danach?«, wollte Hannah amüsiert wissen.

»In der Art. Erst führe ich nebenan unser Männergespräch zu Ende, dann geselle ich mich zu meinesgleichen.«

Es war Hannah, die als Erste checkte, was oder wen er damit meinte. »Du willst mit den Kindern Weihnachtsfilme ansehen?«

»Hannah? Es gibt so gut wie keinen guten Film, den ich

mir nicht gerne ansehe. Weihnachtsfilme seit heute einge-
schlossen«, bemerkte er schelmisch lächelnd. »Und falls wir
es noch schaffen, werden wir drei unten vielleicht noch eine
dieser Zuckerstangen naschen. Ihr entschuldigt mich, meine
Damen?« Huldvoll verbeugte Daniel sich und ging auf die
Tür in den Nebenraum zu, doch er drehte sich noch einmal
um. »Und du, Tyler! Dein Auftrag lautet: Lass dich bedienen,
genieße den Abend und trink so viel Champagner, wie du
kannst. Sonst trinkt Li ihn heimlich.«

Damit verschwand er hinter der Tür und zog sie zu.

Außer Tyler lachten alle laut.

»Mann, ich liebe diesen Typen«, meinte Karen.

Die anderen beiden stimmten zu, und Marina stupste
Tyler am Arm. »Na dann. Ich denke, wir fahren mit dem Lift
nach unten und setzen uns schon mal ins große Wohnzimmer.
Dann checke ich mal, was die Küche so hergibt.«

»Endlich! Mein Magen knurrt schon wie blöd. Und Tyler,
hör auf Daniel. Heute bedienen wir dich. Du sagst einfach,
was du möchtest, und wir bringen es dir.«

»Ich kann doch nicht –«

»Natürlich kannst du, Tyler«, rief Hannah fröhlich. »Aber
erst müssen wir dich leider wieder nach unten bringen. Dann
besorge ich uns den Champagner und sage Li, sie sollen sich
alle zu uns gesellen, falls sie Lust dazu haben.«

»Wenn ihr meint?«

»Das tun wir«, antworteten alle drei Frauen gleichzeitig
und lachten. Dann halfen sie Tyler dabei, aufzustehen und mit
dem Lift nach unten zu kommen.

Wie Hannah angenommen hatte, freuten sich Li und Kirima
ungemein, dass die Weihnachtsfeier endlich losging. Alle
anderen Angestellten hatten das Haus bereits verlassen und

waren zu ihren Familien gefahren. Nur die beiden wohnten auch bei Daniel.

Mit dem Champagnerkübel in der Hand kam Li ins Wohnzimmer und setzte ihn auf einen Beistelltisch ab, den er anschließend mitten auf dem Teppich platzierte. Kirima folgte ihm mit einem Tablett voll Gläser.

Dann klatschte Li in die Hände. »Es kann losgehen, Ladies. Ich nehme an, außer mir will niemand Karaoke singen?«

Zu seinem Erstaunen stand Karen vom Teppich auf. »Natürlich will ich. Weihnachtskaraoke ist das Beste überhaupt.«

»Weihnachtskaraoke? Ist das hier ein Brauch?« Marina konnte sich das nicht vorstellen.

»Also bei mir schon«, erwiderte Li.

»Ah, okay.« Aber sie hatte nicht vor, mitzusingen, denn Marina wusste, dass sie fürchterlich falsch sang. Daher kümmerte sie sich lieber mit Hannah darum, Essen für Tyler und sich selbst aus der Küche zu holen.

Wenig später hatten sie alle einen Teller neben oder vor sich am Teppich stehen, und die vier Frauen hatten sich die gleiche Hauptspeise als ersten Gang ausgesucht: ein Stück vom noch warmen, herrlich duftenden, frisch geräucherten Lachs, dazu ganz klassisch grüne Bohnen mit Nüssen und überbackenes Püree samt kleiner Karotten.

»Meine Güte, ist das gut«, schwärmte Karen, und selbst Tyler geriet nach den ersten Bissen in Verzückung.

»Ich glaube, so einen guten Lachs habe ich noch nie gegessen.«

»Und das heißt was, denn du stammst ja von hier«, meinte Hannah. »Aber ich gebe dir recht. Der ist himmlisch. Hat Paul den gemacht? Oder du, Kirima?«

»Ich«, erwiderte die pausbäckige junge Frau. »Und danke

für die Komplimente! Paul und ich dachten, nachdem wir nicht wussten, wie viele zum Essen kommen, wir machen mal wieder so richtig traditionelle Speisen.«

»Besser kann Weihnachten nicht schmecken«, ergänzte Marina, die sich nur deshalb nicht gleich zwei Stücke vom Fischfilet geholt hatte, weil sie die anderen Köstlichkeiten in der Küche gesehen hatte und auch noch probieren wollte.

Als rund eine Viertelstunde später die Männer zu ihnen stießen, sahen sie in ausschließlich fröhliche und glückliche Gesichter.

»War Santa bei euch? Oder ein Weihnachtself?«, mutmaßte Cooper scherzend.

»Kann sein. Ihr müsst in die Küche. Was Paul und Kirima gezaubert haben, ehrlich? Dafür vergesse ich jeden Diätplan der Welt«, erklärte ihm Hannah.

»Sollst du auch, du brauchst keine Diät. Wir sind gleich wieder bei euch.«

Weil es allzu gut roch, drehten die beiden Männer um, und Cooper und Sky machten sich sofort auf den Weg in die Küche.

Es dauerte noch rund eine Dreiviertelstunde, dann erging es ihnen allen wie den Kindern zuvor, und sie konnten sich kaum noch bewegen.

Aber das mussten sie nicht. Jeder hatte es sich irgendwo gemütlich gemacht, Cooper und Hannah kuschelten vor dem Kamin am Boden und hatten sich ein paar Kissen zurechtgelegt. Tyler saß an ein Sofa gelehnt gleich daneben und sah immer wieder in die Lichter des Weihnachtsbaums, an dem sie ständig Neues entdeckte.

Nie hätte sie gedacht, dass Menschen wie Cooper oder Sky, oder auch Daniel, so normal sein könnten. Aber das waren sie. Und lustig. Wie auch die Frauen. Nach und nach entspannte sie sich, dachte dabei aber immer wieder: *Brody, gibs zu! Du hast hier deine Hand im Spiel.*

Allein dieser Gedanke zauberte ein Lächeln auf ihr Gesicht. Hin und wieder wollte sie nach den Kindern sehen, und Hannah half ihr dann auf die Krücken, aber die bedeuteten ihr aus den Sesseln bloß jedes Mal, dass sie nicht gestört werden wollten. Einerseits tat das weh, andererseits freute Tyler sich, wie lustig sie es mit Daniel hatten. Genau diese Art von Spaß brauchten sie ganz dringend.

Kirima reichte Teller mit Keksen und Mininachspeisen herum, und sie hörten die Lieder, die Sky für sie aussuchte. Im Moment Weihnachtslieder vom berühmten Rat Pack. Hannah, Karen und Marina kannten natürlich die Namen wie Frank Sinatra, Sammy Davis Jr. oder Dean Martin, aber von der Gruppe hatten sie noch nie etwas gehört.

»Ich liebe das! Das klingt wie Weihnachten von früher, aber es ist zauberhaft«, rief Hannah aus und schunkelte zu *Let It Snow! Let It Snow! Let It Snow!* mit.

Alles war wie aus einem Weihnachtsfilm, es roch mittlerweile nach Plätzchen und Zimt, der Baum funkelte, und das Licht war gedimmt. Die Strümpfe mit den Namen darauf hingen vom Kamin, und alle quatschten und lachten.

Sky stand auf und hielt Marina die Hand hin. »Komm. Wir hatten doch noch ein Date?«

Marina ließ sich von ihm hochziehen. »Ja. Stimmt.« Dann sah sie sich um. »Ihr entschuldigt uns?«

»Denkt dran: Morgen früh gibt es die Geschenke. Das solltet ihr nicht verpassen«, rief Karen ihnen belustigt nach.

Jetzt, bei wieder klarem Verstand, musste Karen sich eingestehen, dass die beiden das perfekte Paar abgaben. Und da sie ihren Anfall von Spontanverliebtheit überwunden hatte, fand sie Cooper auch wieder süßer als Sky. Aber da der nicht verfügbar war, rief sie: »Li? Unser Musikgott ist weg. Lass uns Karaoke singen!«

Sofort klatschte Tyler in die Hände und gestand: »Ich liebe das ja auch, aber vorhin wollte ich es nicht zugeben.«

»Mädchen, dann sind wir schon drei!« Da Cooper und Hannah gerade schmusten, ergänzte sie: »Mit den beiden dürfen wir nicht rechnen. Kirima? Was ist mit dir?«

Die lachte aus ihrem runden Gesicht. »Bin dabei.«

»Tja, dann würde ich sagen, Li, wirf den Laptop an.«

Wenig später sangen und johlten alle, auch Cooper und Hannah, mit voller Begeisterung Weihnachtslieder mit, so laut, dass Daniel einmal auftauchte, um nachzusehen, was in sie gefahren war, da die beiden Kleinen vor Erschöpfung eingeschlafen waren.

»Ach wie schade! Jetzt bekommen sie heute gar keine Geschenke mehr?« Hannah hatte sich die ganze Zeit schon so darauf gefreut und sogar ein paarmal nachgefragt, wann denn der Film endlich aus wäre, damit sie Charlotte und Noah holen konnten.

»Wie es aussieht, wird daraus heute nichts mehr. Aber: Es ist, wie es ist, und ich denke, sie haben den Abend genossen«, erklärte Daniel. »Wir haben sogar eine Geburtstagskerze auf einem großen Muffin ausgeblasen und *Happy Birthday* für das Jesuskind gesungen, während ihr im Dorf wart.«

»Habt ihr? Das ist ja eine süße Idee.« Nicht nur Hannah war davon begeistert.

»Das ist so schön, Daniel«, sagte auch Tyler.

»War es. Und für ihren Dad haben wir auf einem zweiten Muffin auch eine Kerze ausgeblasen. Das war Charlottes Idee gewesen.«

Allen kamen die Tränen. Doch bevor es zu sentimental wurde, klatschte Daniel in die Hände. »Meine Lieben, es wäre dann mal nett, wenn mir jemand dabei hilft, die kleinen Elfen ins Gästezimmer zu transportieren.« Er schmunzelte. »Keine Ahnung, ob ich sie einfach so ins Bett legen sollte oder nicht.«

»Ich mach das natürlich.« Tyler versuchte aufzustehen, aber Marina musste ihr dabei helfen.

»Wunderbar. Kirima. Begleitest du Tyler bitte? Wir tragen noch die Kinder hoch. Und dann zeig ihr bitte alles.«

»Natürlich«, erwiderte sie schnell und wies Tyler den Weg ins Gästezimmer.

Cooper folgte Daniel ins Kino und hob Charlotte aus dem Sessel. Daniel nahm Noah hoch, und hintereinander trugen sie die Kinder die Treppe hinauf in den ersten Stock und legten sie ins Bett.

Cooper wünschte Tyler eine gute Nacht, die sich bei Daniel entschuldigt hatte, dass sie selbst auch hierbleiben und schlafen gehen würde.

»Du tust, was du willst«, meinte Daniel. »Also: Schlaft gut! Und träum etwas Schönes.«

»Danke, Daniel. Ich werde es versuchen.«

Das riesige Bett sah wie eine riesige Schlafinsel aus, und Tyler fühlte die Erschöpfung schwer in ihren Gliedern. Auch für sie war es ein langer, ereignisreicher Tag gewesen. Das Glück war nur, dass ihr Fuß nicht sehr schmerzte. Aber sie war vorsichtig geblieben und hatte zur Schmerztablette nur ein Gläschen Champagner getrunken. Selbst das war zu viel, aber es war Weihnachten. Und nun wollte sie nichts mehr als sich zu ihren Kinder kuscheln und alles Schlimme dieses Tages vergessen.

Daniel zog sich zurück, und Kirima zeigte ihr noch das Badezimmer und alles, was sie wissen musste. Dann endlich war Tyler allein mit den Kindern und legte sich, so wie sie war, zu ihnen ins Bett. Mehr schaffte sie heute einfach nicht.

Aus Rücksicht auf die schlafenden Gäste verschob Li das Weihnachtskaraoke auf den nächsten Abend und spielte leise Weihnachtsmusik. Daher saßen sie einfach nur alle vor dem beleuchteten Baum und dem Kamin mit all den Strümpfen und unterhielten sich bei einem Glas.

Sky nutzte den Moment und stand auf. »Ihr entschuldigt uns? Marina und ich haben noch etwas zu besprechen.«

Sie sprang auf. »Jap. Haben wir.«

Auch sie wollte endlich mit ihm allein reden. Es gab so viel, das sie ihm wegen Tilmann und Karen sagen musste.

Daher begleitete sie ihn in den Wellnesstempel, den Sky quasi als Gästezimmer bezogen hatte. Moonship nannte Daniel das kleinere UFO-artige Gebäude mit der Rundum-Glasfassade.

Als Marina den Pool und den Whirlpool in der Mitte erblickte, war sie begeistert. *So etwas mitten im Nirgendwo? Wahnsinn. Daniel könnte für den Tempel Eintritt verlangen.* Speziell die spacige, aber doch warme Beleuchtung hatte es ihr angetan.

»Wo genau schläfst du denn?«, wollte sie von Sky wissen, als sie sich umsah.

Er zeigte auf die Seite, wo die Sauna stand. »Dahinter ist noch ein Erholungsraum, von dem aus man den Wald bestaunen kann. Und da Daniel dort ein Kingsize-Bett stehen

hat, habe ich mich für den Raum statt für eines der Gästezimmer im Earthship entschieden.«

Marina grinste und setzte sich zu ihm auf eines der
offenbar wasserfesten, grauen Sofas. »Hätte ich auch. Das
hier ist ja der blanke Luxus. Also, würde ich hier einziehen,
bekäme Daniel mich nie wieder los.«

»Aber dann müsstest du für immer in Alaska bleiben.«

»Stimmt. Ich dachte mir schon, die Sache hat einen
Haken!« Marina musste lachen, obwohl ihr gar nicht komisch
zumute war.

Einerseits fühlte es sich richtig gut an, mit Sky endlich
allein zu sein, andererseits kribbelte ihr Magen, der sich angesichts seiner nächsten Frage überschlug und aufbegehrte.

»Was denkst du? Gibt es Seelenpartner? Und wenn ja,
woran erkennt man sie?«

»Seelenpartner?«, wiederholte sie die Frage sicherheitshalber, um Zeit zu gewinnen. Darüber wollte er jetzt reden?
Nicht über Tilmann oder Karen?

»Ja, du weißt doch, alle denken, es gäbe für sie die eine
oder den einen. Denkst du, das stimmt?«

»Also, ich weiß nicht.« *Blödsinn.* Genau dieses Gefühl
hatte sie bei Sky schon die ganze Zeit gehabt. Immer so
lange, bis ihr Hirn dazwischenfunkte. Und Marinas Kopf
konnte nervtötend sein, wenn er Gefahr witterte. Und das
hatte er bei Sky von Anfang an.

Sky lehnte sich zurück und blickte in den Himmel. *Einfach
grandios! Selten macht sich eine Glaskuppel so gut wie hier,*
dachte er. *Nur schade, dass es wieder zugezogen hat. Jetzt
den Mond, nein, noch besser die Nordlichter zu sehen, das
wäre perfekt.* Ohne Marina anzuschauen, ergriff er ihre Hand.
Sie hatte sich ebenfalls nach hinten fallen lassen.

»Weißt du, jetzt denke ich, das gibt es tatsächlich, dabei dachte ich immer, das ist nur ein Wunschtraum. Außerdem habe ich schon ein großes Talent geschenkt bekommen, da fragt man nicht um noch mehr Glück im Leben. Oder die Liebe deines Lebens.«

Marina stützte sich auf ihren Ellbogen. »So ein Quatsch! Was hat denn das eine mit dem anderen zu tun?«

Sky konnte nicht anders. Sie verzauberte ihn. Ihre elfenbeinfarbene Haut. Allerdings hatte ihr die Schlittenfahrt in der Eiseskälte einen Hauch Rosa auf die Wangen gezaubert. Auch ihre Augen waren unglaublich. Dieses dunkle Blau strahlte. Besonders unter den gedimmten Spots. Und dann war da noch ihr Mund. Voll. Trotzig. Verdammt erotisch.

Zärtlich fuhr er ihr durchs halblange Haar. »Du denkst also, einer wie ich verdient noch mehr Glück?«

»Natürlich tust du das, Sky! Du bist ein toller Mensch, warum solltest du nicht auch die Liebe deines Lebens finden?« Marina hasste sich gerade dafür, so daherzureden, als ginge es nicht um sie. Wie vorhin bei Karen!

Sie hatte noch nie über Seelenpartner nachgedacht. Tilmann war definitiv keiner. Aber vielleicht hatte Sky recht. Vielleicht gab es Seelenpartner. Einen Menschen, den du zufällig triffst und an dessen Seite du dich von Beginn an zu Hause fühlst. Mit dem du albern und ernst sein kannst. Der dich immer im Blick hat. Sich in deine Richtung lehnt, wenn du sprichst. Auf deine unausgesprochenen Bedürfnisse achtet, und so gut es ihm möglich ist, sie zu erfüllen versucht. Und umgekehrt tust du das Gleiche.

Einen, den du nicht ändern willst, weil selbst seine schrägen oder unangenehmen Seiten zu ihm gehören wie die Dornen zu Rosen. Einen, der dich jeden Tag wieder auf sich neugierig macht und dir in anderen Momenten so vertraut erscheint, als hättest du bereits dein ganzes Leben mit ihm verbracht. Einen, der dein Herz fliegen und deine Seele entspannt im Wind des Lebens baumeln lässt.

Einer wie du, gestand Marina sich ein und blickte ihm tief in die Augen.

Doch sie schaffte es nicht, ihm das zu sagen.

Aber Sky tat es. Auf eine gewisse Art zumindest, jedoch für Marina fühlte es sich an, als hätte sie ihre Gedanken mit ihm geteilt oder das Universum sich eingemischt. »Und was, wenn ich tatsächlich die Liebe meines Lebens bereits gefunden habe?«

»Hast du?«

Er sah sie zärtlich an und strich ihr über die Wange. »Ich denke, ja. Hab ich.«

Marina riss ihre Augen auf. Jetzt oder nie. Das war der Moment der Wahrheit und alle Fragen, die sie mit ihm hatte ausdiskutieren wollen, vergessen.

»Mir geht es genauso.«

»Dann hast du auch die Liebe deines Lebens gefunden?« Er lächelte sie an. »Gut für dich.«

»Besonders gut für mich, weil es vermutlich auch mein Seelenpartner ist«, fügte Marina beinahe trotzig hinzu. »Vorausgesetzt, ich habe dieses Konzept richtig verstanden.«

Konnte er nicht endlich sagen, dass es hier um sie beide ging? Wie lange wollte er sie noch auf die Folter spannen? Das war ja kaum mehr auszuhalten.

Sky zog sie in seine Arme und blickte nach oben. Marina ließ es einfach geschehen und legte ihren Kopf auf seine Brust. Auch sie sah in den Himmel hinauf, von dem allerdings durch die Beleuchtung nicht viel zu erkennen war, außer, dass es da oben dunkel war.

• • •

Dann begann er zu reden. »Wenn ich einen Song schreibe, dann kommt er tief aus meinem Inneren. Manchmal habe ich sogar das Gefühl, es schreibt, und dieses *Es* bin nicht ich. Ich bin vielleicht das Werkzeug, aber nicht unbedingt der *Creator*.« Er drückte ihren Arm, an dem er sie hielt, und sprach weiter. »Doch immer geht es dabei um Gefühle, die ich in mir spüren kann. Entweder, weil ich sie selbst erlebt habe, oder aber, weil ich andere dabei beobachtet habe und nachempfinden kann, was sie in der Situation gefühlt haben.« Und dann kam er zum Punkt, den er machen wollte. »Gerade wenn es um Liebe geht, musste ich mich immer auf Letzteres verlassen. Ich habe nie selbst erlebt, dass mich eine Frau durch ihr Wesen aus den Socken haut. Ihr Äußeres: ja. Anziehung? Ja. Ich dachte, das wäre normal. Irgendwann lernt man einander besser kennen, ist vertrauter, und dann kommen auch die großen Gefühle.«

Marina konnte das nachvollziehen. Im Grunde beschrieb er den Anfang ihrer Beziehung zu Tilmann. Sie hatte ihn attraktiv gefunden. Klar. Und auf Liebe gehofft. Aber war die jemals gekommen? Für einen Augenblick bildete sie sich sogar ein, Tilmanns Gesicht an der Scheibe zu sehen.

So ein Quatsch! Sie halluzinierte schon.

Sie schüttelte den Gedanken ab und fragte nach: »Und? Hat das funktioniert?«

»Nein. Nie. Also, zumindest nicht in der Vergangenheit.« Dann drehte er seinen Kopf in ihre Richtung. »Aber mit dir ist das alles anders. Heute im Schuppen, da ging es nicht nur um Sex.«

Marina seufzte. »Aber irgendwie dann doch wieder, wenn wir ehrlich sind.«

»Ja, weil du wie der andere Pol eines verdammt starken

Magneten bist. Vom ersten Moment an habe ich mich von dir angezogen gefühlt, aber es ist mehr als das. Das weiß ich, seit –«

»Dem Sternsingen«, vollendete sie seinen Satz. Ja, da war es auch ihr klar geworden. Sonnenklar.

»Stimmt. Und nun frage ich mich: Was ist das zwischen uns? Bist du die eine für mich? Bin ich der eine für dich? Sind wir Seelenpartner? Ist das die große Liebe, von der ich gesungen, sie aber noch nie wirklich gefühlt habe?«

»Ich weiß es auch nicht, Sky. Aber ich habe dieselben Fragen.«

»Hast du auch Antworten?«, wollte er wissen.

»Eine, ja.« Marina schluckte. »Ich habe mich in dich verliebt. Und selbst wenn aus uns beiden langfristig nichts wird, würde ich jetzt nicht aufstehen und davonlaufen, einfach weil ich mich hier in deinen Armen glücklich fühle und nirgendwo anders sein möchte.«

Sky sah sie überrascht an. »Das würde dir genügen?«

Marina zuckte mit den Schultern. Nein, es würde ihr das Herz brechen, aber: »Wenn es nicht anders geht, ja.« Dann ergänzte sie: »Ich weiß, du bist gerne dieser einsam herum-streunende Wolf, und vielleicht brauchst du das, keine Ahnung, um kreativ zu sein? Eine Tour durchzustehen? Auf jeden Fall, wenn es so ist, dann ist das okay für mich. Ich bin nicht die Frau, die einen Mann einsperren oder zu etwas zwingen will.«

Er kam noch näher und raunte in ihr Ohr: »Und was, wenn ich es satthabe, dieser Wolf zu sein? Weil ich die eine, die Richtige, meine Seelenpartnerin, gefunden habe?« Sky strich mit seiner freien Hand über ihr Gesicht. »Du weißt schon, dass ich ziemlich hoch in den Norden fliegen musste, um sie zu treffen! Und mir beinahe die Finger abfrieren. Also: Wie machen wir von diesem Standpunkt aus weiter?«

Wenn es diesen berühmten Schwarm an Schmetterlingen im Bauch gab, dann hatte jeder einzelne von ihnen in Marinas Fall beschlossen, in diesem Augenblick seine Flügel auszubreiten und loszuflattern. Versperrte ihrem Herzen die Sicht auf ihr logisches Denken, das ohnehin überbewertet wurde. »Ich weiß nur eines, Sky. Ich will dich. Jetzt. Und ziemlich sicher auch morgen. Und übermorgen. Dann über-übermorgen und –«

»Guter Plan!«

»Vielleicht? Aber wie können wir sicher sein, dass er richtig für uns beide ist?«

»Keine Ahnung, aber probieren wir es damit.« Schmunzelnd zog er sie zu sich und küsste sie. Dann meinte er: »Das war zu kurz. Wir müssen das eingehend prüfen, schließlich will ich sicher sein, dass auch ich dein Seelenpartner bin.«

»Absolut«, erwiderte Marina noch energisch, bevor sie den Kontakt zu ihren Gedanken verlor.

»Ich liebe dich, Marina«, sagte er plötzlich.

»Und ich liebe dich!«

Dann war alles gesagt. Sie rissen einander die Kleidungsstücke vom Leib, und dabei kam sie nicht einmal auf die Idee, dass dieses bronzefarbene Minikleid das Teuerste war, das sie in ihrem Schrank gefunden hatte.

Staccatoartig schossen ›Nimm mich‹, ›Schneller‹ oder ›Ich will dich‹ durch Marinas Kopf.

Sky dachte nicht viel mehr oder anderes.

Wie schon in der Scheune fielen bei ihm alle Sicherungen, als sie diesen einen Punkt überschritten hatten. Ihren Körper zu berühren, sie zu küssen, in ihrem Duft zu versinken, ihre geschlossenen Augen zu sehen, all das öffnete Schleusen in ihm, wonach er vom reißenden Fluss seiner Gefühle mitgerissen wurde, ohne die Chance, von sich aus noch ans Ufer schwimmen zu können.

Genau das hatte ihm Angst gemacht. Deshalb hatte er vor ihr Angst gehabt.

Aber jetzt interessierte Sky das Ufer nicht mehr, denn das, was ihn dort erwartete, kannte er. Und darauf konnte er verzichten. Jetzt wollte er nur noch sie. Diesen Ozean an Gefühlen, der so fremd und doch auch vertraut war, mit ihr erleben. Erforschen. Sie spüren. Schreien hören. Glücklich sehen. Ja, er wollte, dass sie endlich die Kontrolle verlor und sich in seine Hände begab. Ohne jeden Zweifel, ohne Zurückhaltung zuließ, was zwischen ihnen passierte und er ganz bestimmt nicht geplant hatte. Dass sie genoss, was er mit ihr schon längst hatte anstellen wollen. Wagte, gemeinsam mit ihm dieses Abenteuer Liebe zu versuchen. Ohne Wenn und Aber.

Sky hatte vom ersten Moment an gewusst, dass sie die Richtige sein könnte. Tief in seinem Inneren. Doch an die Oberfläche war diese Erkenntnis erst Stunden zuvor gedrungen. Letztendlich hatte er hier in diesem kleinen Dörfchen am Ende der Welt erkannt, dass es genau darum ging: in der Liebe etwas zu wagen. Sich nicht mit weniger als dem abzufinden, wozu das Herz dir riet.

Seines schrie geradezu ihren Namen. Sie schrie seinen definitiv. »Sky!«

Plötzlich hielt Marina inne. Und damit er auch. »Habe ich etwas Falsches getan?«

Energisch schüttelte Marina den Kopf. »Nein, sag mir bitte, ob das hier wirklich ist oder ob ich träume?«

»Ich denke, du träumst«, raunte er in ihr Ohr. »Doch das Gute daran ist, wir träumen gerade gemeinsam.« Es gäbe so vieles, das er ihr noch sagen wollte.

Dass er es liebte, wenn sie ihre Augen und ihren Mund

zusammenkniff, sich überlegte, ob und was sie sagen sollte, und sich hin und wieder dafür entschied, es zu lassen. In diesem Fall entspannten sich ihre Gesichtszüge wieder. Manchmal blies sie eine Strähne weg, die gar nicht da war, und blickte anschließend zu Boden. Sein ganzes Leben lang hatte Sky damit zugebracht, Menschen zu beobachten, und er hatte immer angenommen, diese Gabe, Details und Muster im Verhalten anderer zu erkennen, hätte er auch, wenn es um Frauen ging. Aber die Vergangenheit hatte ihm bewiesen, dass dem nicht so war. Wieso dachte er, dass es bei ihr anders war? Sie die Richtige sein könnte? Aber umgekehrt auch er sie glücklich machen könnte?

Er wusste es einfach.

Woran erkannte man eine Seelenpartnerin? Wie wusste man, dass es sich lohnte, für die Frau in deinen Armen im schlimmsten Fall alles zu riskieren, weil das Glück, das sie versprach, mehr war als alles, was man bisher erlebt hatte? Er erlebt hatte? Oder aber war sein Herz eitel? Hochmütig? Erkannte – wie auch in der Vergangenheit – die Gefahren nicht und belog sich aus diesem Grund nur allzu gern wieder einmal selbst?

Nein. Diesmal ist es anders!

Neben Marina war die Welt eine andere. Geerdet. Leidenschaftlich. Ungekünstelt. Sky hatte das Gefühl, neben ihr die beste Version seiner selbst zu sein. Freiwillig. Und sie hatten einiges gemeinsam. Neben den falschen Partnern in der Vergangenheit. Sie teilten Tiefe. Hatten keine Lust, sich an die Norm anzupassen. Und sie konnten beide über sich selbst lachen. Ein gutes Zeichen.

Nein. Diesmal täusche ich mich nicht.

Vielleicht fehlten ihm die Worte, ihr zu sagen, was er wirklich für sie fühlte. Er würde sie aufschreiben. In ein Lied verpacken. In seiner Musik konnte er das ausdrücken, was er wirklich empfand. Andere schrieben Bücher, er eben Songs. Für den Augenblick konnte er nur mit seinen Händen und seinem Mund zeigen, was er empfand. Sie streicheln. Küssen. Sie so berühren, dass sich ihr Körper ihm entgegenbäumte. Genau das würde er tun.

Plötzlich unterbrach sie seine Gedanken und rückte ein Stück zur Seite: »Wird es nur diese eine Nacht zwischen uns geben?«

Marina musste es wissen. Selbst wenn er die Frage mit Ja beantwortete, würde sie bleiben. Dann hatte sie wenigstens eine Nacht, an die sie sich immer erinnern würde. An der sie sich aufrichten konnte und gleichzeitig zerbrechen würde. Letzteres schob sie wieder von sich fort, denn im Moment war sie genau da, wo sie sein wollte: an seiner Seite. Und mit ihm allein.

Sky betrachtete sie ernst. »Und wenn es so wäre?«

»Dann würde ich weinen. Aber erst, nachdem wir miteinander geschlafen haben.«

Bei jeder anderen Frau hätte er einen Scherz auf den Lippen gehabt. Aber nicht jetzt. Jetzt sah er sie ernst an. »Du würdest es trotzdem tun?«

»Ja, Sky. Weil heute Weihnachten ist. Und weil ich nur einen einzigen Wunsch habe: Ich möchte in deinen Armen diesen großartigen Himmel über uns betrachten und vergessen, dass es da draußen eine Welt gibt, die dir nicht immer das gibt, was du dir wünschst.« Seufzend fügte sie hinzu: »Aber mir ist schon klar, niemand bekommt immer das, was er sich wünscht.«

Sky zog sie in seine Arme und murmelte in ihr Ohr: »Und wenn doch?«

· · ·

Marina wurde heiß.

Heiß, weil seine innige Umarmung genau das war, was sie wollte. Brauchte. In seinen Armen fühlte sie sich nicht nur geborgen, sondern auf seltsam fremde Art und Weise angekommen. Sie strich ihm zärtlich übers Gesicht. Dann flüsterte sie: »Weißt du? Wenn das so wäre, würde ich einfach nur glücklich sein. Und vielleicht vor Glück schreien.«

Glücklich! Sky hatte zwar oft über dieses seltsam flüchtige Gefühl gesungen, es aber selten empfunden. Beruflich? Ja. Da war er glücklich gewesen. Nach gutem Sex für einige Augenblicke ebenso. Aber Marina in seinen Armen zu halten, verhieß mehr. Viel mehr.

Möglicherweise gab es noch eine andere Form von Glücklichsein, die er nicht kannte oder der er sich bislang verwehrt hatte? Die ihm verwehrt geblieben war?

Es gab nur einen Weg, das herauszufinden!

»Würdest du es mit einem wie mir versuchen? Ich meine, nicht nur für eine Nacht?«

Marinas Herz stolperte. Jubelte. Schlug Saltos. Alle Zweifel, alle Eindrücke von Tilmanns schrägem Auftritt, alle Ängste, Sky könnte mit ihr spielen, waren wie weggeblasen.

Mit einem breiten Lächeln erwiderte sie: »Natürlich würde ich! Was denkst du denn?« Sie umarmte und küsste ihn. Dann, nachdem sie kurz Luft geholt hatte, schob sie nach: »Aber sollten wir nicht endlich herausfinden, ob uns die Nacht miteinander gefällt?«

Erstaunt nickte Sky. »Hast du daran ernsthafte Zweifel?«

»Jap!« Marina lächelte ihn bezaubernd an.

»Okay. Verstehe. Ich muss mich anscheinend also beweisen?«

Marina wehrte diesen Gedanken auch mit ihren Händen

ab. »Beweisen? Oh nein, Sky! Das musst du gar nicht. Aber ehrlich gesagt würde ich es riskieren, das erste Mal in meinem Leben meine Kontrolle zu verlieren. Das wäre mein Weihnachtswunsch an dich.«

Nun war er wieder beruhigt. »Kannst du haben, Babe!«

Und Sky wusste auch genau, wie er es anstellen wollte, ihren Wunsch zu erfüllen.

Die Grenzen zwischen ihren Körpern begannen zu verschwimmen. Verloren sich in der Dunkelheit, denn er hatte das Licht mit einem Knopfdruck neben dem Bett abgedreht und zeigte ihr den Himmel. Mit seinen Fingern an der richtigen Stelle und weil er gleichzeitig nach oben deutete: »Siehst du die Polarlichter?«

»Ja«, raunte Marina. Über ihnen und in ihr.

»Ich will dich!«

»Ich will dich auch. Jetzt!« Sie stöhnte auf, und als er in sie eindrang, löste sich bei Marina das fordernde Ziehen in unbändige Lust auf. Sie umschlang ihn und hielt sich an seinem Rücken fest, als hätte sie Angst, zu fallen. Doch genau das tat sie.

Sie fiel. Immer weiter und tiefer in dieses Meer hinab, das in Grüntönen schimmerte und pulsierte. Sie tauchte ein in diesen grenzenlosen Raum, den ihre beiden Seelen für den Moment neu geschaffen hatten. Weit. Unermesslich. Unendlich. Und sie hatte tatsächlich zu denken aufgehört. Ihr Fühlen hatte die Kontrolle übernommen, und damit hatte sie diese endgültig verloren. Marina hörte Musik in ihren Ohren, die gar nicht da war. Aber es war, als spielte ein gesamtes Orchester für sie. Sie sah lodernde Flammen in unbekannten Farben zwischen ihnen tänzeln, in denen immer wieder seine wundervollen Augen erschienen, obwohl sie ihre geschlossen hielt. Dumpf vernahm sie sein und ihr eigenes Schreien, das lustvolle Stöhnen, das die Musik übertünchte.

Komm, war der einzige Gedanke, den sie zu formulieren imstande war und mit ihrer Zunge an seiner Brust ausdrückte. Doch es war auch das, was Sky nicht mehr verhindern konnte.

Und dann explodierte die Welt. In ihr und um sie herum. Farben ergossen sich über sie und raubten ihr den Atem. In Gold gehüllt trug Liebe sie hinweg, hoch über die Glaskuppel hinaus, hinauf in den Nachthimmel, bis es schwarzes Licht regnete und Marina sanft in seinen Armen landete und die Augen öffnete.

»Mein Gott!«, war das Einzige, das sie sagte, und das nicht einmal bewusst.

Bevor Sky etwas antworten konnte, musste auch er sich erst wieder sammeln und zog sie eng an sich. Ohne nachzufragen, wusste er, dass er mit ihr teilte, was er soeben erlebt hatte. Deshalb raunte er etwas später in ihr Ohr: »Geh nie wieder weg!«

Ihren Kopf an seine Brust gelehnt, murmelte Marina: »Nein! Das werde ich nicht.«

KAPITEL 15

*E*in Weihnachtstag wie kein anderer

Der nächste Morgen wurde etwas Besonderes.

Nicht nur, weil Marina überglücklich in Skys Armen aufwachte und er gleich wieder mit ihr schlief, sondern auch später bei Daniel im Haus, als sich alle frisch geduscht und frisch angezogen vor dem Kamin mit den prall gefüllten Weihnachtsstrümpfen versammelten. Hannah, Cooper und Karen hatten sie in der Nacht gemeinsam mit Li und Kirima befüllt.

Die erste beste Nachricht des Tages kam von Jack. Per Telefon. Er hatte von Angel erfahren, dass Tilmann und Tom bei Dana in der Pension wohnten, und höchstpersönlich dafür gesorgt, dass Steve sie ausflog. Marina jubelte und fiel Karen um den Hals, die gleich in der Früh ihren Weihnachtspyjama aus der Pension geholt und angezogen hatte.

»Ich kann gar nicht sagen, wie froh ich bin, dieses A… los zu sein«, erklärte sie Marina. »Und weißt du, was erstaunlich ist? Obwohl er mich gefeuert hat, fühle ich mich besser als vorher.«

»Wir finden einen tollen Job für dich«, erklärte ihr Marina voller Zuversicht.

»Daran hab ich keinen Zweifel«, antwortete Karen schelmisch grinsend. »Bei deinen Beziehungen zu Sky?«

»Hör auf! Aber ich finde es toll, dass du dich für mich freust und nicht mehr böse bist.«

»Maximal eifersüchtig, meine Liebe! Ich meine, ehrlich? Wer bekommt schon einen Typen wie Sky ins Bett?«

»Hör auf! Heute ist Weihnachten, und ich will dieses Gespräch gerade nicht mit dir führen.«

»Aber ich! Weißt du eigentlich, dass Tilmann gestern Nacht noch hier rumgeschlichen ist und vermutlich Fotos von euch beiden geschossen hat?«

Marinas Herz setzte kurz aus. Dann war er wohl keine Halluzination gewesen. »Du meine Güte! Was mach ich denn jetzt?«

»Dich beruhigen. Angeblich hat ihm Li die Kamera weggenommen.«

»Pfuh! Was für ein Glück.«

»Ja, für uns. Aber sein Pech! Soll er doch zusehen, wie er jetzt ohne uns beide den Laden schmeißt.«

»Weißt du was? Wir schwören uns, ihn jetzt auf der Stelle wieder zu vergessen.«

»Du hast recht. Der ist nicht mal den Atem wert, den ich für jedes Wort über ihn verschwenden muss. Also komm: Wir schreiben noch ein paar Weihnachtskarten. Li hat welche übrig.«

Und genau das taten sie.

. . .

Einige Zeit später tollten dann Noah und Charlotte im Pyjama um den Baum herum und konnten vor Lachen und Freude nur noch hüpfen, weil ein Berg an bunten Päckchen unter dem Weihnachtsbaum lag und sie auch Santas Strümpfe gesehen hatten, dann setzten sie sich artig auf den Teppich, als Daniel, stilsicher im rot-grün-karierten Seidenpyjama, die Strümpfe zu verteilen begann. Schließlich kam deren Inhalt von Santa, und sie waren mehr als aufgeregt, was er ihnen wohl gebracht haben könnte.

Daniel las das jeweilige Namensschild laut vor und überreichte den Strumpf danach. Der erste ging an Noah, der zweite an Charlotte, dann kamen nacheinander die Erwachsenen dran. Tyler fühlte sich an diesem Morgen bedeutend leichter als gestern. Sie legte ihre Krücken auf den Boden, und die beiden Kinder gesellten sich zu ihr auf den Teppich. Noah mit seinem Strumpf in der Hand auf ihren Schoß. Während er noch sein längliches Packerl in rotem Papier aufriss, schrie seine ältere Schwester bereits auf: »Eine Barbie!«

Charlotte drückte die dunkelhaarige Puppe an ihr Herz und konnte vor Freude gar nicht sprechen. Sie hatte sich so sehr eine gewünscht, aber irgendwie nicht damit gerechnet, dass ihr Santa eine bringen würde. Doch das hatte er.

Tyler sah hoch, denn das war nicht ihr Geschenk. Da alle sie angrinsten und Daniel sofort mit Charlotte diskutierte, wie hübsch sie war, wusste sie, wer sie besorgt hatte, und murmelte beinahe lautlos »Danke« in die Runde. *Wie haben sie das geschafft?*

Sie hatte keine Ahnung, aber es war im Moment auch egal. Ihre Kinder waren außer sich, und zu ihrer Freude fand Charlotte ihr kleines Täschchen mit einer rosa Bürste und

Haarspangen nicht weniger toll als die Puppe. Völlig baff war Noah, der erst einen langen Metall-Lastwagen auspackte und danach das Plastikauto seiner Mama. Beides hielt er hoch, sprang dann auf und fuhr auf dem Teppich gleich ein paar Runden mit seinen neuen Wägen.

In den Strümpfen war auch für jeden eine Mandarine, was bei vielen in Alaska Tradition war. Die hatte Kirima in der Nacht ebenfalls noch in die Strümpfe gepackt.

Daniel verteilte währenddessen als Hausherr weiter die anderen Strümpfe.

Marina und Sky setzten sich mit ihren im Schneidersitz auf den Teppich und öffneten sie. Als Erstes fiel Marina ihr rosaroter Briefbeschwerer, den sie in Köln hatte wegwerfen wollen, in die Hand. ›Alle Träume können wahr werden, wenn wir den Mut haben, ihnen zu folgen‹ von Walt Disney stand da am Boden der Halbkugel aus Glas zu lesen.

Sie sprang auf und umarmte Karen. »Oh! Du hast ihn mitgenommen?«

»Natürlich! Und wie du siehst, passt der Spruch jetzt endlich!«

Und wie er das tat!

Weiter kamen sie nicht, denn Daniel, ihr Zeremonienmeister im Pyjama, holte nun ein Geschenk nach dem anderen unter dem Baum hervor und verteilte sie unter dem Anwesenden. Die meisten waren für die beiden Kinder, die anfangs völlig ungläubig »Noch eines für mich?« riefen, sich dann aber, ob der schieren Menge, sprachlos auf den Boden setzten und sie mit großen Augen bestaunten.

Daniel grinste. »Verdammt, müsst ihr brav gewesen sein! Oder aber, euch haben hier alle ins Herz geschlossen.«

»Ich denke, beides stimmt«, ergänzte Marina lachend.

Charlotte schüttelte energisch den Kopf. »Wegzulaufen war nicht brav.«

Tyler umarmte sie. »Stimmt, mein Engel. Aber es ist alles gut ausgegangen, und ihr habt mir geschworen, es nie wieder zu machen.«

Sowohl Charlotte wie auch Noah nickten, legten nacheinander zwei Finger aufs Herz und meinten: »Ich schwöre.«

»Wunderbar!« Daniel klatschte in die Hände. »Dann stürzen wir uns mal auf unsere Geschenke, während vielleicht …«, er zog die Brauen hoch und sah Sky tief in die Augen, »der einzige musikalisch Hochbegabte unter uns eventuell zu seiner Gitarre greift und das Ganze hier stimmungsvoll untermalt?« Da Sky nicht sofort nickte, fuhr er fort. »Andernfalls finde ich sicher etwas von Marilyn Manson oder AC/DC.«

Sofort schrien alle durcheinander.

»Sicher nicht zu Weihnachten«, rief Hannah am lautesten und legte ihre Hand auf Skys Oberarm. »Bitte! Sei so nett und spiele etwas für uns. Daniel wird sonst noch …«, dann beugte sie sich nahe an sein Ohr, »den Kindern das Weihnachtsfest versauen.«

»Das können wir keinesfalls zulassen«, erwiderte er bestens gelaunt und ging auch schon los. »Bin gleich mit der Gitarre zurück.«

»Danke«, riefen ihm alle bis auf Daniel und die Kinder nach. Die waren noch immer überwältigt von dem Berg an Geschenken, der sich vor ihnen auftürmte.

»Ihr müsst sie schon öffnen, sonst macht das keinen Spaß«, erklärte ihnen Daniel. »Oder soll ich?«

»Nein.« Charlotte quietschte vor Vergnügen, denn sie packte für ihr Leben gerne Geschenke aus. Also nahm sie sich das kleinste und riss die Schleife herunter. Noah dagegen wollte mit dem größten beginnen, doch Marina funkte dazwischen und hielt ihm das kleine blaue Auto und die bunte

Metallbox von Liam hin. »Sieh mal, das schickt dir Liam, Noah. Und er hofft, dass du sein Auto magst.«

Noahs dunkle Augen leuchteten auf. »Ist das schön!«

Sofort drehte er auch mit diesem Auto eine Runde und sah erst danach in die Metallschachtel. »Mommy, schau! Ich bin reich!«

Tyler war geflasht. »Das hat dir Liam gegeben? Wie denn?«

»Gestern beim Sternsingen«, erklärte ihr Marina wahrheitsgemäß.

»Wie unglaublich lieb von ihm.«

»Ja, finde ich auch.« Dann wandte sie sich Noah zu. »Aber jetzt darfst du das große Paket öffnen.«

»Wirklich?«, fragte er mit weit aufgerissenen Augen und dem Auto noch in der Hand nach.

»Ja, wirklich, Noah!«

Er zögerte nicht lange und riss das Papier auf. Zum Vorschein kam eine Mega-Lego-Box mit Boot und Dampfeisenbahn. Er steckte sich das blaue Auto in sein T-Shirt, nahm die riesige Schachtel in beide Hände und lief damit vor lauter Freude im Kreis um die Erwachsenen herum. Hannah wie auch Marina musste sich ein Tränchen aus den Augen wischen. Das war ja rührend.

Gleich danach packte Charlotte ihr Cinderella-Schloss aus und war einfach nur sprachlos. Tyler schlug sich immer wieder die Hände vors Gesicht und konnte das alles kaum fassen. Zwischendurch heulte sie, worauf ihre Kinder sie erschrocken fragten, was sie hätte. »Gar nichts. Ich freue mich einfach für euch.«

»Dann musst du aber nicht weinen«, tadelte Charlotte sie, die sich immer schreckte, wenn ihre Mama zu heulen begann. Aber die nächsten Geschenke warteten darauf, ausgepackt zu werden, und sie musste ja auch noch mit allem spielen.

Marina drückte Tyler eine Tasse frischen Kaffee in die Hand, die sie aus der Küche geholt hatte. »Hier. Und langsam solltest du auch deine Geschenke ansehen.«

Tyler schüttelte nur den Kopf. »Wer seid ihr? Meine Schutzengel?«

Sky hockte sich mit der Gitarre neben sie. »Das glaube ich kaum. Aber wir wollten dir gemeinsam das Leben ein wenig leichter machen.«

Er deutete auf ein Kuvert, das Hannah Tyler in die Hand gedrückt, sie aber noch immer nicht geöffnet hatte.

»Ich trau mich nicht, hineinzusehen«, murmelte Tyler, der die Stimme versagte. Sie wischte sich noch eine Träne aus dem Augenwinkel.

Daniel, der diese rührseligen Momente in seinen Filmen geradezu zelebrierte, konnte sie im wahren Leben kaum ertragen. Daher klatschte er in die Hände. »So, meine Lieben. Ich wünsche euch allen offiziell fröhliche Weihnachten und melde mich ab. Meine Elfen und ich haben hier einiges zu bauen, wer sich fachkundig einbringen möchte, ist herzlich willkommen, und alle anderen ersuche ich darum, uns in den nächsten Stunden nicht zu stören.« Dann hielt er eine Legoschachtel hoch. »Ich habe hier nämlich den *Millennium Falcon* aus *Star Wars* geschenkt bekommen und möchte ihn gerne zusammenbauen.«

Alle lachten, und tatsächlich hockte er sich mit seiner Schachtel direkt vor den Kamin, und Noah und Charlotte legten alle ihre Lego-Geschenke neben ihn. Mit den Puppen, Büchern und all den Spielen konnten sie sich noch später beschäftigen. Dann knieten sie sich neben Daniel und beratschlagten, womit sie nun anfangen sollten.

»Wie ich sehe, sind wir abgemeldet«, bemerkte Sky schmunzelnd und spielte einige Akkorde.

Marina lehnte sich an ihn. »Würdest du noch mal dein Weihnachtslied singen?«

Er neigte den Kopf zur Seite. »Erst wenn du mein Geschenk für dich öffnest.«

Sie zog die Brauen hoch. »Wann hast du denn Zeit gehabt, eines für mich zu besorgen?«

Kopfschüttelnd und lächelnd erklärte ihr Sky: »Ich bin ein Kreativo, schon vergessen? Sieh dir doch das weiße Kuvert an.«

Während Marina den Umschlag aus ihrem kleinen Häufchen an Päckchen herauszog, sang Sky statt seinem Song *Have yourself a merry little christmas*. Sie setzte sich damit wieder zwischen ihn und Tyler.

Karen, neben Daniel die einzige Erwachsene in ihrem extra für Weihnachten erstandenen roten Plüschpyjama mit lauter Christbäumen darauf, hockte sich zu ihnen. »Soll ich euch was sagen? Abgesehen von unseren Weihnachtsfesten, als ich noch klein war, ist das heute das mit Abstand beste Weihnachten aller Zeiten.«

»Absolut«, pflichtete Marina ihr bei und öffnete das Kuvert. Dann sah sie zu Tyler. »Du solltest in deines auch endlich hineinschauen.«

»Ich trau mich nicht«, erwiderte sie ehrlich.

Marina beugte sich zu ihr. »Ich mich auch nicht, aber es ist Weihnachten, Tyler. Da gehören Überraschungen dazu!«

»Stimmt. Mach schon auf«, stachelte nun auch Karen Tyler an.

Mit zitternden Händen öffnete sie es nun und las, während Marina sie dabei beobachtete und ihres noch ungeöffnet in Händen hielt.

Mitten in Skys Refrain schrie Tyler laut »Nein!«, dann schlug sie sich die Hand vor den Mund und schüttelte heftig ihren Kopf hin und her. Sie hielt zwei Schecks in den Händen, und zeitversetzt begann sie laut zu heulen.

Sofort sprangen ihre Kinder auf und liefen zu ihr.

»Mommy, was ist denn?«, wollte Charlotte wissen.

Karen strich ihr über den Rücken. »Sie freut sich nur. Ihr könnt ruhig weiterspielen.«

Doch das wollten weder Charlotte noch Noah glauben und bohrten nach.

Unter Schluchzen erklärte ihnen Tyler dann: »All die Engel hier haben uns … Geld geschenkt.«

»Welche Engel?«, fragte Charlotte nach.

Tyler zeigte in die Runde. »Und der ganze Ort noch dazu.«

Noah fand das nicht sehr spannend, vor allem weil Daniel gerade an seiner Eisenbahn baute, und schlich zu ihm zurück. Aber Charlotte hatte sehr wohl mitbekommen, dass Geld bei ihnen knapp war. »Dann sind wir nicht mehr arm?«

Tyler zog sie schluchzend in ihre Arme. »Nein! Aber das können wir nicht annehmen.«

»Wieso nicht?«

Sky hörte mitten im Text auf zu singen und stand auf. »Wirst du aber müssen, Tyler, denn weder wir noch die Leute vom Ort nehmen das Geld wieder zurück.«

Sie sah tränenüberströmt zu ihm auf. »Ich weiß nicht —«

»Was du trinken sollst?«, fiel ihr Cooper ins Wort. Er wollte Tyler damit entlasten.

Das Ganze war für sie hart an der Grenze des Erträglichen, was Cooper, wie Sky und Daniel, nachvollziehen konnte. Alle anderen Anwesenden natürlich ebenso. Sie hatten sich gestern Abend lange über die richtige Summe unterhalten und dann beschlossen, einen Fond einzurichten, der auch das College der Kinder absicherte, sollten sie auf eine Uni gehen wollen. So bekam Tyler jährlich eine ordentliche Summe, die größer wurde, je älter die Kinder wurden. Den Scheck hatten sie auf einhunderttausend Dollar ausgestellt, damit konnte sie die Schulden abbezahlen und die Kinder und das Haus erst mal gut über den Winter bringen. Zum Glück gab es in Moose Creek keine Geheimnisse, daher hatten sie nach einem Telefonat mit Sarah gewusst, dass noch dreißigtausend Dollar bei der Bank offen waren.

»Also? Kaffee, Tee oder Champagner?«, fragte er nach.

»Also, ich bin für Champagner. Es ist doch Weihnachten«, erklärte Karen und machte sich, ohne weiter auf Antwort von Tyler zu warten, gemeinsam mit Li auf den Weg in die Küche.

Marina tätschelte Tyler an der Schulter. »Gehts wieder?«

»Ja.« Sie lächelte unter Tränen. »Ich habe keine Ahnung, wie man sich für so ein Geschenk bedankt. Darf ich euch alle umarmen?«

»Gruppenkuscheln?«, meinte Marina lachend. »Gute Idee!«

Einer nach dem anderen gesellte sich zu ihnen und drückte Tyler, selbst Daniel legte dafür eine kurze Bau-Pause ein. »So. Und jetzt vergessen wir das Ganze wieder, Tyler. Außerdem bin ich beschäftigt!«

Sie nickte und fuhr sich durchs Haar. *Brody, wenn du das hättest erleben können!* Tyler war auch von der unglaublichen Summe, die das gesamte Dorf für sie gespendet hatte, hin und weg. Doch dann fiel ihr Marinas Karte wieder ein.

Sie zeigte darauf. »Und? Hast du sie schon gelesen?«

»Nein, habe ich noch nicht«, gestand Marina und hob die Weihnachtskarte wieder vom Teppich auf, auf den sie sie gelegt hatte.

»Ich dachte schon, du liest sie nie!«, scherzte Sky und setzte sich mit der Gitarre in der Hand neben sie.

»Natürlich will ich deine Karte lesen! Aber ehrlich, ich habe Angst, was drinnen steht«, gestand sie.

»Das ist gut! Ich hatte Angst, als ich sie geschrieben habe«, erwiderte Sky schmunzelnd und spielte wieder ein paar Akkorde auf der Gitarre.

Okay, dann les ich das jetzt! Marina atmete tief durch, öffnete die Karte und war erstaunt, dass sie vollgeschrieben war. Seine Handschrift war klein und sah kunstvoll aus. Wow!

›Liebe Marina! Manchmal sind die Zeilen eines anderen besser als alles, was man selbst schreiben kann. Es gibt so einige, die ich gerne zitiert hätte. Doch ich bin mir sicher, du willst wissen, was ich dir wünsche. Wie ich fühle. Lass es mich also in meinen Worten versuchen, auch wenn sie nur halb so gut sein mögen: –‹ Sie sah auf. »Du hast recht, Sky. Ich liebe zwar Zitate, aber noch lieber ist mir, zu lesen, was du mir sagen willst.«

»Das wirst du. Versprochen«, meinte er und hörte dabei nicht auf, eine Melodie zu spielen, die sie noch nie zuvor gehört hatte. Aber Marina las weiter.

›Was ich dir schenken möchte, ist ein kleines Lied.‹ Ihr Herz begann aufgeregt zu schlagen. *Ein Lied? Für mich?* ›Ich nenne es *Under the Polar Lights Sky*.‹ Allein der Titel löste Kribbeln in ihrem Bauch und die Erinnerung an die letzte Nacht aus.

›Nun, wie jeder meiner Songs sollte auch dieser mal vor Publikum gespielt werden. Und genau das habe ich vor. Am fünfzehnten Februar in Rio de Janeiro.‹ *Ist ja Wahnsinn!* ›Tja, und ich denke, es wäre schade, wenn du nicht dabei wärst. Schließlich ist es ja dein Lied.‹ Alles in Marina jubelte. Sie senkte die Karte und sah ihn an: »Du willst mit mir nach Rio?«

Sky nickte, und sie fiel ihm spontan um den Hals. »Danke, danke, danke! Dann kann ich dich live bei einem echten Konzert sehen! Du hast keine Ahnung, wie sehr ich mich darauf freue.«

»Und ich mich erst, denn das ist ein Ja, oder?«

»Jaaa! Das ist es.«

»Aber freu dich nicht zu früh. Lies vielleicht erst mal zu Ende.«

»Okay.« Marina war sicher, dass jede Angst voreilig gewesen war. Dieses Weihnachtsgeschenk war das beste, das sie jemals bekommen hatte. Mit Sky in Rio? Was gab es Schöneres? Doch sie hob die Karte wieder auf und las weiter.

›Und es wäre auch pure Umweltbelastung, wenn du nach dem Neujahrsfest erst nach Deutschland und dann wieder zurück quer über den Atlantik fliegst! Ich hoffe, du siehst das wie ich. Ach, und da wäre dann noch mein Tourplan. Wir sehen ihn später gemeinsam an. Wie klingen Rio de Janeiro, Buenos Aires, Mexico City, Capetown, London oder Tokio für dich?‹ *Wie eine Reise um die Welt,* dachte Marina und wusste nicht genau, worauf er hinauswollte.

›Ich habe nur einige Städte erwähnt, denn was ich dir damit auf etwas umständliche Weise vorschlagen möchte, ist: Begleite mich!‹ *Rund um den Globus?* Sie musste tief seufzen. ›Entdecke mit mir die Welt, damit auch ich sie mit neuen Augen, vielleicht aus deinen Augen erleben kann!‹ *Hach, wie romantisch.* Marina fuhr sich mit dem Handrücken über die geschlossenen Lider. Daher bemerkte sie nicht, dass Sky sie dabei verstohlen beobachtete, weil er ja immer noch, ohne dazu zu singen, auf seiner Gitarre spielte. Marina seufzte und las weiter. ›Mir ist bewusst, dass du deine eigene Karriere brauchst und willst, aber wie wäre es mit einer Auszeit, um in Ruhe deinen Traumjob zu finden?‹ Sie schlug sich die Hand aufs Herz und murmelte in seine Richtung: »Du hast auch an meinen Job gedacht?«

Sky nickte. »Natürlich. Er ist dir wichtig, also ist er auch mir wichtig.«

Das ging ihm plötzlich, was Marina betraf, mit allem so und war für ihn neu.

Sie lehnte sich zu ihm und küsste ihn. »Danke!«

Doch Sky winkte ab. »Ist doch selbstverständlich, Babe!«

Dann las sie die letzten Zeilen: ›Auch das werden wir irgendwie meistern! Vorausgesetzt, ich bin der Junge, den du als deinen gewählt hast! Der Junge, der der eine für dich sein könnte. Vielleicht auch der Junge, der dich glücklich machen kann. Auf jeden Fall will ich der Junge sein, der es mit offenem Herzen versucht. Ich liebe dich! Sky‹ Dann stand da noch ein ›PS: Merry Christmas!‹

Sky erkannte, dass sie nun bis zum Ende gelesen hatte, war aber verunsichert. Warum ließ sie die Karte in ihren Schoß sinken und schluckte heftig? »Alles okay?«

»Ja.« Marina nickte und fand ihr Lächeln unter den mit Tränen gefüllten Augen wieder. Dann umarmte sie ihn und drückte Sky fest an sich. »Du bist der Junge, der der eine für mich ist, Sky. Da bin ich mir ganz sicher! Egal, wie lange ich dich kenne. Ich spüre es.«

»Sehr sicher?«

»Ja, super-sicher.«

»Und was ist mit dem Sabbatical?«

»Die Auszeit? Ich bin dabei! Lass uns gemeinsam die Welt erobern!«

»Verdammt, ja! Damit hast du mein Weihnachtsfest soeben zum schönsten aller Zeiten gemacht.«

Er küsste sie am Boden hockend so lange und leidenschaftlich, dass Karen, Hannah und Cooper zu pfeifen und rufen begannen: »Yeah!«

Sie klatschten sogar, als Marina zur Seite sah und schmunzelte. »Habt ihr denn nicht auch noch Weihnachtsgeschenke auszupacken?«

»Haben wir«, antwortete Karen bestens gelaunt. »Aber erst wollen wir wissen, wie der Song klingt, den Sky für dich geschrieben hat.«

»Oh! Woher weißt du das?«

Hannah schüttelte lachend den Kopf. »Muss ich dich und Sky daran erinnern, dass ihr beide nicht allein hier im Raum seid? Und wenn Sky nicht spielt, hört man den Teppich husten.«

Und Karen meinte darauf: »Hannah hat recht. Wir hören alles und danke, ich liebe dieses süße Freundschaftsarmband von dir!«

Marina schickte ihr einen Luftkuss. »Weil du immer meine beste Freundin bist, Karen. Egal, wer von uns Mist baut!«

»Danke!«

»Also, wenn du willst, dann könnte ich ihn schon jetzt singen«, meinte Sky beinahe verlegen.

Marina klatschte in die Hände. »Und wie ich das will. Aber erst musst du noch meine Karte lesen.« Es war gut, dass Li so viele Weihnachtskarten auf Vorrat eingekauft hatte, die sie hatten verwenden dürfen. »Auch wenn sie nur halb so lang wie deine ist.«

Dann stand sie auf und holte sie aus seinem Strumpf. »Hier!«

. . .

Auch Sky hatte sich erhoben und die Gitarre am Boden liegen lassen. »Danke, Babe!«

Im Gegensatz zu Marina las er die Karte in einem Rutsch durch und atmete nicht einmal ein.

›Lieber Sky! Es heißt doch, Weihnachten sei das Fest der Liebe. Und man sollte ehrlich sein. Daher schenke ich dir etwas, das ich im Grunde mir selbst wünsche: ein paar Tage in Daniels Hütte draußen am See. Allein. Nur wir beide. (Ich habe bereits alles organisiert, auch Cole und die Schlittenfahrt mit Huskys dorthin.) Jemandem wie dir zu begegnen, hätte ich nicht einmal zu träumen gewagt, und doch ist es so. Diese Nacht gestern! Ich werde sie nie vergessen, doch ich hoffe, dass noch viele unter dem Polarlichthimmel dazukommen. Und unter jedem anderen Himmel, denn wenn du bei mir bist, dann ist alles etwas Besonderes. Weil du ein besonderer Mensch bist. Und weil ich tief in mir spüre, dass wir auf seltsame Weise füreinander bestimmt sind. (Ich meine, wer außer mir findet am Ende der Welt die Liebe seines Lebens? Ja, okay. Hannah ebenso.) Es gibt so vieles, das ich sagen möchte. Auch über die dunklen Zeiten in meinem Leben (und damit meine ich leider Tilmann). Aber du verdienst es, alles zu erfahren. In Ruhe. Also vielleicht in Daniels Hütte? Nur wir beide? Ab morgen? Und ich wünsche mir, dass dein Weihnachtsmorgen so schön ist, wie er es für mich ist. Denn für mich war in deinen Armen aufzuwachen das schönste Weihnachtsgeschenk meines Lebens. Vielleicht ist es zu früh, vielleicht ist es töricht, aber wichtiger ist, so fühle ich es: Ich liebe dich! Marina PS: Der Polarlichthimmel soll dort besonders schön sein!‹

Mit der Karte in der Hand umarmte er sie. »Woher hast du das gewusst? Ich wollte nicht von hier abreisen, ohne eine Husky-Schlittenfahrt zu erleben! Danke!« Er küsste sie stürmisch. »Ach ja, und ich liebe dich! Ich freue mich riesig auf die Hütte!«

Marina war selig.

Sky strahlte und war sichtlich gerührt von ihren Zeilen, Daniel und die Kinder waren in ihrer eigenen Welt versunken, und selbst Tyler kicherte aufgeregt mit Karen und sprach darüber, wie sehr sie sich für Sky und sie freuten. Hannah und Cooper schickten ihr immer wieder ein Schmunzeln, gerade so, als wüssten sie genau, was sie in diesem Moment erlebten. Aber das war vermutlich auch so. Alaska! Wer hätte gedacht, dass dich so hoch im Norden eine Liebe überwältigen kann, die dich sprachlos macht und die Tür zu einer neuen Welt aufstößt.

Aber genau das war geschehen. Ein Weihnachtswunder. Wie das mit Tyler und den Kindern. Wie Skys Interpretation von *Hallelujah*, die für immer in Marinas Herzen war. Ebenso wie der neue Song, den er nun anstimmte, und der sie staunend auf den Teppich sinken ließ.

»My voice is gifted, you know that′s what they say! My songs artful crafted, you know music′s all I pray! But then you stumble across me …«

Marina schlug sich die Hände vors Gesicht und war überwältigt.

Der Text war unglaublich.

Die Melodie war unglaublich.

Doch am wenigsten zu glauben war, dass ihr Mann hier für sie sang. Ihr Lied!

Und auch wenn keiner von ihnen den Song jemals zuvor gehört hatte, stimmten sie alle gemeinsam beim zweiten Mal in den Refrain mit ein:

»Under the polar lights sky, you love me with passion – it was about time –

that this polar lights sky … Your gaze sets me on fire – and I hear the chime –

of Angels cheering for us!«

Die zweite Strophe sangen sie lauter mit: »Above us a polar lights sky, the dance of our bodies – when beauty meets beast – just makes me wanna cry! The heat of your skin – when I am your priest – and Angels cheering for us! Underneath this polar lights sky …«

Ich liebe dich, war alles, was Marina noch denken konnte, denn die Magie seines Songs, die Magie von Weihnachten trug sie hoch in den blauen Himmel hinaus! Sie hatte nicht vor, jemals wieder zu landen, sondern mit Sky ein neues Leben zu beginnen. Bestimmt würde es außergewöhnlich werden, vielleicht auch ein klein wenig wild. Sicher aber eines in tiefer Liebe und diesem Gefühl von Verbundenheit, das nur der eine dir geben kann!

ENDE

SKYS SONG FÜR MARINA

UNDER THE POLAR LIGHTS SKY

by Sky Crater
(Geschrieben von Mira Morton)

My voice is gifted
you know that´s what they say!
My songs artful crafted
you know music´s all I pray!

But then you stumble across me
walking on thin ice for now.
Your ocean blue eyes ask me to be
the one you could love but how?

If I´m the lonesome wolve out there
turning light into dark?
Music´s all I care.
But you fill this void with a spark,
and then I do dare …

Refrain

Under the polar lights sky
you love me with passion – it was about time –that
this polar lights sky …
Your gaze sets me on fire – and I hear the chime –of
Angels cheering for us!

Above us a polar lights sky
the dance of our bodies – when beauty meets beast –
just makes me wanna cry!
The heat of your skin – when I am your priest –and
Angels cheering for us!
Underneath this polar lights sky …

To dream about love in the night
laying here side by side
above the polar light
not even thinking I should hide
your soul shines too bright

My Feelings oh so strong
overwhelming
overcoming all pain and fear.
My feelings oh so Strong
understating
underrating the love and cheer

of finding a twin flame
to hold forever – now
of loving a Soulmate
what an endeavor – wow
knowing all to well
that anything else is too lame …

Refrain
Under the polar lights sky
you love me with passion – it was about time –
that this polar lights sky ...
Your gaze sets me on fire – and I hear the chime –
of Angels cheering for us!

Above us a polar lights sky
the dance of our bodies – when beauty meets beast –
just makes me wanna cry!
The heat of your skin – when I am your priest –
and Angels cheering for us!
Underneath this polar lights sky ...

So let´s do this, Girl!
Let´s walk on thin ice for now,
let´s hold hands and kiss good night.
I am just a Boy,
and if you can tell me how
I´ll turn darkness into light!
I´ll shine so bright
and I´ll swear to fight
to make it worth and not to screw
if you say ›I love you‹

Übersetzung von Mira Morton:

Meine Stimme ist talentiert,
du weißt, was sie sagen!
Meine Lieder sind kunstvoll gestaltet,
du weißt, Musik ist alles, das ich predige!

Aber dann stolperst du in mich,
gehst auf dünnem Eis für den Moment,
deine ozeanblauen Augen fragen mich, der zu sein, den du
lieben könntest, aber wie?

Wenn ich der einsame Wolf da draußen bin, Licht in
Dunkelheit verwandle?
Musik ist alles, das mich interessiert.
Aber du füllst diese Leere mit einem Funken, und dann wage
ich es …

Refrain:
Unter dem Polarlichthimmel
liebst du mich mit Leidenschaft – es war an der Zeit –
dass dieser Polarlichthimmel …
Dein Blick entflammt mich – und ich höre das Spiel der
Glocken, von Engeln, die uns zujubeln!

Über uns ein Polarlichthimmel!
Der Tanz unserer Körper – wenn Schönheit das Biest trifft –
bringt mich einfach zum Weinen!
Die Hitze deiner Haut – wenn ich dein Priester bin –

Nachts von der Liebe zu träumen,
hier Seite an Seite liegend.
Oben das Polarlicht!
Denke nicht einmal daran, mich zu verstecken.
Deine Seele strahlt zu hell!

Meine Gefühle, oh, so stark!
Überwältigend,
überwinden jeden Schmerz und Angst.
Meine Gefühle, oh, so stark!
Untertreibung,
unterschätzen Liebe und den Jubel …

Eine Zwillingsflamme zu finden!
Für immer zu halten – jetzt!
Eine Seelenverwandte zu lieben,
was für ein Unterfangen – wow!
Nur zu gut wissend,
dass alles andere zu lahm ist …

Refrain:
Unter dem Polarlichthimmel
liebst du mich mit Leidenschaft – es war an der Zeit –
dass dieser Polarlichthimmel …
Dein Blick entflammt mich – und ich höre das Spiel der
Glocken, von Engeln, die uns zujubeln!

Über uns ein Polarlichthimmel!
Der Tanz unserer Körper – wenn Schönheit das Biest trifft –
bringt mich einfach zum Weinen!

Die Hitze deiner Haut – wenn ich dein Priester bin –
und Engel, die uns zujubeln!
Unter diesem Polarlichthimmel ...

Also lass uns das tun, Mädchen!
Gehen wir erst mal auf dünnem Eis,
lass uns Händchen halten und gute Nacht küssen. Ich bin nur
ein Junge,
und wenn du mir sagen kannst, wie,
werde ich Dunkelheit in Licht verwandeln.
Ich werde so hell leuchten,
und ich schwöre zu kämpfen,
es wert sein und nicht zu verbocken,
wenn du sagst: ›Ich liebe dich!‹

QUELLEN

Die Geschichte dieses Romans sowie sämtliche Charaktere darin sind von Mira Morton völlig frei erfunden und haben keinen Bezug zu real lebenden Personen oder deren Geschichten. Doch zur Einbettung der Romanfiguren in die Realität wurden Namen von realen Marken und Firmen, von berühmten Menschen und Filmen etc. erwähnt. Jeder Bezug zu ihnen ist jedoch ebenfalls frei erfunden.

Als Schauplatz für diesen Roman dienen ein fiktives Dorf (Moose Creek) in Alaska, USA und der ebenfalls fiktive, größere Ort Almonds, Alaska, USA.

Erwähnt wurden in diesem Roman u. a. folgende Marken und/oder Produktnamen:

- Armani
- Barbie
- Cerruti
- Disney
- Google
- Instagram
- Lego (Cinderellas Schloss und Dampfeisenbahn, *Millennium Falcon* aus Star Wars)
- Marvel
- Range Rover
- Starbucks
- Uber
- WhatsApp
- YouTube

Folgende reale Locations wurden erwähnt:

- Anchorage, Los Angeles, New York und Seattle, USA
- Köln, Deutschland
- Wien, Österreich
- Malediven
- Mauritius
- St. Barths, Karibik

Erwähnt wurden folgende Persönlichkeiten, Bands etc.:

- AC/DC
- Julius Caesar
- Leonard Cohen
- Marilyn Manson
- Walt Disney
- Johann Wolfgang von Goethe
- Frank Sinatra, Sammy Davis Jr. und Dean Martin (Rat Pack)
- Wham

Erwähnt wurden folgende Filme und/oder Filmfiguren, Romane und/oder Romanfiguren:

- Captain Jean-Luc Picard – Figur aus *Star Trek*
- Cinderella – Filmfigur Disney-Studios
- Dr Jekyll und Mr Hyde: Charaktere aus *Der seltsame Fall des Dr. Jekyll und Mr. Hyde* (*Strange Case of Dr Jekyll and Mr Hyde*), Novelle von Robert Louis Stevenson, 1886
- Frau Holle – Figur aus dem Märchen *Frau Holle* der Gebrüder Grimm
- Men in Trees – US-Fernsehserie
- Mickey Mouse – Zeichentrickfigur von Walt Disney und Ub Iwerk
- Weihnachtsgrinch – Figur aus dem Roman *Wie der Grinch Weihnachten gestohlen hat* von Theodor Seuss Geisel

- Quasimodo – Figur aus *Der Glöckner von Notre Dame* von Victor Hugo

Erwähnt wurden folgende Weihnachtslieder und Songs:

- Hallelujah
- Have Yourself a Merry Little Christmas
- Jingle Bells
- Joy to the World
- Last Christmas
- Let It Snow! Let It Snow! Let It Snow!
- Little Drummer Boy/Peace on Earth
- Stille Nacht, Heilige Nacht
- We Are family

Erwähnt wurden folgende Zitate:

- ›Alle Träume können wahr werden, wenn wir den Mut haben, ihnen zu folgen.‹ Zitat von Walt Disney
- ›Vedi Napoli e poi muori!‹ (›Siehe Neapel und stirb!‹) Zitat von Johann Wolfgang von Goethe aus seiner *Italienischen Reise*

DANKE!

Liebe Leser*in!

Ich hoffe, Sie haben das Weihnachtsfest in Alaska so sehr genossen, wie ich es beim Schreiben habe, und die Community aus Moose Creek ins Herz geschlossen. Wenn ja, bitte ich Sie darum, meinen Roman an Freund*innen oder über Social-Media- Kanäle weiterzuempfehlen. Es wäre auch toll, wenn Sie Ihren Leseeindruck auf einer der Online-Plattformen beschreiben. Ich bin dankbar für jede Rezension und lese auch alle. Natürlich freue ich mich über positives Feedback am meisten, versuche aber, aus negativem zu lernen.

Auch dieses Buch-Baby hat die Unterstützung vieler großartiger Menschen gebraucht, um das Licht der Welt zu erblicken.

Ein riesengroßes Dankeschön geht an das Team von BookRix, das nicht nur für die perfekte Rechtschreibung und einen korrekten Plot verantwortlich ist (lieber Andreas, vielen, vielen Dank für deine Akribie), sondern auch für die wundervolle grafische Umsetzung der Kapitel! Gemeinsam haben wir mit Lana von Lalana Arts ein einzigartiges Cover für Sie geschaffen, wie es sonst in der Welt der Liebesromane unüblich ist. Jede Illustration wurde von ihr, abgestimmt auf den Inhalt des Romans, nach meinen Entwürfen handgezeichnet und von BookRix in dieses tolle Cover verwandelt. Ich danke euch allen ganz herzlich für all eure Mühe, den Input und die künstlerische Umsetzung meiner Ideen für diesen Roman! Ich umarme jede und jeden Einzelnen von euch! Andreas, Jasmin, Johannes, Lana, Lisa, Sandra – DANKE!

Ein großes Dankeschön geht wie immer an meine Testleser*innen, Blogger*innen und Stammleser*innen. Ihr tragt dazu bei, dass meine Romane ihren Weg zu neuen Leser*innen finden, und dafür bin ich euch, wie auch meiner Facebook- und Instagram-Community, unendlich dankbar. Ihr alle seid und bleibt meine Prinzessinnen und Prinzen!

Abschließend möchte ich mich ganz speziell bei Ihnen bedanken. Danke dafür, dass Sie diesen Roman gekauft und gelesen haben! Ihn vielleicht Freundinnen und Freunden weiterempfehlen, vielleicht auch eines meiner Taschenbücher verschenken oder meine Romane rezensieren. Auf jeden Fall hoffe ich sehr, dass Sie die weihnachtliche Stimmung in Alaska genossen haben. Wie immer hoffe ich auch, Ihnen beim Lesen eine Auszeit vom Alltag beschert zu haben. Es wäre schön, wenn mir das gelungen ist.

Ich wünsche Ihnen das Allerbeste hier auf unserem gemeinsamen *Earthship*, wann und wo auch immer Sie an Weihnachten denken oder dieses Fest feiern, vor allem aber wünsche ich uns allen Frieden im Herzen und bitte, bleiben Sie mir gewogen!

›Keep on dreamin'‹,

Ihre

Mira Morton

ÜBER DIE AUTORIN

Mira Morton ist das Pseudonym einer österreichischen Autorin, die selten Privates über sich preisgibt. Geschrieben hat Mira Morton schon immer gerne, aber erst ihre Freundinnen haben sie 2012 auf die Idee gebracht, es mit einem Roman zu versuchen, nachdem die Akademikerin ein Sachbuch veröffentlicht hat. Überraschenderweise landete genau diese amüsante Erzählung mit dem Titel „Immer wieder er" später auf Nummer 1 der Bestseller-Charts, andere ihrer mittlerweile knapp 30 Romane folgten.

Für Mira Morton ist Schreiben Luxus und ihre persönliche Auszeit aus ihrem fordernden und oftmals stressigen Berufsalltag. „Deshalb gibt es Mira. Weil ich mich beim Schreiben aus dem Alltag beamen will. Natürlich hoffe ich immer, mir gelingt dies auch für meine Leser*innen, wenn sie in meine modernen Märchen abtauchen."

Mira Mortons Welt ist eine Mischung aus Glamour, Witz und Verwicklungen um die große Liebe. Sie entführt in ihren Romanen an malerische Schauplätze rund um die Welt, erzählt von Milliardären, Hollywoodstars oder High-Tech-Moguls und ungewöhnlichen Frauen, die sie gerne selbst zur Freundin hätte. Die Autorin versteht es, immer das Menschliche ihrer Heldinnen und Helden hervorzukehren, und ganz nebenbei durchaus brisante Themen in ihren Geschichten einzuflechten. Und natürlich gibt es eine Happy End-Garantie von Mira Morton, die von ihren begeisterten Leser*innen mit dem Ehrentitel „Principessa Mira" geadelt wurde.

facebook.com/miramortonauthor
instagram.com/miramorton_author